Fermín Galán

LA BARBARIE ORGANIZADA

Novela del Tercio

Introducción
César de Vicente Hernando

 - STOCKCERO -

© Foreword, bibliography & notes César de Vicente Hernando
of this edition © Stockcero 2017
1st. Stockcero edition: 2017

ISBN: 978-1-934768-90-7

Library of Congress Control Number: 2017954148

Set in Linotype Granjon font family typeface
Printed in the United States of America on acid-free paper.

Published by Stockcero, Inc.
3785 N.W. 82nd Avenue
Doral, FL 33166
USA
stockcero@stockcero.com

www.stockcero.com

Fermín Galán

La Barbarie Organizada

Novela del Tercio

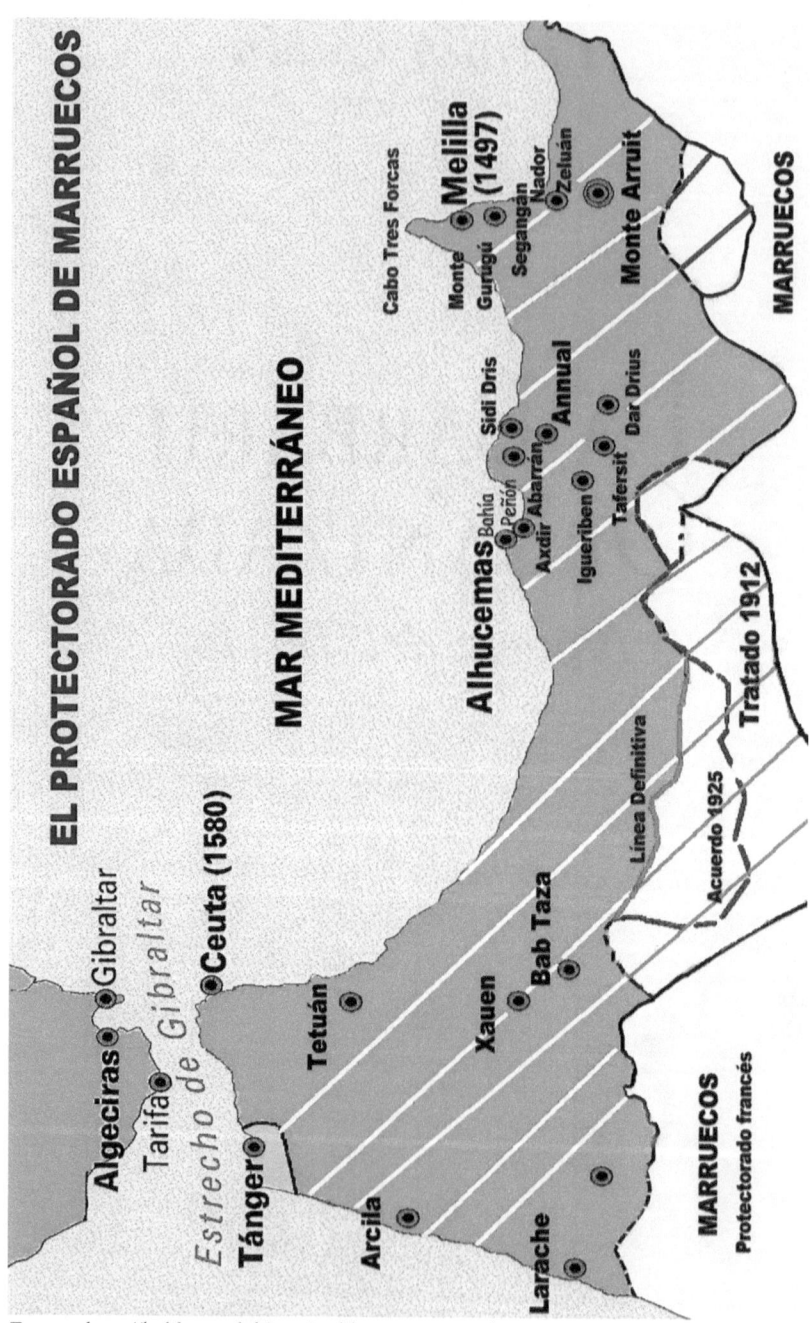

EL PROTECTORADO ESPAÑOL DE MARRUECOS

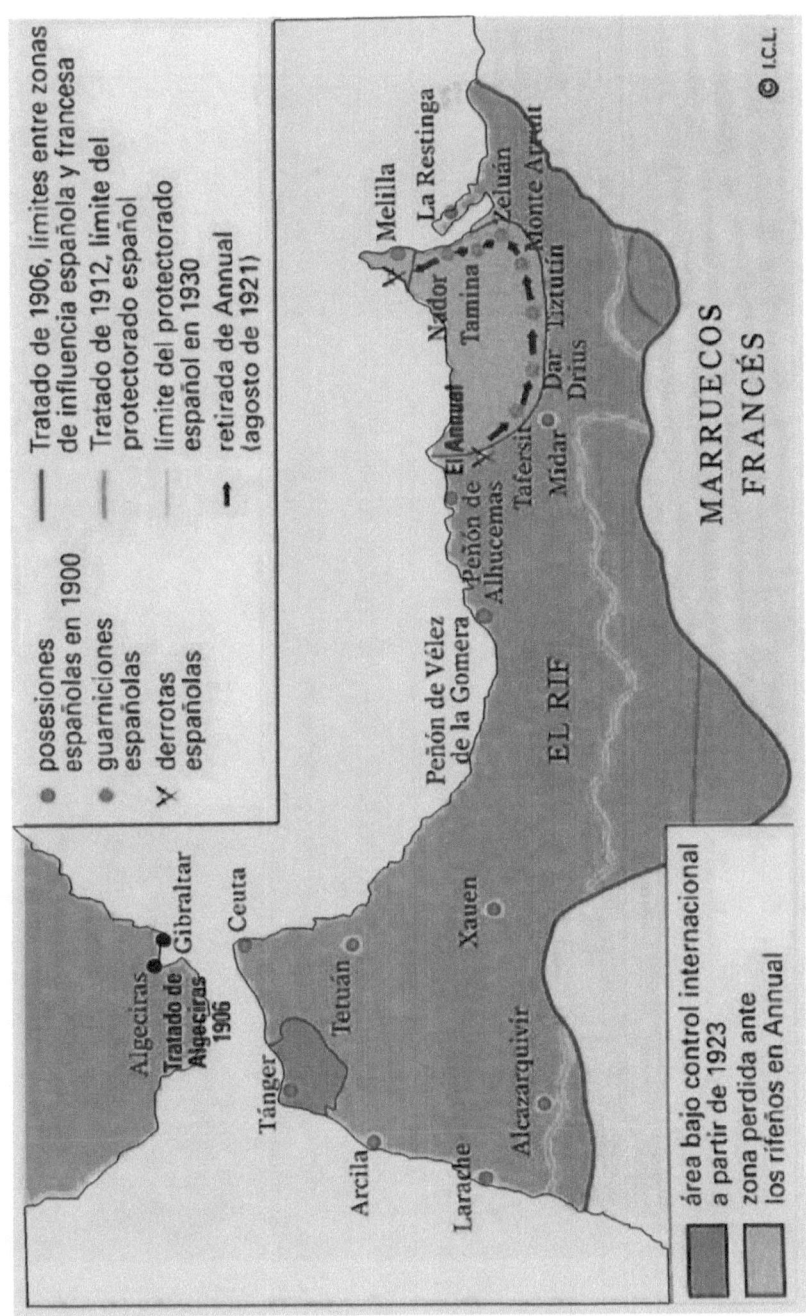

Índice

Introducción

La guerra colonial española en Marruecos

En el prólogo al libro de Gómez Hidalgo *Marruecos, la tragedia prevista* (1921), Marcelino Domingo escribía que la presencia colonial de España en el norte de África «es la derrota del Estado español. Del Estado español que no ha sabido ser en África médico, ni maestro, ni ingeniero, ni juez, ni autoridad civil, ni soldado» (Domingo: 21)[1]. Para el intelectual y político republicano, España «no ha construido nada» allí. Otro escritor, Manuel Ciges Aparicio, publicaba, unos años antes, un ensayo crítico contra la guerra, *En la paz y la guerra (Marruecos)* (1912), en el que analizaba el paso de España por esta zona colonial y cuyo resumen era: campos agrícolas abandonados por el conflicto bélico, caciquismo militar y corrupción, incluso una labor religiosa de los franciscanos resuelta a «secundar los intereses reaccionarios, oponerse a toda tentativa innovadora para que persista la política de la inercia, que a la larga sólo favorece a los belicosos, por ser las armas el único recurso que se reserva a la solución de cualquier conflicto» (Ciges Aparicio, 1912: 63). La larga guerra colonial española en Marruecos tuvo su origen hace ya más de quinientos años.

Desde el comienzo del siglo XV se suceden las expediciones, por parte de ejércitos de los reinos de Castilla y Aragón, en el norte de África. Las tomas de diversas plazas y ciudades, desde

---

1 Siguió igual tras el final del Protectorado español, en 1956, en que Marruecos obtuvo la independencia, pues mantuvo el Sáhara en su poder. Incluso se negó a celebrar un referéndum de autodeterminación en 1970 aprobado por la ONU. Cuando quiso realizarlo, cuatro años más tarde, las acciones y presiones de Marruecos y las luchas del, entonces, recién creado Frente Polisario fueron determinantes para volver a aplazarlo. La política española no hizo nada con la invasión marroquí de parte del territorio (durante la llamada «Marcha Verde», en 1975) y en febrero de 1976 comunicaba su retirada de la zona, dejando que Marruecos incorporada estos territorios. El conflicto, de hecho, sigue entre Marruecos y el pueblo saharaui.

Mazalquivir hasta Trípoli (en 1509) hacen que la corona de Castilla domine todo el litoral norteafricano. La Ceuta colonial portuguesa sería incorporada a la corona de Castilla en 1580 tras una crisis sucesoria en el reino de Portugal. Sin embargo, la inestabilidad de estos enclaves debidas a las sucesivas derrotas producidas desde 1510, junto al cambio de políticas respecto de estos lugares estratégicos, el avance de los turcos, el afán por impulsar el imperio en América y Europa y la presencia de Francia e Inglaterra en la zona, fijaron, finalmente, el territorio colonial español:

> Las posesiones españolas en el norte de África quedaron reducidas a los denominados «presidios»: Ceuta, Melilla, y los peñones de Alhucemas y Vélez de la Gomera (este último, recuperado en 1674). España no se planteó en ningún momento el abandono de Ceuta, por considerar indispensable el mantenimiento de la plaza como contrapeso de la presencia británica en Gibraltar. En cambio, entre 1791 y 1814 hubo repetidas tentativas de ceder los presidios menores (Vélez y Alhucemas) a cambio de ventajas comerciales; el proyecto se frustró finalmente por la oposición británica a una preponderancia comercial hispana. En 1799, los reinos de España y Marruecos firmaron un tratado de paz, amistad, comercio y navegación que reguló sus relaciones hasta el tratado de 1861, concertado tras la guerra de 1859-1860. (Villalobos: 15).

Es sobre este territorio sobre el que se dirime las primera guerra colonial de España en Marruecos, la de 1859-1960, dirigida por Leopoldo O'Donnell. Comienza como una respuesta a los incidentes, magnificados y manipulados, según un buen número de historiadores, que empezaban a ocurrir en esta zona:

> Como advierte A. Joly, «sería un error ver en los sucesos desarrollados en el verano de 1859 en el campo fronterizo de Ceuta la verdadera causa, y no el motivo ocasional de la guerra». El gobierno de la Unión Liberal mostró en numerosas ocasiones —expediciones a la Cochinchina, México, Perú o Santo Domingo— su disponibilidad a re-

currir a aventuras exóticas para obtener réditos en el interior. O'Donnell buscó en una guerra exterior una empresa de carácter nacional que reuniera alrededor del Trono a un país, unos partidos y un ejército divididos y enfrentados por una larga etapa de pronunciamientos y guerras civiles. La guerra se concebía como un medio de regeneración nacional que permitiría a España afirmarse como potencia europea. (Villalobos: 18).

Tal vez por ello, la guerra no tuvo un objetivo definido, ni una planificación militar adecuada, lo que no impidió que las tropas españolas, que perdieron alrededor de 7000 hombres, entre los caídos en los frentes de batalla y por el cólera, dominaran el territorio. Los costes de la guerra no fueron compensados con las reparaciones impuestas al sultán. Empezaba así la «carnicería de cristianos y gasto inútil de fondos públicos» que había sido anunciada por el capitán Martín Galindo en 1497 cuando informó al rey Fernando de Aragón sobre las posibilidades de ocupar Melilla, en aquel momento desguarecida por querellas entre los monarcas magrebíes (Villalobos: 7).

La campaña de 1859-1960 reintrodujo en el debate público el asunto del Imperio y bloqueaba el verdadero «problema de nuestro tiempo»: el de la no resuelta revolución burguesa y la constitución de las naciones en la que estaban sumergidos los países europeos:

> La declaración formal se produjo el 22 de octubre de 1859, y desde ese momento el país se sumió en una euforia colectiva de índole militarista y religiosa. Todos los grupos políticos con representación en la Cortes, excepto los carlistas, apoyaron la decisión gubernamental y se avinieron a una tregua en sus disputas mientras durase el enfrentamiento. A esa habría que sumar la multiplicidad de actos y manifestaciones colectivas e individuales que por doquier surgieron en pro de la guerra, incluido el ofrecimiento de las joyas reales por parte de Isabel II para contribuir a la financiación de la campaña. Todo esto empujó el ánimo nacional hacia un sentimiento belicista proclive

a considerar lo que se avecinaba una suerte de epílogo de la Reconquista. En este sentido, comenta García Figueras, autor poco sospechoso de mantener actitudes antibelicistas: «el asunto se desenfocó completamente. Se dio a aquella guerra el carácter de una cruzada, se recordó a Isabel la Católica, a Cisneros, a Carlos V, al Imperio Español». (López Barranco: 7-8).

El mandato que la reina de Castilla había dejado en su testamento (1504) era «que no cesen las conquistas de África y de pugnar por la fe contra los infieles».

A pesar del tratado de paz firmado entre la monarquía española y el sultán de Marruecos, en 1893 vuelven a producirse enfrentamientos e incidentes graves en los territorios coloniales por la actividad del ejército español más allá de los límites establecidos en torno a las ciudades de Ceuta y Melilla para crear una red de fortificaciones alrededor de las mismas. Los conflictos duraron un año apenas y el ejército español, dirigido por Arsenio Martínez Campos, teniendo más de un centenar de muertos, acabó con la resistencia indígena y mantuvo las posiciones «de seguridad». Esta guerra «no declarada», como señala María Rosa de Madariaga, «no llegó a ser nunca una guerra entre España y el Imperio jerifiano, sino entre España y las cabilas próximas a Melilla» (Madariaga, 2017: 114). Sin embargo, se había comenzado a producir una incipiente oposición a la guerra derivada, sobre todo, de un movimiento obrero cada vez más influyente y activo socialmente:

> La campaña de 1893, poco cruenta y aparentemente victoriosa, tuvo repercusiones muy negativas para España; Puell la considera «el aldabonazo previo al desastre del 98». La gestión de la crisis puso de manifiesto el escaso margen de maniobra del gobierno español para actuar sin el beneplácito de las grandes potencias. Los defectos de organización de la campaña mostraron a los ojos de todo el mundo la incapacidad y falta de preparación española para desarrollar una adecuada acción militar. (Villalobos: 26).

A comienzos del siglo XX se produce un cambio en el estatuto político de Marruecos debido a los cada vez más amplios intereses de las potencias europeas en el territorio. Desde la Conferencia de Algeciras[2], en 1906, hasta la instauración del protectorado, en 1912, Alemania, Inglaterra, Francia y España se repartieron el territorio convirtiéndolo en zonas de influencia comercial (creación de infraestructuras eléctricas y de comunicación) y política, así como de control de los recursos naturales (compañías españolas y francesas se establecen en Marruecos dedicadas a la extracción de minerales, y a la apertura de obras de ingeniería)[3].

En este periodo había aparecido ya una literatura sobre la guerra y un buen número de testimonios de soldados y oficiales participantes en la misma. La más conocida y valorada: el *Diario de un testigo de la guerra de África,* de Pedro Antonio de Alarcón, que recoge las crónicas escritas durante la contienda de 1859 publicadas, inicialmente, en la revista *El Museo Universal,* y el mismo año en forma de libro. La obra de este escritor fue un éxito de ventas y se convirtió en un texto de referencia para las obras posteriores, tanto en lo que se refiere a la representación literaria de los acontecimientos bélicos como por la descripción de los espacios y pueblos marroquíes, así como por fijar la figura del *testigo* sobre el que van a ocurrir la mayoría de los hechos narrados. El mismo Pérez Galdós lo toma como base para su episodio nacional de 1904-1905 *Aita Tettauen.* Con todo, el aspecto más importante, desde el punto de vista ideológico, es la aparición de los estudios africanos, coincidiendo con la expansión colonial europea, bajo el impulso de la creciente influencia de ciencias humanas como la antropología. En España se creó una Real Sociedad Geográfica Española en 1876 que reunió a una parte importante de los llamados «africanistas» y en 1883 la Sociedad Española de Africanistas y Colonistas. Inmediatamente se realizaron los primeros congresos, y conferencias. Estas instituciones «fueron el instrumento básico para organizar (...) exploraciones al servicio de objetivos imperiales» y estaban encaminadas a la apertura de mer-

---

2   Aunque hubo una «Conferencia de Madrid» (1880) que planteo la cuestión del reparto colonial, la fundamental, por los acuerdos que lo vertebran, fue esta de Algeciras. Cf. Víctor Morales.- *El colonialismo hispanofrancés en Marruecos* (1898-1927), Madrid, Siglo XXI, pp. 52 y ss.

3   Cf. *Origen y dinámica del colonialismo español en Marruecos*, pp. 75-77

cados (García: 38, 187). La invención de» Oriente», la construcción «del Otro» y la catalogación tribal a través de las fotografías serían elementos que pasarían al sistema de enseñanza para formalizar la concepción de «lo primitivo», e impulsaron los libros de viajes y el exotismo[4].

Sin discrepar en la concepción de la existencia de pueblos primitivos y pueblos civilizados, hubo sin embargo desde el principio dos grandes concepciones de esa *diferencia*. Por una parte, la que afirma la necesidad de sometimiento de unos pueblos sobre otros para grandeza de estos:

> Los albores del pensamiento africanista coinciden con el inicio de las campañas militares en Marruecos. Tanto la guerra de África de 1859 como las primeras formulaciones del africanismo español han sido calificados como «románticos»: en ambos casos se pretendió revivir supuestas glorias pretéritas, se apeló a la sacrosanta tradición instituida por Isabel la Católica en su testamento y se reivindicaron los valores de la Fe y el Honor como guías de la acción española en África. No resulta extraño que, casi un siglo después, volvieran a frecuentarse los postulados del africanismo romántico, cuya influencia «se dejará sentir, fundamentalmente, en la justificación de la aventura colonial africana de España ya en el siglo xx y, de manera especial, en la utilización de esta actividad colonial como cantera de valores militares y buque insignia del régimen dictatorial de Franco».
>
> A esta primera manifestación del africanismo español se adscriben pensadores como Donoso Cortés o Antonio Cánovas del Castillo. Sería este último quien formularía de manera más clara el programa ideológico del africanismo romántico, vinculando la grandeza de España a su obra civilizadora en el Mogreb al-Aksa (Marruecos) y fundamentando la actuación española en el norte de África en consideraciones de tipo providencialista: «Hay una ley histórica que hemos venido observando al través de los siglos en el Mogreb al-Aksa, la cual dice claro que el

---

4   Sobre este asunto así como un estudio sintético sobre las revistas e instituciones que se crearon, puede consultarse «España en Marruecos: la década de «penetración pacífica»» en Víctor Morales.- *El colonialismo hispanofrancés en Marruecos* (1898-1927), Madrid, Siglo XXI, pp. 21-46.

pueblo conquistador que llegue a dominar en una de las orillas del estrecho de Gibraltar, antes de mucho tiempo dominará en la orilla opuesta. Esta ley no dejará de cumplirse. Y si no hay en España bastante valor o bastante inteligencia para anteponerse a las otras (naciones en el dominio de las fronteras playas, día ha de llegar en que sucumba nuestra independencia, y nuestra nacionalidad desaparezca quizás para no resucitar nunca. [...] La idea de dominar en África y reconstituir allí nuestros antiguos límites es en sí grande, noble, útil, posible en la historia. (Villalobos: 56-57).

Por otra, la que sostiene que la exploración territorial y el conocimiento cultural serían mejor para los intereses nacionales que cualquier forma de invasión militar:

Desde la Sociedad, Costa y Coello propusieron el ejercicio de una influencia pacífica y civilizadora sobre el Imperio marroquí, basada en el fomento del comercio, el desarrollo de las comunicaciones y la extensión de la enseñanza. Costa propugnó una decidida actuación en defensa de la libertad e integridad de Marruecos, frente a las amenazas de anexión o desmembramiento por parte de las potencias europeas. «Lo que a España interesa», afirmaba Costa, «lo que España necesita, no es sojuzgar el Magreb, no es llevar sus armas hasta el Atlas; lo que a España interesa es que el Magreb no sea jamás una colonia europea; es que al otro lado del Estrecho se constituya una nación viril, independiente y culta, aliada natural de España, unida a nosotros por los vínculos del interés común. Como lo está por los vínculos de la vecindad y de la Historia». Cuando los incidentes de Melilla de 1893 desencadenaron en la Península una campaña «patriótica» a favor de una respuesta militar, fue la voz de los africanistas y colonistas una de las pocas que se alzaron en contra de la intervención: «Absurdo sería llevar nuestros ejércitos a territorio marroquí, sin más objetivo que la satisfacción del honor propio o una indemnización más o menos crecida que nunca había de compensar los daños que la guerra produce, insensato aspirar a la conquista de todo o parte del país. La conquista moral de Marruecos, tal es el objetivo de España. No hay que llevar al Magreb nuestras armas, sino nuestra civilización. (Villalobos: 58).

El tipo de conflicto bélico es descrito en numerosas novelas y testimonios, pero queda patente que la insistencia expresiva en el heroísmo del ejército, en la aceptación de su disciplina y en la ausencia de miedo, a pesar de hacer emerger muchas veces carencias importantes del mismo, *oculta* una verdadera exposición de los problemas que tuvieron las tropas españolas que llegaría, fundamentalmente, con la novela crítica de los años veinte. El desconocimiento del terreno de operaciones y de las diversas culturas que convivían allí, las dificultades en la movilización segura de los soldados por el territorio debido a un deficiente modo de planificar las operaciones, el mismo armamento que debía ser utilizado por soldados que no habían contado con una instrucción militar suficiente, fueron hechos que muestran la precariedad en la que estaban las tropas españolas allí. Frente a ello, existía un modo de organizar el combate, por parte de los marroquíes, que disponía de todo lo que faltaba a los españoles: conocimiento del terreno y aplicación de tácticas guerrilleras a partir de la organización de pequeños grupos, tiradores de gran precisión (los «pacos») y una gran capacidad de traslado de sus efectivos por el territorio, cambiando fácilmente de posiciones. Por ello, y debido en parte al sistema de posiciones distanciadas y blocaos que planteó el ejército español hasta 1921, los recurrentes desastres bélicos de España sólo pudieron solventarse hasta esa fecha con nuevos contingentes de soldados y más inversión de los fondos públicos en armas y transportes[5].

La situación en el norte de África a comienzos de siglo es descrita por Villalobos:

Existen dos versiones historiográficas acerca de la situación de Marruecos hacia 1900; o más bien, dos interpretaciones acerca de unos mismos hechos. El hecho básico sería la disolución del Imperio jerifiano, un proceso que se acelera a principios del siglo xx. La primera inter-

---

5   Según Marín, en 1920 los gastos militares habían alcanzado un récord: 581 millones de pesetas, y el contingente militar se componía de 266 mil hombres. (Marín: 59).

pretación pone el énfasis en las consecuencias de ese hecho: la preocupante situación marroquí habría exigido la intervención de las potencias europeas por razones de diversa índole, desde la defensa de legítimos intereses comerciales hasta imperativos morales y consideraciones humanitarias. La segunda lectura atiende a las causas: el desorden y la anarquía habrían sido creados, o al menos estimulados, por las propias potencias para justificar su intervención. A principios del siglo xx, Marruecos podía considerarse, desde la óptica europea, como un país medieval, sometido a un régimen de monarquía absoluta de carácter teocrático. Desde el punto de vista musulmán, la cuestión es más compleja». (Villalobos: 31-32).

En 1909 los ataques en las minerías de la zona oriental del territorio colonial español hizo que se movilizaran tropas desde Melilla, pero el conflicto se recrudeció y extendió requiriendo la llegada de nuevos efectivos desde la península. Un decreto del gobierno de Maura por el que se reclutaban tropas de reservistas, compuestas mayoritariamente por padres de familias obreras, para salir del puerto de Barcelona fue contestado con una huelga general. Los sucesos desencadenados por los enfrentamientos violentos entre fuerzas del orden público y huelguistas dieron lugar a una situación insurreccional que acabó con la proclamación del *estado de guerra* y en una represión brutal por parte del gobierno (Cf. Ullmann). La resistencia obrera al embarque de tropas señalaba así la inflexión que se había dado en relación con la guerra colonial española y las instituciones que la habían apoyado ideológicamente, como la Iglesia:

La conmoción provocada en España por este desastre vino a sumarse a la crispación social ya existente desde que días antes habían empezado a circular noticias sobre las primeras bajas en combate y por el rechazo que entre la población estaba produciendo el envío de tropas a Marruecos, que en Barcelona había desembocado por estos mismos días en la conocida como Semana Trágica. Esta actitud de perseverante oposición, extendida entre algunos grupos políticos y amplias capas de la ciudadanía, unida al cruel y arbitrario desenlace de la Semana Trágica, forjó un amplio frente de oposición a Maura –al grito de ¡Maura, no!, que apartó al político conservador del poder durante los siguientes doce años. A partir de ese momento se generó un estado de opinión hostil a cualquier intervención armada en Marruecos que, lejos de aminorar, se iría incrementando con los años. (López Barranco: 12-13).

De nuevo, una buena parte de los historiadores, basándose en testimonios como los del médico de la Compañía de Minas del Rif y director de las obras que habían sido asaltadas, consideran que la campaña de 1909 se produjo por intereses del gobierno. Ruiz Albéniz escribía en *España en el Rif (1908-1921)*:

Era necesario echar al Roghi del Rif, porque el Roghi era la paz, y lo que conviene a España es que en el Rif haya anarquía para justificar nuestra intervención armada en él. [...] Se preveía la guerra, se temía la guerra y se la deseaba; se quería un pretexto que convenciera a la nación que, aún doliente por los desastres coloniales, tendría que ver con horror toda nueva actitud bélica de sus Gobiernos. Era necesario guerrear, dominar el Rif; pero había que hacerlo de forma que España no protestase de ello. Faltaba el pretexto, la agresión; todo lo demás estaba preparado. (Ruiz Albéniz: 106).

La campaña de 1909 acabó con un saldo de miles de muertos y fuertes sumas de dinero público invertidas pero la inestabilidad persistió en todo el territorio colonial. Además, empezaron a aparecer denuncias de corrupción dentro del ejército. El propio Ciges Aparicio, en su libro *En la paz y la guerra (Marruecos),* dedica numerosas páginas a señalar la mecánica de los robos y la opacidad de los registros de las cuentas. Respecto a una década posterior, López Barranco escribe

Durante la permanencia de Burguete al frente de la Alta Comisaría se produjo otro acontecimiento de amplia repercusión social. El descubrimiento de un importante desfalco dentro del ejercito, el asunto conocido como «el millón de Larache». Los militares encargados del parque de Intendencia de Larache revendían al ejército todos aquellos artículos adquiridos en anteriores partidas que habían quedado sobrantes o sin distribuir, de tal forma que, sin salir de los almacenes, eran oficialmente vueltos a comprar mediante facturas falsas. Un fraude que alcanzaba también a las compras reales, bien falseando las cantidades adquiridas o bien falseando el precio de compra, que en ambos casos se incrementaba al alza. Las importantes sumas de dinero obtenidas con estas prácticas, salvo las comisiones destinadas a los comerciantes o intermediarios que se avenían a estos enjuagues, se repartían entre los jefes, oficiales y mandos auxiliares de aquella unidad atendiendo con escrupulosidad al más estricto escalafón militar (López Rienda, 1922). Unas prácticas que en los mismos o parecidos términos habían venido siendo habituales en el ejército de Marruecos, y de las cuales se había hecho eco Indalecio Prieto en el debate de las Cortes tras la derrota de Annual, cuando se refirió a Melilla como «lupanar y ladronera» (López Barranco: 26).

Ni siquiera la firma en 1912 de un acuerdo entre Francia y España por el que se ejercía sobre determinados territorios de Marruecos una administración impidió que siguieran las refriegas. El llamado Protectorado, figura jurídico-político de evidente origen colonial, dividió de nuevo esta zona. El resultado para España fue, por una parte:

> los recursos naturales de la zona, propios de una economía primaria y prácticamente de subsistencia, [que] no podían ofrecer demasiado interés para la iniciativa privada española, al menos antes de que el gobierno acometiera la ingente labor de desarrollo necesaria. Será a partir de 1913, con el inicio de la labor de Protectorado, y especialmente después de los avances del ejército español en 1919, cuando se emprenda la colonización agrícola del territorio, realizada fundamentalmente a través de grandes compañías. Éstas, sin embargo, obtuvieron sus principales

ganancias de la reventa de los terrenos, ya que la explotación de las tierras era poco rentable. (Villalobos: 66).

Por otra:

desde muy antiguo circulaban noticias más o menos fidedignas acerca de las fabulosas riquezas mineras que aquel territorio encerraba. Tales informaciones cobraban rasgos de leyenda cuando se referían a las montañas del Rif, en cuyo corazón, en territorio de la cabila de Beni Urriaguel, se alzaría una montaña de oro, Yebel Hammam. Muy pocos daban crédito a esas leyendas, pero en cambio eran muchos los que sospechaban la abundancia de mineral de hierro en la comarca de Guelaya, entre Melilla y el río Kert, y de ricos yacimientos de cobre y plomo en el montañoso interior del Rif. Cuando, a principios del siglo xx, aparecieron indicios de que la sospecha tenía fundamento, se desató, en expresión de María Rosa de Madariaga, una «auténtica fiebre minera» por las riquezas del Rif. (Villalobos: 67).

Parece claro que, además del «honor militar», el territorio colonial servía a otros intereses de una burguesía industrial española y a una burguesía financiera que había quedado fuera del reparto colonial del mundo hecho por las naciones europeas, intereses a los que no fue ajeno Alfonso XIII que participó, bien directamente o bien indirectamente, en varias iniciativas empresariales[6].

La campaña de 1909, con el desastre militar del Barranco del Lobo y la constante carnicería de soldados en las sucesivas confrontaciones que se dieron durante la década de los años diez, fue acompañada de una resistencia en todo el país cada vez mayor sustentada en la idea de que tal conflicto era una guerra en la que los pobres eran enviados a morir para defender los intereses de los ricos. Los socialistas plantearon una moción contra la guerra. La CNT y la UGT promovieron resoluciones para que se acabara con la misma (Marín: 37, 57). También la resistencia fue haciéndose cada vez mayor entre los mismos rifeños.

Las campañas militares (la de Kerr, entre 1911 y 1912, o las

---

6   Para todo lo relativo a la explotación de los recursos de Marruecos por el capitalismo industrial y financiero, véase el libro de Víctor Morales.- *El colonialismo hispanofrancés en Marruecos* (1898-1927), Madrid, Siglo XXI, pp. 47-108.

de «Pacificación», de 1917-18) seguían realizándose en condiciones penosas: falta de alzados topográficos del terreno; escasa preparación de los soldados, pues la mayoría de los reclutas integrados en los batallones no habían completado su periodo de instrucción militar, ni siquiera habían tenido una formación específica para enfrentarse con los rifeños; equipamientos deficitario en cuanto a calzado, abrigo, etc.; servicios sanitarios con un funcionamiento deficiente (denunciado igualmente por Ciges Aparicio). Incluso, las ametralladoras automáticas no fueron utilizadas hasta la campaña de 1909. Es por ello que ya durante la década de los años diez se reclama la creación de un ejército colonial compuesto por voluntarios y suficientemente preparado en la llamada «guerra moderna», tal y como se había puesto de manifiesto durante la Primera Guerra Mundial. Hasta 1919 no se diseñó ese ejército, el llamado Tercio de Extranjeros, fundado un año después y bajo la dirección de José Millán-Astray, y mientras tanto fue necesario crear nuevas unidades de combates que integraran también a parte de la población del territorio. Así fueron formándose las Tropas Indígenas, la Policía Indígena (donde estuvo Galán) que se encargaba del mantenimiento del orden en las cabilas. Para evitar las defecciones, se crearon las Fuerzas Regulares Indígenas[7], compuestas por un grupo originario de españoles que reclutaba en torno suyo a gentes de las cabilas. Estas dos últimas tropas fueron las más activas en esos años.

Los cambios en la guerra colonial española en Marruecos vinieron tras el desastre de Annual que, contra lo relatado habitualmente, no fue ninguna derrota del ejército español sino una huida masiva y desorganizada del mismo ante la inminencia de un ataque que se pensaba masivo de las fuerzas rifeñas. Este hecho daba cuenta muy bien del estado del ejército colonial en ese momento. Lo que allí ocurrió puso en evidencia la necesidad de un cambio en la concepción de la guerra y aceleró el desarrollo de un cuerpo de ejército más integral y organizado:

---

7 Sobre ellas se escribe y se explica su función en la *Revista de Tropas Coloniales*, publicación periódica dirigida por Gonzalo Queipo de Llano, y en la que escribían, entre otros, los oficiales Francisco Franco y Emilio Mola. Se trata de una revista en la que se reseñan los libros y revistas que salen sobre el tema, se comentan los artículos aparecidos en los diarios, etc. Sus últimas páginas están llenas de anuncios de comercios de Ceuta, Melilla y Tetuán (licores, cemento, Bancos, etc)

El 22 de julio de 1921, las primeras páginas de los periódicos españoles recogían como noticia más destacada el traslado a la catedral de Burgos de los restos del Cid. La familia real, que había presidido tan solemne ocasión, emprendió por la tarde el regreso a San Sebastián para proseguir su tradicional veraneo a orillas del Cantábrico. La victoriosa campaña del general Berenguer en Yebala —se anunciaba ya la inminente derrota del Raisuni— aparecía también en primera página, junto a informaciones relativas a las conversaciones de paz entre el gobierno británico y los independentistas irlandeses y a las peticiones de ayuda soviéticas ante la hambruna causada por las malas cosechas. Sólo algunos diarios se hacían eco, de manera bastante imprecisa, de ciertas dificultades que estaban sufriendo las tropas del general Fernández Silvestre en el sector de Annual, en el territorio de la Comandancia General de Melilla. Annual, un nombre desconocido para la mayoría, se convertiría a partir del día siguiente en una pesadilla que acosaría durante años a la clase política, al ejército y al resto de la sociedad española.

En efecto, el sábado 23 de julio la prensa informaba ya del terrible desastre sufrido en Annual, de la retirada de las tropas españolas hacia Dar Drius, de la muerte del general Fernández Silvestre y de la apresurada partida del alto comisario Berenguer hacia Melilla con fuerzas de socorro. A lo largo de los meses siguientes, el largo proceso de depuración de responsabilidades mantendría en vilo al país, paralizaría la acción del gobierno y sacaría a relucir una extensa serie de errores y negligencias, de graves imprudencias y de episodios ignominiosos.

Pero más allá de la indagación y atribución de responsabilidades personales —dificultada la primera, y favorecida la segunda, por la muerte del general Fernández Silvestre y de la mayor parte de los jefes y oficiales—, el desastre de Annual y el súbito desmoronamiento de la Comandancia General de Melilla habían puesto de manifiesto ante todo el país las falsas premisas que sustentaban la acción militar española en Marruecos y, sobre

todo, la inadecuación del ejército para el cumplimiento de
la misión que se le había atribuido. En palabras del general Juan Picasso González, juez instructor del expe-
diente incoado a raíz de los sucesos de Annual, había
quedado patente que «la orientación y los procedimientos
empleados en nuestra zona de Protectorado habían sido,
eran y parece que siguen siendo totalmente equivocados
en todos sus aspectos». (Villalobos: 135).

Todos los problemas manifestados por las tropas españolas y
la administración colonial se volvían ahora contra ellas, al mismo
tiempo que aparecía en oposición una organización militar unida
bajo el horizonte político de una recién creada República del Rif.
Las decisiones de su fundador, Abd-el-Krim[8], ha sido interpre-
tadas de diversas maneras:

La trayectoria de Abd el-Krim, desde 1921 hasta su ren-
dición a los franceses en 1926, ha sido objeto de valora-
ciones muy diversas e incluso contradictorias. Sus propias
actuaciones no estuvieron exentas de ambigüedades y
contradicciones: si por un lado, de cara a los europeos,
negaba que la guerra que se libraba en el Rif tuviera carácter religioso —«el tiempo de las guerras santas ha
pasado; ya no estamos en los tiempos de las Cruzadas»,
le diría al francés León Gabrielli—, y afirmaba que sus objetivos eran la modernización e independencia de su país,
por otro aceptaba el título de *emir al-muninin*, y sus partidarios proclamaban por los zocos del norte de Marruecos el yihad contra los invasores cristianos.
En general, los historiadores más modernos coinciden en
explicar todos y cada uno de los pasos dados por Abd el-
Krim desde julio de 1921 —unificación de las cabilas, cen-
tralización del poder, reformas legislativas, judiciales y re-
ligiosas—: en función de la guerra contra los españoles.
Pablo La Porte lo afirma de forma explícita: «Abd el-
Krim fue un líder que actuó, en la mayoría de las ocasiones, según se le fueron presentando los problemas de-

---

8 Sobre Abd-el-Krim puede consultarse el libro de David S. Woolman, *Abd-el-
Krim y la guerra del Rif*, Barcelona, Oikus-tau, 1971 donde, entre otras cosas, se
expone la labor fundamental en el diseño de la guerra contracolonial del
hermano, Mhamed Abd-el-Krim, y se explica que la guerra con los franceses no
había sido voluntad del líder rifeño.

rivados de la guerra contra los españoles. No creo que existiera en Abd el-Krim un ideal nacionalista previo al desastre de Annual. Considero, por el contrario, que fue la guerra contra los españoles la principal causa de todos sus proyectos, incluidas las reformas de tipo religioso. A mi modo de ver, Abd el-Krim fue, ante todo y sobre todo, un guerrero, que empleó todos los medios a su alcance para ponerlos al servicio de la resistencia ante la penetración española. De ahí las contradicciones de muchas de sus actuaciones. Algunas de ellas demuestran suficientemente la improvisación de su manera de actuar».

En el mismo sentido, David M. Hart sostiene que la creación, el 1 de febrero de 1923, de la Jamhuriya Rifiya –la República del Rif, presidida por Abd el-Krim– fue un imperativo de tiempo de guerra, que respondió a la necesidad de establecer una confederación entre las tribus para hacer frente a la invasión. Para Hart resulta revelador el hecho de que sus informadores rífenos, varias décadas después de la guerra, se refirieran al aparato de gobierno establecido por Abd el-Krim como «el frente rifeño».

Paradójicamente, una de las reformas introducidas por Abd el-Krim –la que en apariencia estaba más directamente ligada a la guerra–, la creación de un ejército regular, habría tenido más que ver, si seguimos a C. R. Pennell, con la necesidad del líder rifeño de imponer su autoridad entre las cabilas, primero en el Rif, después en Gomara y Yebala.

Las fuerzas regulares rifeñas estaban integradas por unos tres mil combatientes –Goded eleva la cifra a ocho mil–, entre ellos trescientos tiradores de élite y cien ametralladores, rigurosamente seleccionados e instruidos. Su organización era semejante a la de los ejércitos europeos, con batallones (tabores) y compañías (mías) mandados, respectivamente, por caídes con rango equivalente al de comandante y capitán. Las compañías, de cien hombres, se subdividían en unidades de cincuenta, veinticinco y doce hombres, mandadas por caídes con graduación de teniente, sargento y cabo. El diferente color de las bandas de lana con que los soldados cubrían su cabeza permitía distinguir la unidad a la que pertenecían: verde los doscientos beniurriagueles que constituían la guardia personal de Abd el-Krim, rojo los oficiales, azul las tropas de infantería, negro los artilleros y ametralladores. El rango de los oficiales y suboficiales se indicaba con un número determinado de galones cosidos al turbante.

Como en todos los demás aspectos de su acción de gobierno, en la organización de la resistencia Abd el-Krim combinó la introducción de reformas con el recurso a las estructuras tradicionales rifeñas. Si las fuerzas regulares se convirtieron en el núcleo de su ejército, las jarcas tribales constituyeron la masa principal de combatientes. Abd el-Krim nombró caídes en cada una de las cabilas, que debían ocuparse de que cada una de las fracciones que las integraban proporcionaran contingentes de entre 400 y 700 combatientes.

Las jarcas se organizaban con carácter provisional, para acciones concretas que podían durar desde unos días hasta varios meses. Su movilización podía ser parcial, afectando sólo a una fracción, o general, cuando se formaban jarcas en varias fracciones de una o de más cabilas. (Villalobos: 139-141).

La retórica política de Abd-el-Krim desplazó el concepto pasivo de resistencia a la guerra (las manifestaciones del pueblo exigiendo responsabilidades y por el recuerdo de las víctimas, por ejemplo), que había caracterizado la oposición a la guerra antes de 1921, para traer a la batalla ideológica el concepto de guerra colonial que caracterizaba la manera de sostenimiento de un sistema de explotación (cf. Sartre), el control territorial en beneficio de las metrópolis y el mantenimiento de una estrategia de infraculturación en las zonas colonizadas. En París, el Congreso de trabajadores nacionalistas marroquíes, tunecinos y argelinos, le envía un telegrama en el que se podía leer «los trabajadores norteafricanos de la región parisina, reunidos en su primer Congreso en este histórico día 7 de diciembre de 1924, felicitan a sus hermanos marroquíes y a su caudillo, el héroe Abd-el-Krim por su triunfo sobre el colonialismo español, manifestando su solidaridad con ellos en todo aquello que conduzca a la liberación de su país, dando con ellos ¡Vivas! A la independencia de los pueblos oprimidos y ¡Mueras! Al colonialismo mundial» (Martín: 88). El mismo Abd-el-Krim, respondía a una invitación de estudiantes de Buenos Aires

> con un mensaje a todas las repúblicas latinoamericanas, recordando el centenario de la batalla de Ayacucho en la que el general Sucre había derrotado a los españoles en Perú: «el heroico pueblo de Marruecos, está luchando por los mismos ideales que reivindicaban Miranda, Bolívar, San Martín. Poseemos cualidades que nos impiden tolerar toda dependencia de cualquier potencia europea. Nosotros, en el día de hoy, ofrecemos nuestras vidas en el altar de nuestra libertad nacional». (Marín: 88).

Respecto a los actos de barbarie contra las tropas españolas, el mismo Abd-el-Krim había hecho una proclama en la que se afirmaba que «Alah os da derecho al botín y a tomar como prisionero al vencido, pero también os obliga a evitar toda crueldad gratuita» (Villalobos: 144), así como, tras las atrocidades de Monte Arruit, había dado orden de fusilar «a todo aquel que atentara contra la vida de los civiles o soldados españoles vencidos» (Villalobos: 144-145). El testimonio de Indalecio Prieto, publicado en una de sus crónicas de guerra es significativo (Prieto: 80).

Las muestras de brutalidad fueron habituales durante la campaña de 1921. Las fotografías de cuerpos mutilados y en proceso de descomposición por haber sido abandonados a la intemperie por las tropas rifeñas fueron determinantes en el apoyo del gobierno a nuevas acciones de castigo, como las que eran descritas y acompañadas de fotografías en el diario británico *Ilustrated London New* de aviones españoles lanzando bombas de gasolina sobre las aldeas. A la ejecución de prisioneros heridos por parte de los rifeños se sucedieron las *razzias* españolas:

> En un folleto editado en 1922, el por entonces oficial de Regulares Emilio Mola Vidal describe detalladamente los

métodos que se deben seguir a la hora de razziar e incendiar los poblados marroquíes. «Sucede en las ocupaciones de los poblados y en las razzias que la tropa, enardecida, entusiasmada, persigue a tiros gallinas y demás animales domésticos, sin cuidarse para nada del sitio hacia donde dispara». La principal preocupación de Mola era evitar desgraciados accidentes entre «los soldados de una nación culta que abren a un pueblo en estado de barbarie las puertas de la civilización y del progreso», aunque también es cierto que señala la conveniencia de respetar las mezquitas y la vida de las mujeres, los niños y los hombres que se rindan en el acto.

Las incursiones y saqueo de los aduares rífenos eran un poderoso aliciente no sólo para las jarcas y demás fuerzas auxiliares indígenas, sino también para los propios soldados españoles. En el *Diario de una bandera*, Franco evoca la figura de un legionario maltes, «legionario en estado primitivo; su afición a la razzia ha hecho que no le dejen el fusil para que no se interne por los aduares, pero con la llegada de soldados nuevos ha encontrado medio de seguir sus razzias. Hoy ha llevado a dos compañeros para que lo protejan mientras razzia un aduar». (Villalobos: 147).

Todos estos hechos aparecen en la novela de Galán, pero no lo que vendría después, cuando la campaña finalmente comenzase a decantarse del lado español, a partir de 1925, en buena medida por el error de Abd-el-Krim de abrir un nuevo frente contra los franceses: la de una costumbre practicada en los años diez de decapitar a los enemigos y colocar las cabezas ensartadas en la punta de la bayoneta.

La campaña de 1921 terminó en julio de 1927[9] con la derrota de Abd-el-Krim (que se entregó a las autoridades francesas) y del resto de las fuerzas rifeñas, pero la guerra trajo para España otro elemento no esperado:

> El ejército español, hacia 1921, estaba muy lejos de ser una institución monolítica. Las denominadas Juntas de De-

---

9   Federico Villalobos ha resumido las campañas militares desde la de Melilla de 1909 en el magnífico libro, ampliamente citado aquí, *El sueño colonial*, pp. 283-305.

fensa, creadas en 1917, la ley de reorganización del ejército de 1918 y la supresión de los ascensos por méritos de guerra habían consagrado el triunfo del ejército burocrático, a menudo identificado con la oficialidad peninsular, frente a las aspiraciones del ejército colonial destacado en Marruecos.

El desastre de julio de 1921 invirtió la relación de fuerzas. Los «africanistas» responsabilizaron a los «junteras» de la derrota: preocupadas tan sólo de satisfacer mezquinos intereses, las Juntas de Defensa habían erosionado la disciplina y desatendido las verdaderas necesidades del ejército. La acusación no carecía de fundamento, pero también es cierto que el revés de Annual era la consecuencia de largos años de errores y vacilaciones de los directores de la política española en Marruecos, y responsabilidad directa de una primera generación de militares africanistas, representada por Berenguer y Silvestre.

En cualquier caso, el éxito obtenido por los jóvenes oficiales de las tropas de choque en la reconquista del territorio dio la razón a los africanistas. Sus puntos de vista, tanto respecto a los ascensos por méritos de guerra como en relación con la conducción de la guerra, se impusieron, encontrando incluso el apoyo del rey, que vio en aquellos prestigiosos oficiales un poderoso sostén frente a las acusaciones, más o menos veladas, que la estela de los sucesos de Annual había desatado contra la monarquía.

Entre 1921 y 1927, el ejército de África demostró «primero, lo correcto de sus apreciaciones sobre la necesidad de una acción enérgica y decisiva si se quería resolver la endémica situación de guerra; segundo, su capacidad para llevar a cabo esta acción». Dieciocho años de guerra habían servido para transformar un ejército decimonónico e ineficaz en una excelente fuerza operativa, encabezada por una élite de tropas de choque, conducida por competentes oficiales y provista de los más modernos medios de combate, en cuya utilización, en muchos casos, había sido pionera.

La modernidad alcanzada por los oficiales africanistas en

el terreno profesional no se reflejaba, sin embargo, en el plano ideológico. Profundamente conservadores, cuando no reaccionarios, los africanistas heredaron de la generación militar del 98 un sentimiento de amargura, frustración y alejamiento del resto de la sociedad. En palabras de Andrée Bachoud, el rechazo de los militares «a todo lo que constituye la base de un funcionamiento democrático en España, autoridad civil, prensa, Parlamento, intelligentsia, adopta formas mucho más duras con la guerra de Marruecos, que les permite acompañar sus críticas con la afirmación cada vez más coherente de cierto número de valores». Frente al pacifismo y antimilitarismo de las clases populares y buena parte de los intelectuales, percibidos como antipatrióticos; frente a los avances del socialismo y del regionalismo, y ante la descomposición del régimen liberal, al que consideraban corrupto, los militares africanistas empezaron a verse a sí mismos como los únicos portadores de la genuina esencia e identidad nacional.

Esta ideología, de carácter prefascista, será el punto de encuentro de los militares africanistas con fuerzas que habían estado dispersas, cuando no enfrentadas, durante el largo período de la monarquía liberal. La Iglesia, el capital y la pequeña burguesía, sintiéndose amenazadas por las perturbaciones políticas y sociales a las que la guerra de África, desde 1909, había servido de catalizador, buscarán la salvaguarda de sus intereses aliándose precisamente con los vencedores de esa guerra. Ese movimiento estratégico tendrá consecuencias de largo alcance: será el ejército de África, y muy especialmente sus tropas de choque –la Legión y los Regulares indígenas– quien, empleando en la metrópoli los brutales métodos de la guerra colonial, termine con el breve sueño democrático que representó la República y establezca una dictadura militar que durará cuarenta años, personificada en el más conspicuo de los oficiales africanistas. (Villalobos: 279-280).

Entre 1920 y 1926 el número de bajas españolas fue de más de

15.000 hombres y otros tantos de heridos (Ramiro de la Mata: 70).
Desde bien pronto, se sobrepuso a la guerra colonial el sentido de
barbaridad que había tenido para muchos la guerra mundial que
había terminado pocos años antes, pues «en la guerra, por un fe-
nómeno de desmoronamiento de la espiritualidad y de la sensibilidad de los hombres, el alma bárbara, que al fin y al cabo parece
ser nuestro poso ancestral, se desborda como yo nunca había visto
antes (Prieto: 172). La posición más radical afirmaba que había
que abandonar Marruecos y las posesiones coloniales españolas.
Esta es la que tiene Fermín Galán en 1925[10], después de haber es-
bozado un año antes un modelo de pacificación del territorio
basado en el control político de las cabilas a través de un funcionamiento orgánico e independiente («cada una con su fuero») de
las mismas en lo que llama el sistema de los grandes caídes[11]. Sin
duda, el cambio se había producido cuando Galán toma contacto
con los movimientos anarquistas y comunistas durante su convalecencia en un hospital de Madrid, entre octubre de 1924 y
marzo de 1925. Volvió a Ceuta pero inmediatamente solicitó
nuevo destino en la península. Para él este conflicto se cerraría
con la escritura de *La barbarie organizada*.

El 10 de julio de 1927, el general Sanjurjo hacía el anuncio
oficial del fin de la guerra. Atrás quedaba una campaña moderna,
impulsada por un ejército profesional, la utilización masiva de
la aviación (clave en la Primera Guerra Mundial) y el uso de
bombas incendiarias y bombas de gases tóxicos.

---

10   Antonio Leal, obrero industrial de Badalona ligado a los movimientos anar-
     quistas, amigo de Galán desde que se conocieron en la cárcel de Montjuich, y
     editor de sus cartas, señala en el libro que escribió junto a Juan A. Hernández,
     Para la historia. Lo que no se sabía de Fermín Galán, Barcelona, 1931, que hasta
     poco antes de 1923 Galán era un «militar de mentalidad recortada en el patrón
     vulgar de todos los militares, sobre todo de aquella época» (p. 11). No sabemos
     nada de la biografía de Galán que pudiera explicar el cambio radical que ya
     vemos materializado en 1925.

11   Si en los dos artículos, publicados en los números 2 y 5 de la *Revista de Tropas
     Coloniales,* (febrero y mayo de 1924), considera que «la política es el medio para
     preparar, ocupar y afianzar una zona que al fin ha de estar dominada» (Galán,
     1924a: 24), buscando el desarme y la resolución política de la guerra, en el n° 8 de
     la misma revista publica otro artículo, «Las tendencias nuevas» en la que afirma
     que «todos estamos conformes en terminar de una vez con esta preocupación na-
     cional» (Galán, 1924b: 8); Reconoce que *«hay que montar los carriles por donde ha
     de rodar durante muchos años el engranaje de la colonización»* (Ibid) y considera que
     sólo estando tropas de voluntarios en el terreno y estableciendo impuestos a las
     cabilas podrá resolverse la oposición a la guerra que existe en la península.

La narrativa sobre la guerra colonial española en Marruecos

Desde los primeros episodios bélicos, a mediados del siglo XIX, hasta el final de las operaciones militares en 1927, la literatura sobre el conflicto colonial fue amplia y con planteamientos estéticos muy diferentes:

> El mundo de la creación literaria mostró pronta diligencia para incorporar a su universo imaginativo ese cúmulo de episodios que durante largos años vinieron desarrollándose en Marruecos. Enseguida hallaron reflejo dentro del género dramático y también en el campo de la lírica, pero fue sobre todo en el ámbito de la narrativa donde aquellos conflictos bélicos alcanzaron su fundamental evocación artística. No hubo campaña militar, con la sola excepción de la breve guerra del Kert, que no llevase aparejada su consiguiente imagen novelesca. Si en los primeros enfrentamientos esa atención quedó por lo general circunscrita a la propia contemporaneidad del suceso, no ocurrió lo mismo con la larga y sangrienta guerra acaecida durante la década de los veinte, cuya sombra literaria, lejos de haberse convertido en un fósil, ha venido alargándose hasta el más inmediato presente. (López Barranco: 37).

López Barranco considera la variedad estilística y discursiva de este *género*:

> En tal motivo han convergido los amazacotados folletones decimonónicos, el costumbrismo, el realismo, figuras menores de la promoción del noventa y ocho, la narrativa popular de las primeras tres décadas del siglo XX en casi todos sus modos y dimensiones, la denominada literatura deshumanizada de los años veinte, el efímero Nuevo Romanticismo, la novela social de anteguerra, el humorismo satírico de esa misma época, la altisonante literatura del

> primer franquismo y, a partir de ahí, el relato de nuestros
> días en las más variadas formulaciones, entre las que ni
> siquiera falta alguna muestra de esa narrativa publicada
> en colecciones surgidas en tiempos recientes para los lec-
> tores alevines. Una producción, en suma, tan diferente en
> la forma de entender lo novelesco comol vanada en en-
> foques, estilos y calidades. (López Barranco: 37).

Una gran parte de esta narrativa se centra en el desarrollo de
la guerra a partir del desastre de Annual, momento en el que el
conflicto se hace más evidente por la derrota del ejército español
y por la situación de pérdida de parte del territorio ocupado. La
prensa prestó especial atención al desastre militar y a la «carnicería» que habían hecho las tropas de Abd-el-Krim en posiciones
como Monte Arruit y Zeluán. Numerosas fotografías se publi-
caron sobre cuerpos abandonados a las aves carroñeras, decapi-
tados y mutilados. Los artículos cuestionando la valía de la je-
rarquía militar y la amenaza de la pérdida de influencia en esa
zona en beneficio de la política colonial francesa, reactivada por
entonces, obligó al ejército español a responder con una campaña
planificada de sometimiento y control, como hemos visto.

Acompañando esta campaña, en la prensa y revistas españolas,
comenzaron a publicarse nuevos relatos sobre la guerra colonial.
Buena parte de esta literatura se centró en la actividad bélica de
la Legión, un cuerpo de ejército recién creado, especializado y
formado por voluntarios y no por soldados de reemplazo. Se
trataba de oponer al ejército de las cabilas marroquíes, una maquinaria de guerra que, a imitación de la Legión Extranjera
Francesa, pudiera operar sobre el territorio de manera compacta
y rígida. La mayoría de los autores de estas novelas breves, casi
siempre destinadas al gran público, eran narradores ocasionales,
escritores poco conocidos que vieron en el tema una oportunidad
de publicar, o que consideran importante su historia por ser testigos directos del conflicto, bien por tratarse de periodistas o por
ser combatientes. Es por ello que podemos hablar de una lite-

ratura «de género», generalmente de códigos restringidos[12], caracterizada por el uso común del estilo de la literatura bélica que había nacido con la guerra mundial (aunque muchas veces sin abandonar la base estética de la literatura medieval y la temática de la literatura barroca, centrada en ideologemas[13] como el honor, la valentía, el alma y la raza; y que desprecia las consideraciones críticas sobre la justicia, el derecho, la violencia y el colonialismo. Según López Barranco:

> La novela de ambiente legionario creó un universo de ficción bastante homogéneo a partir de ciertos lugares comunes que constituyeron su columna vertebral. Por sus páginas deambulan animosos hombres, derrochadores de valor, heroísmo y abnegación, junto a impenitentes solitarios tras los que se ocultan otrora descarriados individuos expulsados de un mundo que ya no les pertenecía y que han encontrado postrero acomodo en la fraternal camaradería brindada por esta nueva familia. Tal tipología de los personajes establece los dos modelos básicos de planteamiento novelesco. Unas veces se orienta hacia el retrato grupal, donde se refieren las peripecias de un reducido número de hombres que o se han enrolado juntos en las filas de la Legión o se han encontrado allí, pero cuyos destinos discurrirán en paralelo. Otras veces se trata de narraciones de carácter individual, centradas en algún legionario apartadizo y desamparado, cuyo recóndito pasado irá aflorando a lo largo del relato. (López Barranco: 96).

---

12   Por código literario entiendo un principio regulador del estilo y la estética literarios adquiridos por las autorías (escritores y escritoras). Los códigos funcionan como principios productivos de enunciación. Seleccionan e integran determinados significados relevantes para el grupo social en el que se inscribe la autoría que, a su vez, actúa como contexto delimitando lo que puede decirse y cómo se dice. El código restringido establece un orden de significación particularista (no universalista, como lo hace el elaborado) y estrechamente ligadas al contexto. Marca una elección limitada de alternativas expresivas, se caracteriza por la sencillez y el rechazo de la complejidad. En el nivel de la imaginación, potencia la imaginación reproductiva que mantiene la tópica popular (costumbrismo, sentido común, etc.) o fantástica, que rehúye de lo Real. La condición primaria para la localización de las orientaciones del código vienen por el lugar de inserción social. Las reglas de reconocimiento obligan también a una restricción (de ahí el nombre) particularista y contextual. Cf. mi *Teoría social de la literatura*.

13   Un ideologema es el resultado de una construcción discursiva realizada a partir de proposiciones.

Una de estas primeras narraciones es *Memorias de un legionario,* que comenzó a publicarse el 26 de agosto de 1921, coincidiendo con el inicio de la campaña, en el diario *Nuevo Mundo,* y que terminó el 3 de febrero de 1922. En realidad, el autor, Juan Ferragut (pesudónimo de Julián Fernández Piñero), inventó el testimonio de un soldado. Entre las secuencias de combates se mezclan aspectos de la vida cotidiana de los legionarios y se incluyen episodios trágicos como el del monte Arruit. Escrito en forma de diario, recurso común a muchas otras (incluyendo *La barbarie organizada* aunque hecho de forma implícita), la obra concluye con la deserción del legionario al recibir carta de una antigua amada. Además del diario, otras opciones narrativas son el «testimonio» escrito de legionarios, como sucede en *¡Los que fuimos al Tercio!* (1932) de José Asenjo, que fuera capitán de la Legión; las «estampas», como en *Tras el águila del César. Elegía del Tercio, 1921-1922,* publicado en 1924 por Luys Santa Marina; y las cartas, como en *Allá en el Rif... Del amor y de la guerra* (1922) de Tomás Royo. Argumentalmente, uno de los elementos habituales en este tipo de relatos es la combinación entre una novela bélica y una novela amorosa, como hace Rafael López Rienda en *Juan León, legionario* (1927) o El Tebib Arrumi (pseudónimo de Víctor Ruiz Albéniz) en *¡Kelb rumí!* (1922). Otras ofrecen un relato moral organicista que finaliza con la redención por el combate de la mala vida llevada antes de la guerra, como sucede en *El héroe de la Legión* (1921) de «El Caballero Audaz» (pseudónimo de José Mª Carretero), o en *Bajo el sol enemigo* (1922) de Antonio de Hoyos. En otros relatos, como el de Carlos Micó *Lupo, sargento* (1922), autor de varios textos más, se produce una especie de «transustanciación» de un legionario muerto en el cuerpo de un sargento nativo cuyo cuerpo herido estuvo en contacto con aquel. Algunas novelas derivan en relatos de aventuras, como *Los del Tercio en Tánger* (1926) de Francisco Triviño. Algunas obras establecen una representación del conflicto en términos de *épica medieval*[14]:

---

14   El modelo de tal épica es, claro, el *Cantar del Mio Cid.*

Si el conjunto de la novelística sobre esta guerra de Marruecos recreó los múltiples aspectos que conformaron el entramado y ambiente del conflicto, el grupo de novelas legionarias enfocó el asunto desde un casi único ángulo: la hazaña militar. El elemento bélico constituye la razón de ser de la mayoría de estos relatos. En los momentos de lucha, los protagonistas ofrecen cuanto de bueno hay en ellos. (López Barrero: 110).

En este sentido, la imaginería bélica de esta narrativa contra la que se levanta *La barbarie organizada* y el resto de novelas del nuevo romanticismo sobre la guerra colonial española en Marruecos, no condena, sino muy al contrario, las abundantes descripciones de los saqueos y destrucciones de pueblos hechas por los legionarios, que la novela de Fermín Galán denuncia. La *normalidad* de los hechos bélicos se presenta en muchos casos como una *reparación* por la insurrección marroquí. En relación al tratamiento «hiperrealista y de vigor descriptivista» de algunas de estas novelas, López Barranco termina por advertir que estos textos acaban por desmerecer «por las folletinescas o lacrimógenas historias que acompañan a los personajes y por el tono sensiblero con que suelen narrarse» (López Barranco: 112). En esa imaginería se engrandece la disciplina de los legionarios y la aceptación de la muerte como *motivos ideológicos*, pero no se describe la aplicación de la disciplina dentro de este cuerpo del ejército, ni se habla sobre las deserciones, ni sobre los suicidios, ni del miedo a morir, algo que formará parte fundamental, precisamente, de la novela del militar republicano. Sin embargo, estas novelas eran consumidas con interés por una cultura popular reducida a los marcos de la *subalternidad*[15]. Es interesante, por ello, la elección del tratamiento que hará Galán en contraste con las obras de Díaz Fernández y Sender. Su austero estilo resalta los pautados elementos metafóricos que aparecen en ella, dotándoles de concreción (algo que se pierde, por ejemplo, en *Imán*) y ligándolos a una cultura popular con lo que pretende limitar el im-

---

15 En el plano de una teoría materialista de la estética de la recepción, subalternidad significa que los hábitos de consumo literario de las clases populares están sometidos a reglas que definen cuáles son los significados relevantes, qué valor social tienen y quiénes pueden reconocerlos. Cf. mi *Teoría social de la literatura*.

pacto emocional en beneficio de la *intensamente fría* denuncia, como veremos más adelante. Se puede decir que la novela de Galán opera contra la imaginería bélica de esta narrativa *legionaria,* contra su estilo hinchado y ampuloso, y contra el sentimentalismo[16].

En un artículo de Díaz Fernández, «Literatura de la guerra», publicado el 9 de marzo de 1922, caracteriza al público de esta narrativa aparecida durante el último periodo de la guerra colonial:

> Hace pensar con detención esta literatura de la guerra que nació con los primeros episodios de la campaña y parece prolongarse según la campaña se prolonga. Los escritores madrileños —los de oficio, o por decirlo así, comerciantes de la actualidad literaria— han encontrado un tema mitad folletinesco y mitad teatral para urdir fantasías deplorables y acariciar las imaginaciones un poco ingenuas de esos lectores de novelas baratas que se encuentran en todas las clases de nuestra vida social. Ved como la modistilla romántica ha dejado «Los tres mosqueteros» por la narración de una de esas innumerables novelas semanales que ahora aparecen y como la mamá burguesa, o el papá del cupón, entretienen sus ocios después de comer con esos episodios trágico-bufos de los literatos ocasionales. (Díaz Fernández, 2004: 106).

A continuación, enuncia lo que es esta guerra y que esa literatura no representa:

> No existen –bien lo saben todos– ni batallas donde la gloria extienda su manto de laurel; ni hazañas épicas para tallar en sonoros versos del romancero. Para nadie es esta guerra una gallarda guerra de conquistas, ni nadie existe tan cándido que crea desplegado sobre los campos africanos aquel estandarte de la Santa Cruz que hipnotiza aún a los viejos guerrilleros. «Es una operación de policía» –como ha dicho algún político–, desarrollada con cierta trágica lentitud que lleva al sacrificio muchas vidas. Pero vidas resignadas, con un pasado vulgar y oscuro. Se

---

16   Como se sabe bien, el sentimentalismo tiene una función clave al provocar efectos emocionales que anulan la capacidad crítica.

muere cumpliendo un deber y quizá amando la vida como nunca, disputándola palmo a palmo al enemigo traidor.

¡Ah, señores escritores de la actualidad! Es muy fácil ver la guerra y glosar la campaña en el confortable despacho donde la fantasía vuela para dar afanes a la pluma. La guerra imaginada es una bella sucesión de episodios heroicos que han de calofriar más tarde las vértebras sensibles de los lectores ingenuos. Pero la verdadera literatura de la guerra está por escribir. Y no son, precisamente, los ficticios combates bajo el sol ardiente, ni las escenas de hospitales entre señoritas de la Cruz Roja. Y gallardos Legionarios heridos.

Para, finalmente, proponer una literatura que pudiera estar a la altura de las necesidades críticas de la guerra:

> Es una literatura que pudiera surgir de esas cartas sinceras, hondas, conmovedoras de los soldados que caen sin saber cómo en lo alto de una loma o en el fondo de un barranco. Literatura que pudiera llevar sobre sí, como sobre los lomos de un Pegaso, el odio a la guerra y el retorno al bienestar común; esa literatura que quizá no torture imaginaciones pueriles ni guste tanto a los editores mercachifles; pero que sea el reflejo de tantas almas amargadas y tantas vidas vulgares como quedan por aquí rotas. Eso que pudiera llamarse la moral de la tragedia. Todo lo demás no es arte, es artificio, burdo artificio para pasar el rato y vender papel impreso. (Díaz Fernández, 2004: 108-109).

Es evidente que abría así la posibilidad de otra literatura, una *literatura crítica*, que se hiciera cargo de las determinaciones y condiciones sociales de la guerra, así como de una narrativa que mostrara la maquinaria brutal de la colonización.

Eso no sucedió hasta prácticamente después de 1925. De hecho, un novelista como Sender escribe, antes de *Imán* (1930), dos textos sobre la guerra: el primero, *Una hoguera en la noche,* escrito en 1922 y publicado al año siguiente, es una narración que sigue el esquema de los relatos genéricamente híbridos; y *Melilla,* un conjunto de estampas sobre este territorio, que se publican entre el 12 de marzo y el 30 de septiembre de 1923 en *El Telegrama del Rif,* que no hace ningún planteamiento crítico. ¿Pudo tener alguna razón en este «bloqueo» del discurso crítico hasta 1925 la censura existente sobre la información del conflicto? Por los artículos de prensa y ensayos parece que no. Se trata, entonces, de un problema de construcción estética del conflicto, como veremos más adelante. Los de Sender fueron unos más del conjunto de relatos que establecieron una imaginería más allá del propio hecho bélico para reintroducir toda una serie de mitificaciones exóticas[17] que procedían de una gran parte de la literatura española anterior, como el abencerraje.

Estas novelas, como *Aixa* (1925) del interventor militar Luis Pérez Lozano, *Neima, la sultana de Alcazarquivir* (1925) de José Mª López, *Pasión de moro* (1925) de Margarita Astray, *Cárcel de seda* (1925) de Francisco Camba, *¿Mektub!* (1926) del periodista y amigo de Sanjurjo Gregorio Corrochano, *Luna de Tettauen* (1926) del también periodista del *ABC* Alfredo Carmona, o la tardía *Yamina* (1932) de Celedonio Negrillo, entremezclan una visión superficial de las culturas y las costumbres marroquíes, generalmente presentadas a partir de un conjunto de tópicos sexuales occidentales (tanto sobre las mujeres marroquíes como sobre los hombres) que suelen derivar en fórmulas malentendidas del amor cortés y obras del siglo XVI y XVII sobre el cautiverio en Argel. Un número importante de novelas, como *El sacrificio* (1922) de Emilio Carrere o *Cuando volvió el prisionero* (1923) de José Andrés Vázquez son más que obras sobre la guerra narraciones sobre las consecuencias humanas de la misma. Combatientes, perdedores, héroes, presos, asediados, etc. El peso de la narración está en la tensión a que somete la guerra a los individuos. Otras más desplazan la trama bélica en favor de cuestiones derivadas de las conductas de los individuos tras ella, como en *Jauja* (1928) del poeta y novelista Ricardo León o *La tragedia*

---

17 No puede confundirse esta idea con la de exotismo que estudió Lily Litvak, para quien el mismo no fue sólo un escapismo al mundo finisecular, «invenciones fabulosas y fabuladoras, mitos negadores de la realidad cotidiana», sino también «un rechazo y una crítica implícita a la realidad indeseable, y en la transfiguración de lo distante y lejano, la expresión de ciertos ideales inencontrables en la propia sociedad» (Litvak: 16).

del cuota (1922) de Francisco Hernández Mir. Este último presenta un aspecto importante:

> El relato, de muy escasa entidad literaria, refiere la peripecia acaecida a Pepín Gómez de la Riva, un joven procedente de una adinerada familia, mimado, egoísta y manirroto con el beneplácito paterno. Tras el desastre de Annual, el ejército lo envía a Marruecos, al igual que sucedió con otros muchos cuotas que por aquellas fechas se encontraban realizando su servicio militar en la Península. Las circunstancias ambientales a las que se ve sometido allí le obligan a cambiar su forma de vida y conducta. Se transforma en una persona solidaria: preocupada por los demás y por cuanto le rodea. En Marruecos no sólo pule sus deficiencias educativas, sino que consigue desarrollarse como hombre y como ciudadano. De tal forma, lo que en un principio parece una tragedia personal se convierte en beneficio para él y para la sociedad. (López Barranco: 155).

Por supuesto, muchos relatos solamente tienen la guerra como fondo o ambiente.

Siendo las más numerosas, la narrativa sobre la guerra colonial tuvo otra vertiente: el de las novelas *africanistas*, que cumplirían con la idea de explorar la tierra, la cultura y la historia del norte marroquí entremezclando tramas de distinta naturaleza literaria. Es el caso de *La pared de tela de araña,* escrita en 1920 pero publicada en 1924 por una de las figuras más reconocidas del periodismo española, Tomás Borrás. Minuciosa reconstrucción occidental de la vida árabe que busca, al mismo tiempo, caracterizar los tipos humanos que ha dado esa cultura. Desde otra perspectiva se escribe tardíamente *Melilla la codiciada: los buscadores del pan* (1930), obra del maestro Juan Berenguer. La obra es un retrato vivo de la ciudad en la década de los años veinte. Sin embargo, aquí las condiciones sociales divide a los habitantes entre los que tratan de sobrevivir trabajando y los que optan por el mundo de vividores y ladrones. También es africanista la novela de Francisco Carcaño, militar destinado en Melilla, *La hija de Marte* (1930), un texto lleno de apuntes etnológicos y costumbristas que se nutre de sus propios ensayos sobre la zona, el más importante *Labor civilizadora de España en Marruecos: medios de fomentar el turismo en las poblaciones del norte de África* (1929).

Mención especial merece la novela anónima, de curioso título, publicada en Melilla en 1922: *El señor Feliciano en la República del Rif: descripción del espeluznante viaje realizado por el intrépido periodista.* Se trata de una sátira contra Abd-el-Krim y su proyecto político en el que se mezcla la parodia, una estilización grotesca y comedia. Cuenta el viaje de dos periodistas del diario *El Infundio* a la República del Rif. Viajan en un avión que tiene que amerizar y son recogidos por un buque rifeño después de intercambiar unas palabras: «¿Qué queréis? —gritó un moro en perfecto castellano./ -Hombre, que hagáis el favor de matarnos o que nos saquéis del baño» (Anónimo: 26). Una vez en tierra, recorren la ciudad en la que se van a entrevistar con el líder rifeño que tiene todo la apariencia de una urbe europea. Los intelectuales críticos a la guerra han sido aquí homenajeados: Marcelino Domingo es el nombre que ponen a una avenida por haber afirmado que España debe salir de Marruecos. Con este tipo de sarcasmos se desarrolla toda la novela, contando, por ejemplo, la advertencia de Abd-el-Krim sobre que si España no se marcha de este territorio en el término de un mes y no «abona la indemnización que mi gobierno fijará, mis ejércitos invadirán la península» (Anónimo: 54); o las revelaciones de que en esta república no existe el conflicto entre capital y trabajo «por la sencilla razón de que aquí no hay trabajo» (Anónimo: 84).

Al mismo tiempo que estas novelas, se desarrolló una literatura crítica sobre la guerra que seguía, sólo en este aspecto, los grandes textos de denuncia que se habían publicado antes de la campaña de 1921. El primero, el de Benito Pérez Galdós, *Aita Teattuen* (1905), centrado en la campaña de 1859, es un relato antibélico que reconoce la existencia de un problema colonial terrible y de unas razones espurias para declarar la guerra:

El agravio no era de los que piden reparación de sangre. Fueron los españoles a la guerra porque necesitaban gallear un poquito ante Europa, y dar al sentimiento público, en el interior, un alimento sano y reconstituyente. Demostró el general O'Donnell gran sagacidad política, inventando aquel ingenioso saneamiento de la psicología española. Imitador de Napoleón III, buscaba en la gloria militar un medio de integración de la nacionalidad, un dogmatismo patrio que disciplinara las almas y las hiciera más dóciles a la acción política. (Pérez Galdós: 132-133).

Una guerra «inventada» por O'Donnell llega a decir Pérez Galdós, apoyada por la Iglesia, y que afecta fundamentalmente a un pueblo hambriento (la razón que Galán expone al comienzo de su *La barbarie organizada* para justificar el alistamiento de su protagonista en la Legión):

En cada mesa de cada café funcionaba un consejo de grandes tácticos y peritos estrategas. Eran, por lo común, empleados de mediano sueldo, retirados del ejército, o cesantes que llevaban su abnegación hasta el punto de alabar al Gobierno, de posponer su hambre a las altas miras de la patria y a la gloria del ejército. Allí se vio la grande generosidad de este pueblo, que olvidaba sus miserias, resignándose a comer entusiasmo y glorias, mal aderezadas con pan seco. Las madres ofrecían todos sus hijos, y los viejos querían alargar su vida para presenciar tantas victorias; los curas tocaban el clarín, y salpicaban de agua bendita los roses de los soldados, incitándoles a no volver sin dejar destruido el islamismo, arrasadas las mezquitas, y clavada la cruz en todos los alcázares agarenos. Gentes había mal nutridas, que lloraban oyendo hablar del próximo embarque de tropas, y darían su última pitanza por que nada faltase a nuestros valientes soldados. (Pérez Galdós: 134-135).

Pero Pérez Galdós llega a mostrar en la novela un proceso de transformación ideológica del protagonista ante la realidad de la guerra:

Vine a esta guerra con ilusiones de amor. La guerra era mi novia, y yo el novio compuesto y lleno de esperanzas. Imagínate lo que habré sufrido al ver que mi amada se me vuelve fea y hombruna, que sus azahares apestan tanto como su boca... ¿Casarme yo con esa visión?, ¡quiá! En vez de decir sí, he dicho no, y he vuelto la espalda. La guerra, vista en la realidad, se me ha hecho tan odiosa como bella se me representaba cuando de ella me enamoré por las lecturas... ¡Ay!, querido Pedro, ese mundo vivido en los libros, en páginas de verso y prosa, ¡cuán distinto es del mundo real! Es aquél un mundo que parece haber nacido en los libros mismos, por virtud de los caracteres de imprenta. Lo que ahora me parece sueño ¿fue verdad alguna vez? Voy creyendo que no... ¿Y cómo me explico que siendo para mí tan antipático y repulsivo el ver a hombres matando sin piedad a otros hombres, me hayan encantado las carnicerías de Clavijo, Calatañazor y las Navas de Tolosa? ¡Matar hombre a hombre! ¿Y yo adoré esto, y yo rendí culto a tales brutalidades y las llamé glorias? ¡Glorias! ¿No es verdad, amigo mío, que muchas palabras de constante uso no son más que falsificaciones de las ideas? El lenguaje es el gran encubridor de las corruptelas del sentido moral, que desvían a la humanidad de sus verdaderos fines. (Pérez Galdós: 183).

El final de la novela es, ya, una demanda por acabar con la guerra: «Si vosotros con el acero y la pólvora habéis hecho una gran conquista de guerra, yo, con pólvora distinta, he hecho una conquista de paz. ¿Cuál será más duradera, Perico?...» (Pérez Galdós: 360).

El segundo es el de Manuel Ciges Aparicio, *El libro de la crueldad: Del cuartel y de la guerra* (1906), explícito ya en su título, un relato antimilitarista, que narra desde el ingreso a filas de su autor, en 1893, hasta 1897 en que es arrestado. Se cuenta, pues, la segunda campaña de la guerra colonial. La polémica que tuvo el libro va más allá de las descripciones en el frente. Su incisivo análisis del autoritarismo corrupto de los oficiales, del maltrato en el cuartel y de la lamentable situación de atención en el hospital produce un cuadro desolador de la actividad militar en todos sus aspectos. En el texto de Ciges ya aparecen algunas referencias a actos de mutilación contra los rifeños como «cortar las orejas de los moritos», así como las condiciones de falta absoluta de higiene en las que se lucha.

En el periodo de 1921 al 1927, la existencia de una fuerte oposición a la guerra colonial, firmemente marcada por la Semana Trágica de Barcelona, se trasladó también a la narrativa. A la oposición de anarquistas y socialistas, una gran parte de la población comenzó a protestar por medio de manifestaciones, escritos y huelgas. Cuando llega la campaña de 1921, además, existe ya una consolidada corriente pacifista que se había formado en las trincheras de la Primera Guerra Mundial y que, desde Francia y Alemania, se había concentrado en dos grandes novelas antibélicas: la premiada con el Goncourt, *El fuego* (1916) de Barbusse, fundador del grupo Clarté y redactor del «Llamamiento a los intelectuales», y *Sin novedad en el frente* (1929) de Erich Maria Remarque[18]. Además, el cine vino a apoyar esta corriente por medio de películas tan persuasivas como *J'Acusse* (1919) de Abel Gance.

Probablemente la neutralidad española en la Primera Guerra Mundial hizo que la potencia pacifista generada en toda Europa por un nuevo discurso al abrigo de la revolución soviética se focalizara en España en la guerra colonial. La generación del nuevo romanticismo se constituyó alrededor de una revista cuyo título es sumamente significativo: *Postguerra*. Por otra parte, las luchas contra el colonialismo también habían generado una importante producción literaria (China, India, América[19], etc.). En esta revista, de hecho, se publican números artículos sobre el imperialismo y el colonialismo.

La primera de estas obras es un relato breve, *Los últimos días de Ben-Kaddor,* de Gabriel Alomar, editado dentro de la colección *El sorbo del heroísmo* en 1923. Se publica en «La Novela Semanal»

---

18   *El fuego* fue traducida al castellano en 1930 y publicada por Argis. *Sin novedad en el frente*, apareció en castellano en 1929 editada por Galo Sáez, y en 1930 se realizó una versión cinematográfica firmada por Lewis Milestone. La novela de Blasco Ibáñez, *Los cuatro jinetes del Apocalipsis* (1916) era aliadófila. No por casualidad la novela de Barbusse da título al capítulo V.

19   La independencia de muchos países latinoamericanos de la corona española y el final del territorio colonial en Cuba y Filipinas, de amplia repercusión, funcionaron como testigos de lo que debía hacerse en Marruecos.

donde aparecieron muchas de estas obras del género. Alomar era un dirigente político de la izquierda catalana con una intensa obra ensayística. Se muestra en él la tensión entre un «afrancesado» marroquí, que quiere «abrir el sentido nacional estrechísimo de mi raza y romper los sellos del sagrado libro, para ofrecerlo al comentario de todos los pueblos», y un español que escucha la descripción de las *razzias*, de las matanzas, etc. y de cómo «los tuyos me han convertido a la causa de los otros» (Alomar: 56).

Pero la obra de Díaz Fernández establece un marco estético nuevo con el que abordar la nueva temática social: la guerra colonial española. Primero con «Herido de guerra», un cuento publicado en la revista *La Esfera,* en 1926, centrado en la abulia que produce la espera durante el conflicto y sin abandonar el modelo de la relación amorosa entre un soldado y una mora, y después con *El blocao* (1928), Díaz Fernández inaugura los relatos modernos sobre el tema. Emoción y síntesis es la fórmula que enuncia en el prólogo a la segunda edición de su novela. Él mismo describe los procedimientos utilizados y que van a influir en la novela de Galán: rechazo de «la novela tradicional, que transporta pesadamente descripciones e intrigas, e intento un cuerpo diferente para el contenido eterno» (Díaz Fernández, 1976: 27). «Yo quise hacer una novela sin otra unidad que la atmósfera que sostiene a los episodios. El argumento clásico está sustituido por la dramática trayectoria de la guerra, así como el personaje, por su misma impersonalidad, quiere ser el soldado español, llámese Villabona o Carlos Arnedo» (*Ibid.*: 27). El mecanismo literario trata de establecer lo universal en lo concreto, como intentará Galán. En la novela se relatan episodios que aparecerán en *La barbarie organizada* y que no son comunes al resto de obras: la inhibición sexual de los soldados desemboca en un proceso de violencia sobre el cuerpo de la mujer, por ejemplo; o los estados nihilistas y de soledad de los soldados que los conforman como sujetos de una opresión invisible que se nombra, en la novela de Galán, como la civilización. En *El blocao* «se filtran vislumbres de la realidad total del colonialismo. Nos presenta la visión de ese mundo

en compartimentos, cortado en dos, que es el mundo colonial»
(Fuentes, 2007: xix). Díaz Fernández había publicado antes una
serie de más de doscientas crónicas sobre la guerra, entre 1921 y
1922, para *El Noroeste*. *El blocao* fue, inicialmente, un relato ga-
nador del concurso literario de *El Imparcial*. De esta novela se
vendió en quince días la primera edición y a los tres meses se im-
primió la segunda. Traducida al francés, al inglés y al alemán, *El
blocao* tuvo la atención de la prensa y el interés del gran público.

En 1927 se edita *Los hombres de hierro* (1927)*,* de Cristóbal de
Castro, un relato visto desde el punto de vista de las familias a
las que el afán de la guerra les arrebata a sus hijos.

En 1930 se editó *Uno de tantos,* de Salvador Ferrer, un relato
testimonial apenas ficcionado. Se trata de una denuncia del conflicto colonial en la que se «deja ver con toda crudeza las más brutales y funestas consecuencias de la guerra: la destrucción, los heridos, los mutilados, los muertos y todo aquello que viene siendo
habitual imaginaria del lance bélico despojado de cualquier halo
heróico» (López Barranco: 166).

A esta obra seguirá *Imán* (1930) de Sender una novela que

> denuncia sin contemplaciones el completo entramado co-
> lonialista: la guerra, la institución militar y el falso pa-
> trioterismo de banderitas, de himnos marciales, de con-
> decoraciones y de discursos altisonantes. Eso, aunque con
> menos brillantez, ya lo habían hecho otros. Sender aún
> ahonda más, pues bajo todo eso subyace una denuncia de
> mayor calado: un desgarrado grito contra la opresión
> social que los poderosos ejercen sobre los débiles, contra
> «el cansancio (...) de dos mil años de injusticia», en los que
> la supremacía de unos pocos se ha asen-todo sobre la des-
> dicha de muchos, ya sean éstos soldados o paisanos.

Además, la novela aborda fundamentalmente el problema de
la degradación moral:

> la narración trasciende la mera anécdota bélica y no se
> limita a las tradicionales acusaciones contra la guerra o a
> entonar cantos de pacifismo humanitario. El mal ya no

reside sólo en la perversidad inherente al, propio conflicto armado, sino que éste es una consecuencia más de la degradación moral de quienes detentan el poder, casi cualquier poder: político, militar o económico. En cualesquiera de sus escalafones, todos se sirven del menesteroso para mantener una situación, ejemplificada en ese absurdo Protectorado, que, bajo hipócrita capa de patriotismo, les procura su medro personal.

Tal requisitoria contra el poder institucionalizado y su oprobioso proceder, contra la crueldad y contra el gregarismo, en oposición al amor como máxima representación de la categoría humana y a un cierto sentido de la trascendencia que, mediante formas alegóricas, hermana al hombre con la naturaleza, no sólo sitúan la novela en la órbita de ese anarquismo ideológico del Sender de estos años, sino que ya anticipan las líneas maestras de un universo narrativo muy personal, el mismo que obras posteriores vendrán a refrendar. (López Barranco: 168).

En todo caso, *Imán* desborda el marco narrativo de la guerra y se convierte en una descripción del sistema opresivo de aparato militar. Relata los hechos bélicos que se dan alrededor de la comandancia de Melilla entre 1920 y 1925. Es considerada la mejor novela sobre la guerra colonial española en Marruecos y han sido muchos los críticos dedicados a estudiar la complejidad narrativa del texto y el minucioso trabajo estilístico[20]. Los elementos críticos de la estética romántica, que reaparecen en la literatura del *nuevo romanticismo*, caracterizan muchas de las operaciones literarias que se desarrollan en *Imán*: a) «paisaje y ánimo tienen su estado de interdependencia»; b) «en la descripción senderiana marcha todo: lo exterior y lo íntimo»; c) progresión de los procesos interiores; d) crudeza del lenguaje en busca de un realismo atroz; e) «extrañamiento y complejamiento[21], ejemplos de transposición del lenguaje natural a su versión poética»; f) «apretado nudo de asociaciones»; y g) utilización recurrentes de efectos sinestésicos y otros modos de asimilación conjunta de sensaciones.

---

20   Puede consultarse para ello la edición de *Imán* de Francisco Carrasquer y el libro de Peñuelas sobre Sender.
21   Términos, según Carrasquer, utilizados por Slovski.

La última obra de esta tendencia se publicó tardíamente en 1951, *La ruta* de Arturo Barea, segundo de los tres volúmenes de *La forja de un rebelde,* donde el conflicto personal se confunde con el colectivo. Resumen de toda la miseria moral existente en el ejército, la guerra colonial destruye la existencia humana: mediante el sufrimiento, los padecimientos físicos y la aniquilación de los horizontes vitales; impone la estructura militar que acaba con la existencia de los pueblos colonizados. El engranaje que ambos efectos producen es descrito con detenimiento.

En los años treinta siguieron apareciendo novelas sobre la guerra colonial, como *¡Los muertos de Annual ya son vengados!* (1930) de El Joven del Rif (pseudónimo de Eliseo Vidal) o *Pacazos* (1932) de Miguel Tubau, de nuevo autobiografías más o menos noveladas. Y *La barbarie organizada,* publicada póstumamente por el hermano del autor, Francisco Galán.

Fermín Galán[22] y el nuevo romanticismo

En el editorial del número 31 de la revista *Nueva España,* uno de los medios de expresión de la llamada generación del *nuevo romanticismo,* dedicado a la figura de Fermín Galán, fusilado en 1930 por encabezar, junto a García Hernández y un grupo amplio de políticos e intelectuales republicanos, una insurrección armada contra la dictadura[23], se afirma que

> ha tenido que venir la generación de los que tienen treinta años, la generación de 1930, a reivindicar el fervor por los

---

22 Nacido en San Fernando (Cádiz) en 1899, hijo de un militar de la Marina, Juan Galán. y de María Jesús Rodríguez, que a la muerte del marido decidió, dadas las condiciones precarias de vida, viajar a Madrid e inscribir a sus dos hijos en el Colegio de Huérfanos de Guerra, en Guadalajara. Después, Fermín y Francisco hicieron la carrera militar en la Academia de Infantería de Toledo. Destinado en África, estuvo allí desde 1919 hasta 1925. En 1926 es encarcelado por participar en una insurrección civil y militar contra la dictadura de Primo de Rivera. Escribió allí varias obras, la novela *La barbarie organizada*, el ensayo *Nueva creación*, la obra teatral *Berta* y numerosas cartas algunas de las cuales luego fueron publicadas. Vinculado a movimientos anarquistas y republicanos, en 1930 se sublevó en Jaca, donde había sido apartado, contra el general Berenguer y la monarquía de Alfonso XIII. Fracasado el intento de traer la República, fue fusilado, junto a García Hernández en diciembre de 1930.

23 Sobre el asunto, puede consultarse los textos de Esteban Gómez, Fernando Martínez de Baños y Juan José Oña.

ideales, el desprecio por el peligro y la entrega ardorosa a la causa de la Revolución. Fermín Galán, su compañero García Hernández, los jóvenes intelectuales, obreros y campesinos que se unieron al movimiento para afirmar espléndidamente la función de sacrificio por los ideales que incumbe a la generación actual [sic]. (Editorial, 1931a: 1).

Pero, lo más importante, es lo que el editorial señala sobre su posición intelectual: «Fermín Galán resume, por su vida y por su muerte, el idealismo de nuestra generación. Culto, valiente, bondadoso y decidido, era uno de los nuestros» (Editorial, 1931a: 1). Galán era colaborador de este diario, desde los inicios de la publicación, bajo el pseudónimo de C. Ferga. El texto concluye con la caracterización de su obra en relación con los problemas estéticos y políticos del nuevo romanticismo: «Lo más interesante en el espíritu de Galán era su concepción humanista y totalizadora de los problemas del espíritu» (Editorial, 1931a: 1).

Unos meses después, en el número 40 del mismo semanario, se publicaba un editorial, «Empieza la revolución», que venía ilustrado con la fotografía de Fermín Galán, la misma que se había utilizado para la portada del número 31, con este pie: «la sangre del héroe ha sido fecunda» (Editorial, 1931b: 1).

En efecto, Galán pertenece a ese grupo formado por las determinaciones de una coyuntura histórica definida por varios acontecimientos políticos, económicos e ideológicos: el primero es, desde luego, la crisis de la burguesía, de su sistema de democracia parlamentaria (limitada durante mucho tiempo a un sector de la población) y del desastre del *progreso social* que esta clase proponía para el mundo ejemplificado en la Primera Guerra Mundial, una terrible guerra que atiende a las lógicas capitalistas antes que a los conflictos de poder monárquico que habían caracterizado los enfrentamientos bélicos anteriores. En segundo lugar, el triunfo de la revolución soviética que pone en juego el horizonte de un nuevo sistema social y, consecuentemente, de un modelo político e ideológico (también en lo artístico) diferente. En tercer lugar, la preeminencia de las corrientes filosóficas vitalistas que proclaman la razón histórica como resultado de la actividad espiritual en el mundo sensible, la voluntad de poder como potencia de lo viviente para desarrollo de su propio vivir, la consideración de las sensaciones orgánicas y las emociones como base para la formación de los estados psíquicos, y que termina con las consideraciones metafísicas al pensar la realidad como un proceso. En estos términos se expresaban el grupo de intelectuales que dirige *Postguerra* cuando aparece la revista en 1927, justamente coincidiendo con el final de la guerra colonial española en Marruecos:

«Vemos la vida, a la manera begsoniana, como una Evolución Creadora y, dentro de este magnífico espectáculo del devenir universal, nos interesa y nos inquieta, con agudeza especialísima, la evolución social de nuestro tiempo. Nos hallamos en un momento crítico de la historia humana. La vorágine horrenda de la reciente guerra imperialista, todavía en rescoldos, ha removido los cimientos del mundo, y todo crepita en convulsión, como sobre el borde de un cráter. Por un lado la lucha sangrienta de los diferentes nacionalismos en pugna, que tiene actualmente su teatro más vivo en el estadio inmenso de la China, y por otro, la sublevación victoriosa en Rusia, y en los demás sitios latente, del proletariado oprimido contra la burguesía dominante; la decadencia, en fin, del régimen capitalista que ha sido por alguien confundida con la agonía de la cultura occidental; todo el cúmulo de conflictos vitales, que implican siempre los periodos de transición histórica, comunica al ritmo de este instante tales acentos de tragedia trascendental y decisiva, que la crisis social es hoy, sin duda, para todas las conciencias normales, el más apasionante de los problemas del espíritu. Aclarar el sentido de esta hora dramática, que podría ser determinada con el amplio nombre de POSTGUERRA; poner algún orden racional en el torbellino caótico de los fenómenos del día; rezumar la esencia ideal, es decir, el valor eterno del instante que pasa; reflexionar, en una palabra, sobre el alcance de los acontecimientos actuales, y estimular con nuestra reflexión la de todos los que sean capaces de pensar: he aquí toda la humildad y la grandeza de nuestro propósito. Ningún interés promueve nuestra tarea cultural, fuera de la suprema ambición de la Verdad, pero será inevitable que nuestro pensamiento palpite, a veces, con vibraciones de pasión, porque no somos simples "cañas pensantes", en el peor sentido de la frase de Pascal, sino que tenemos el orgullo de ser, antes que pensadores, hombres de carne y hueso que sienten y padecen, como dolores propios, todas las amarguras de la Especie». (*Post-guerra*: 1).[24]

Además de *Postguerra*, este grupo social, que se considera a sí mismo como «generación de 1930», pone en marcha todo un conjunto de empresas editoriales (como Cenit, Oriente o Ulises) y de colecciones mediante las cuales consiguen una efectiva intervención en la sociedad. El grupo participa de un conjunto de ideas comunes y unos procedimientos estéticos (desde el realismo crítico a la narrativa proletaria) con las que se pretende representar el nuevo tiempo histórico que estaban viviendo. Las tensiones entre estas formas expresivas y sociales son definidas y comentadas en el libro de Díaz Fernández *El nuevo romanticismo*. Con el horizonte de una *nueva creación,* que proponía Galán en su ensayo político publicado en 1930, la escritura de estas autoras y novelistas (Arciniega, Carnés, Arconada, Arderíus, Sánchez Saornil, etc.) trataba de encontrar, en primer lugar, una forma capaz de concentrar en sí lo sensible de la experiencia vital y que esta pudiera derivarse en una experiencia colectiva a través de las posibilidades expandidas por las vanguardias en materia de construcciones expresivas y estructurales del relato. El intento podríamos denominarlo *realismo vanguardismo* o, como lo enunció Díaz Fernández, *literatura de avanzada.* En segundo lugar, estas escrituras buscan conformar *lo humano* como un concepto ar-

---

24   Para una contextualización de esta generación pueden leerse los libros de Eduardo de Guzmán 1930. *Historia política de un año decisivo*, Madrid, Tebas, 1973; Eduardo González Calleja La España de Primo de Rivera (1923-1930), Madrid, Alianza Editorial, 2005; los clásicos ensayos de Víctor Fuentes, Gonzalo Santonja y José Esteban sobre los novelistas sociales o el conjunto de artículos que componen el libro *Una generación perdida. El tiempo de la literatura de avanzada (1925-1935)*, 2013, en esta misma editorial. Una visión de conjunto puede leerse también en mi introducción a *La venus mecánica*, Doral, Stockcero, 2009, pp. xxii y ss

tístico y político que derive de la propia expresión del conflicto vital de los protagonistas de las novelas. Al contrario que en *la novela lírica* de este periodo y del *impresionismo narrativo* en el que se fundan gran parte de las obras modernas de la literatura española, y al mismo tiempo que limitaban el alcance del determinismo naturalista que había influido notablemente durante varias décadas, lo humano del *nuevo romanticismo* no es una subjetividad que se proyecta hacia un exterior sino una subjetividad que se construye contra lo exterior. No se trata del modelo clásico de tragedia, donde un individuo se enfrenta a un mundo contra el que fracasa. En la novela del nuevo romanticismo, el mundo está en el interior de esa subjetividad, actúa desde dentro y es la pulsión vital la que actúa cuando ese interior y el exterior se conectan. Es el conflicto de Obdulia en la novela de Díaz Fernández *La venus mecánica,* o el de los dos obreros de origen pequeñoburgués de la obra de Rosa Arciniega *Engranajes.* Fuerzas vitales enfrentadas tanto en el exterior como en el interior de los seres humanos[25]. En tercer lugar, un procedimiento expresivo que no interrumpa el desarrollo narrativo, mucho menos que se convierta en lo esencial del mismo, sino que lo potencie. Es por ello que muchas de estas obras renuncian al uso de figuras retóricas ornamentales para facilitar, como sucede en el cubismo, que la descomposición de elementos que definen la realidad pueda hacerse a través de los contrastes, el choque de planos, la autonomía del fragmento, etc.

Galán, que participó en 1926 y 1929 junto a varios miembros de este grupo en acciones de insurrección armada contra la dictadura y de subversión social respectivamente[26], y aunque siempre estuvo vinculado al movimiento anarquista de Cataluña, mantuvo una importante participación en *Nueva España*. Una generación que hace de puente entre una nueva clase media establecida en el curso de las primeras décadas del siglo XX y un mo-

---

25 Es también el asunto de *La barbarie organizada* que comienza «Una voz íntima me alienta y me excita» y pocas líneas después, «fuerzas invisibles me empujan hacia un banderín de enganche».

26 Díaz Fernández estuvo en prisión y desterrado en Portugal por su participación en la llamada «Sanjuanada» de 1926. Arderius fue encarcelado varias veces durante la dictadura y estuvo implicado también en el levantamiento revolucionario de Jaca en 1930. Graco Marsá y Rafael Giménez Siles, editores que formaban parte de este grupo, se conocieron en la cárcel.

vimiento obrero revolucionario que define el horizonte de una sociedad atenta a lo que sucede en la URSS, en China y en la Alemania de Weimar.

La barbarie organizada Y LA NUEVA OBJETIVIDAD

Publicada en Madrid en 1931, por la Editorial Castro[27], pero escrita entre 1925 y 1926, *La barbarie organizada* no es, como podría pensarse inicialmente por su subtítulo, «novela del Tercio», una obra bélica sino que, muy al contrario, se trata de una *novela de formación*. Este tipo de narraciones, las *bildungsroman*[28], tuvieron en la época contemporánea un desarrollo notable, especialmente entre el periodo de consolidación del discurso Ilustrado, con la segunda obra de Goethe, *Los años de aprendizaje de Wilhem Meister,* de 1795-96, y el primer cuarto del siglo XX, con la obra de Robert Musil *Las tribulaciones del joven Torless* (1906). En España también existieron algunas de estas novelas de intelectuales cercanos a las luchas republicanas, anticlericales o anarquistas de este periodo, como *Camino de perfección* de Baroja (1902), *Amor y pedagogía* (1902) de Unamuno, o *El jardín de los frailes* de Manuel Azaña (1914). Sin embargo, una gran parte de las novelas proletarias adoptan también este modelo: así *Escuela de rebeldía* (1923) de Salvador Seguí, *La Victoria* (1925) de Federica Montseny o *Días de bohemia* (1930) de Julián Gorkín.

Lo característico de estas novelas es que el periodo relatado es un tiempo de aprendizaje que lleva al protagonista a un lugar diferente del que estaba al inicio de la misma. Vemos cómo y qué lo transforma. En la novela de Galán, el marco de tiempo designado como «etapa inicial» viene marcado por el significativo título del primer capítulo: «Empieza mi vida», aunque más ade-

---

27 Una editorial fundada en los años 20 que editó, entre otros, *Vidas fértiles* de Cristóbal de Castro o *El inmortal* de J. Valls. Terminó su actividad en la década de los 90.

28 El concepto fue utilizado ampliamente por primera vez por Johann K. Simon Morgenstern en sus obras *Über das Wesen des Bildungsromann* (1820) y *Zur Geschichte des Bildungsroman* (1824) para designar un tipo de narraciones que cuenta el desarrollo físico, que Galán denominaba «vida instintiva» (Galán, 1979: 60), moral, determinado por el medio (Galán, 1979: 71), psicológico-racional (ligada, según Galán, a la libertad) y social de un individuo, generalmente desde la etapa juvenil hasta su madurez. Sintéticamente todo esto aparece en la escena del niño del Capítulo 5 p. 50.

lante sabemos que antes de alistarse en el Tercio, huyendo de la falta de trabajo y del hambre, ha tenido experiencias que conoceremos en el capítulo sobre su convalecencia en Madrid, donde recorre los espacios sociales de la ciudad y describe las vivencias que le han llevado, al comienzo de la novela, a intentar suicidarse. Ese nuevo «nacimiento», recuperado ya, abre el periodo de *formación* que termina, después de un número suficiente de episodios y vivencias, al final de la novela, cuando el protagonista tiene ya una idea completa y es consciente de lo que *es la civilización*. Como la mayor parte de estas novelas, los recursos narrativos usados sirven a este modelo literario: a excepción de varios fragmentos epistolares, toda la novela está contada en primera persona; el tiempo verbal predominante es el presente de indicativo, lo que hace que el lector acompañe al protagonista en su proceso y sea también testigo, diríamos directo, de los sucesos. Es aquí donde podemos encontrar las primeras similitudes con los proyectos de narrativa épica del alemán Alfred Döblin o con los ensayos narrativos que impulsa la *nueva objetividad*, el movimiento artístico surgido en los años 20 que vuelven a redefinir el realismo y el naturalismo. En «La construcción de la obra épica», Döblin plantea que esta literatura «no cuenta lo pasado, sino que expone el presente» (Döblin: 130). Como él mismo se encarga de explicar, no se trata del uso de los tiempos verbales, que sería una cuestión técnica, sino que la representación que se hace de los sucesos se realiza *en presente*. Consecuentemente, el personaje no sabe *qué le ha pasado,* sólo puede narrar *lo que le está sucediendo* y sobre lo que trata de pensar[29].

Por ello, la estructura de la novela se conforma como una exposición austera de episodios, que proceden por acumulación, y una deriva reflexiva sobre los mismos que amplía el conocimiento sobre el mundo de los protagonistas, lo que correspondería con un salto cualitativo cuando se hace evidente, en la novela de Galán, la contradicción que subyace en el interior del discurso y la acción *civilizadora*. Es lo que Walter Benjamin definió en sus *Tesis sobre la filosofía de la historia* con el enunciado «jamás se da

---

29 Döblin habla del personaje como de una «sonda» (como de un «sensor») lanzada en el mar social que nos puede enseñar por los efectos que produce sobre el mismo.

un documento de cultura sin que lo sea a la vez de barbarie»
(Benjamin: 182). Cada secuencia de la novela sirve a esta lógica
acumulativa crítica. Por eso sorprende el comentario que Fulgencio Castañar hace en su libro *El compromiso en la novela de la
II República*, uno de los pocos que han tratado este texto:

> si bien tiene una extraordinaria lucidez para ofrecernos
> una visión crítica de la campaña española en Marruecos,
> carece, en cambio, de la capacidad necesaria para pre-
> sentar los temas de una forma artística, ya que no sabe
> ocultar, o mejor dicho, encarnar su postura ideológica en
> la trama que viven los personajes y su dominio de los re-
> cursos lingüísticos dista mucho de los que pueden hallarse
> en las novelas de Díaz Fernández y Sender.
> No hace falta decir que es una obra en la que el impulso
> del compromiso le ha impedido al autor detenerse en la
> elaboración cuidada que exige una obra artística para ser
> considerada como tal; ha sentido con tal vehemencia lo
> que escribe que huye de hacer literatura; su propósito es
> plasmar sus experiencias y olvida que vida y literatura,
> pese a la íntima relación que puedan tener en algún caso,
> son realidades de un orden distinto. De esto se resiente *La
> barbarie organizada*, ficción en la que abundan los excursos
> ideológicos porque el autor no se detuvo o fue incapaz de
> incluirlos de una forma indirecta de modo que las ideas
> se dedujesen de la trama. (Castañar: 153).

El comentario de Castañar es lo contrario de lo que la crítica
de la época encontró en la novela: por ejemplo, en el diario *El Sol,*
del 24 de diciembre de 1931, se publica la reseña de A.R. de L en
la que, además de señalar su influencia nietzschiana, escribía que

> en esta obra se exhibe, con todo su rico vitalismo, la per-
> sonalidad literaria de Fermín Galán. Ya el tema es razón
> suficiente para que esa personalidad, libre de influjos
> doctos, se manifieste rotunda y manantial en lo que tiene
> de pasión por la justicia, en lo que tiene de pura política,
> en lo que tiene incluso de fatalismo filosófico. (…) Fermín

Galán sin afectación, sin criterio doctrinal alguno- copia
lo vivido, y lo hace con tal espontaneidad, con tal sencillez
expositiva, que cuando interviene la autocrítica del escritor, en un propósito intelectualista, su actitud no se
reduce, como hemos dicho, más que a pulir, a perfilar, a
desbrozar el fruto de la espontaneidad. (...) Como obra
de guerra, como documento de lucha entre hombres, es
sin duda alguna, *La barbarie organizada*, un acierto ine-
quívoco. Emoción y ternura, fidelidad a los materiales en
juego y, sobre todo, un claro sentimiento sarcástico contra
el principio que alienta e informa esta matanza civilizada,
se dan en la obra con vigoroso relieve, y por añadidura,
con un profundo aliento humano que lleva prendido
hasta su término el interés del lector.

Destacando la «alta elocuencia expresiva y de un cabal acierto
intencional» le auguraba éxito de lectura. Lo mismo pensaba E.
Ruiz de la Serna, para quien *La barbarie organizada,* apuntaba en
su crítica publicada en el *Heraldo de Madrid* del mismo día: «más
que una novela es una relación documentada de las huestes legionarias. Documentada y compuesta con buen arte de escritor».

Ni siquiera Ramón J. Sender dudó en considerar la novela
fuera de las «posturas ideológicas» que critica Castañar:

Está bien, *La barbarie organizada*. No es literatura -¿quién
se ha atrevido a llamar *literato* a Galán? Es su voz hecha
alarido, su protesta de los tiempos de estupidez marcial.
En estos momentos, en marcha hacia un oscuro porvenir
del que sólo se sabe que está próximo, estos alaridos
pueden orientar a los asnos del cerro del Pimiento y desde
luego impide que incluyan el nombre de Galán en la ca-
terva burguesa» (Sender: 148) .

Y concluía: «la sinceridad desolada de Galán en *La barbarie
organizada,* -primeras cuartillas que escribió- se hace optimismo
en *Nueva creación*» (Sender: 148).

Si seguimos conformando la lectura crítica de la novela a

partir de los planteamientos de la obra épica de Döblin y de los principios de la nueva objetividad entendemos por qué la obra de Galán rechaza la realidad en tanto que disputa con ella un *régimen de verdad*. La realidad no está dada, por eso los fragmentos del texto combinan los hechos y su búsqueda de sentido. Entendemos mejor cómo se construye la novela. En primer lugar, el texto se escribe como enunciados de un *informe*, lo que limita todas aquellas expresiones de subjetividad que no se vean determinadas por los hechos. No son «anécdotas personales», como ocurre en otras novelas del género. Esto diferencia esta obra de las estrategias narrativas que utilizan los diarios de guerra, diarios biográficos, que era habitual, como hemos visto, en la narrativa bélica de la época. Los enunciados son como bloques de texto breves, relativamente independientes, que muestran la secuencia del acontecimiento sin tratar de establecer una progresión narrativa, mediante enlaces causales o consecutivos obvios. Esta forma estilística nos hace percibir los hechos *en sí mismos* y sólo dotarlos de una dimensión moral, sensible o intelectual (abstracta) cuando son *interpretados vitalmente* por los protagonistas. La manera de progreso ideológico (de producción de sentido) no sigue el procedimiento de las novelas de denuncia, cuyo relato deriva de una tesis previa. No hay ilustración sino anotaciones puntuales en un cuadro que sólo podemos confirmar al final.

La novela de Galán, muy meditada, está escrita sin una formación literaria extensa lo que, sin embargo, le permite al mismo tiempo escapar de las reproducciones estilistas dominantes y elabora un dispositivo narrativo eficaz[30]. Ninguna de la reflexiones del protagonistas son especulativas. Todas están ligadas a la acción de la novela. Al revés, cada una de ellas aporta, en ese proceso de acumulación cualitativa mencionado, una visión del mundo desplazada, que nos traslada desde un inicial nihilismo indefinido hasta un temor concreto: la civilización. Eso es, en buena medida, el «conocimiento específico» que Döblin atribuía a la narrativa épica.

Por lo mismo, el lector —que parte de una inmersión en el

---

relato colonial que la política reaccionaria había hecho y que las obras publicadas en general habían reforzado– sale transformado por la radical visión que aparece *tras lo acontecido* (no por lo que dice Galán). La labor de estas ampliaciones semánticas sobre la acción es, precisamente, no superponer una ideología sino formarse *por la fuerza de las cosas*. Esto hace que todo un conjunto de ideas sobre la guerra colonial de España en Marruecos, así como sobre determinadas características de los legionarios, como la «virilidad», el «heroísmo», la «hombría», etc. vayan siendo destruidas, poco a poco, por la secuencia de hechos que se dan en distintos episodios sobre los que muchas novelas críticas de este periodo habían hablado, como las deserciones, los suicidios, las conversiones, etc., pero también sobre las que casi ninguna de ellas (ni la crítica literaria, sorprendentemente) habían llamado la atención: la sodomía con animales, la pederastia, o la violación. También son derribadas las bases de la misma civilización.

Como novela de formación, *La barbarie organizada* pasa por todos los *espacios sociales*, tanto los marcados por el conflicto bélico (frente de batalla, hospital, cantinas, etc.) como por los que son *su* origen y el origen de muchos soldados (el Madrid de las fábricas, de los barrios bajos, de los hoteles, etc.). Esto funciona, además, como una comparación intensa entre dos mundos que no se afectan directamente: el de las colonias y el de la vida cotidiana en la península, que refleja bien el desinterés y el hartazgo que la mayoría del pueblo tenía por la guerra.

El estilo narrativo que usa Galán se conforma a partir de un desplazamiento del *código restringido* (particularista y ligado a lo contextual) que tiene una justificación, sin por ello configurar un *código elaborado*. Cuando el protagonista trata de contar a Dª Nieves y a Elisa (clases populares) sus experiencias en la guerra, éste dice:

> Doña Nieves desea que con una palabra, con un concepto, explique todo lo que he vivido desde que me hice soldado. Empiezo. A las pocas palabras me detengo. Estoy hablando como si hablara conmigo mismo. Empleo razo-

namientos, aunque sencillos y breves, confusos, complejos para el hábito de ellas. Me miran algo sorprendidas. Ángela se reclina sobre una silla. Doña Nieves guarda su pañuelo. No me expreso bien. No sé, no me entienden. Yo mismo me sorprendo. Me reconcentro un poco. Medito algo. Hablo de otra manera. Ahora sí me entienden. Están las dos con los ojos demasiado abiertos, inquietas. Pero no les digo lo que he vivido. Les cuento únicamente lo circunstancial, lo superfluo. Lo que aviva en ellas el interés y a la vez la curiosidad, junto con el sentimiento. No las cuento lo verdadero. Les extrañaría, les sorprendería. No lo entenderían jamás. (pp. 97-98).

Más adelante cuando trata de decir lo que ha vivido, en otro contexto, con las mecanógrafas del hotel, el gerente, los escribientes (clases medias), le sucede lo mismo:

Empiezo a hablar. Pero las preguntas, los comentarios que mis palabras provocan, distan mucho de mis pensamientos, de lo que yo hablo, de lo que yo siento. Me llevan a una conversación donde la verdad fatalmente desaparece. Donde no hay más verdad de la que ellos tienen forjada. Donde mi verdad pierde su carácter verdadero. Hago un esfuerzo en mí mismo para poner de acuerdo lo que ellos dicen con lo que yo digo, pero no es posible. Mi yo, se desdobla. Sonrío a cuantas preguntas me hacen. Pero ya no soy yo. Ya es otro el que habla. Que no es el que fue. Que no es el que soy. Un yo que no lo seré en mi vida. Es un yo apropiado para este caso. Pero no. Es el yo que empleo, a mi pesar, en todos los casos, desde que llegué de allá, con todos los que me preguntan, con todos los que hablo. Es un yo adaptado al yo de ellos, al pensamiento de ellos, a la vida del ambiente, que no es el mío, que no es mi yo verdadero. (p. 109).

La diferencia entre contar «lo circunstancial» y contar «lo que siento» marca las estrategias narrativas de Galán que se cifran, en primer lugar, en un intento de huir del *exotismo narrativo* de muchas novelas de la época ajustándose a lo contextual (la objetividad de los hechos), que bien por el uso de un léxico específico, por el esfuerzo de elaborar estampas, o simplemente por atraer al lector con descripciones costumbristas idealizadas, trataban de dotarlas de un tono local a sus relatos; en segundo lugar, en un alejamiento consciente de la retórica literaria en la que acaban encontrando un lugar algunos de los mejores textos de la novela crítica contra la guerra, como *Imán* y *El blocao*. Para ello, por ejemplo, restringe (razón del código) el uso de figuras literarias e imágenes con la intención de que su aparición en el texto produzcan una suerte de sacudida en el lector. En esto también sigue la poética de la obra épica (Döblin: 48). Y, en tercer lugar, –claro– en una firme negación de la expresión bélica como fundamento y motor de la historia contada, que está en la base de muchos relatos autobiográficos y testimoniales de legionarios, que se traduce en una constante tensión hacia el código elaborado (universalista, desligado del contexto) que posibilita la reflexividad sobre lo acontecido desde los mismos episodios.

Esta decisión literaria supone, pues, encontrar un territorio de *austeridad narrativa*, capaz de soldar –y esto es lo importante– los hechos y la expresión abstracta de los mismos, lo acontecido y la invisible maquinaria que lo maneja. Es por ello que en esta novela Galán no hace una descripción de los lugares. A pesar de que la práctica totalidad de las operaciones que se realizan, de los sitios que se visitan, pueden seguirse en su biografía y están documentados, en la novela no hay rastro de los mismos, hay un premeditado proceso de *síntesis* (el medio vital) con el que se intenta conseguir este *universal* de la *estética rehumanizadora* del nuevo romanticismo que suelda la razón y lo sensible. En su *Nueva creación* ya escribía que «a ningún lado nos conduce la elaboración de ideales que ignoren la realidad» (Galán, 1979: 22).

Las marcas de la novela de formación está en toda la novela y se basan en un principio filosófico que se expone en *Nueva creación*: la representación del medio que define, en la filosofía de Galán, el peso del instinto individual o del instinto social:

La base natural del desarrollo y progreso del sentido

moral está en estrecha relación con el medio.

Un medio constituido a base del instinto social es indudablemente un generador intenso de humanismo y de altas y elevadas formas de moral. La razón educada en él ha de tender a la creación excitada por la generosidad individual en la sociabilidad activa. Por el contrario, un medio constituido a base del instinto individual es un generador intenso de animalidad que niega toda creación en las formas de moral. La razón educada en él ha de tender constantemente a recogerse sobre el egoísmo individual y a regresar a la esterilidad confundiendo o reduciendo a un mínimo a la acción moral del instinto social. (Galán, 1979: 73).

El medio social, en el que se encuentra la cadena de necesidades como determinaciones, es explicada desde el primer instante: «he llamado aquí. Allá, he pedido. En este lado he rogado. En aquel otro me he humillado» (p. 1). Cadena de verbos: llamar-pedir-rogar-humillarse. Toda la *cuestión social,* antes de su entrada en el régimen de verdad que propone la obra, está ahí. La novela sigue explorando ese medio social que convierte a los seres humanos en *cosas,* en *nadies.* Los soldados son «muñecos», pero la imagen no surge como tal sino de forma objetivada: «Los muñecos se estiran permaneciendo inmóviles» (p. 89). Son una masa de números. Para Galán era claro: «La civilización sufre una honda crisis en todos sus órdenes. El magnífico andamiaje de progreso levantado cruje por todas partes, sin que nada haya preparado para sostenerlo, vigorizarlo y mejorarlo. El salvamento de la civilización depende sólo, exclusivamente, de una nueva creación» (Galán, 1979: 23).

Referencias bibliográficas citadas

ANÓNIMO (1922).- *El señor Feliciano en la República del Rif,* Melilla.

BAREA, Arturo (2000).- *La forja de un rebelde,* Madrid, Debate.

BENJAMIN, Walter (1990).- *Discursos interrumpidos, I,* Madrid, Taurus.

BERTARND FAUQUENOT, Luis (1985).- «Mito y verdad de Fermín Galán» en *Historia 16,* n° 109, Mayo, pp. 11-32.

CARRASQUER, Francisco (1992).- «Sender entero ya en *Imán*» en Ramón J. Sender, Imán, Huesca, Instituto de Estudios Altoaragoneses, pp. IX-CLXXXVI

CASTAÑAR, Fulgencio (1992).- *El compromiso en la novela de la II República,* Madrid, Siglo XXI.

CIGES APARICIO, Manuel (1912).- *En la paz y la guerra (Marruecos),* Madrid, Pueyo.

_____. (1986).- *El libro de la crueldad. Del cuartel y de la guerra,* Alicante, Instituto de Estudios Juan Gil-Albert.

DESVOIS, Jean Michel (1982).- «La prensa frente al desastre de Marruecos, de Annual al Monte Arruit, 23 de julio de 1921 a 13 de agosto de 1921» en VV.AA.- *Metodología de la historia de la prensa española,* Madrid, Siglo XXI, pp. 233-244.

DÍAZ FERNÁNDEZ, José y ARDERIUS, Joaquín (1931).- *Vida de Fermín Galán,*

_____.(1976).- *El blocao,* Madrid, Turner.

_____. (2004).- *Crónicas de la guerra de Marruecos (1921-1922),* Gijón, Ateneo Obrero de Gijón.

DÖBLIN, Alfred (2013).- *L'art n'est pas libre, il agit, Écrits sur la littérature (1913-1948),* Marsella, Agone.

DOMINGO, Marcelino (1922).- «Prólogo» al libro de Gómez Hidalgo *Marruecos. La tragedia prevista,* Madrid, Pueyo.

FUENTES, Víctor (2007).- «Introducción» al libro de José Díaz Fernández *El blocao,* Buenos Aires, Stockcero, pp. Vii-xxiii

GALÁN, Fermín (1924).- «Ensayo de desarme. Grandes kaídes», en *Revista de Tropas Coloniales,* n° 2, Febrero, p. 24.

_____. (1924).- «Apuntes para el desarme. Gran Kaíd único», en *Revista de Tropas Coloniales,* n° 5, Mayo, p. 24.

_____.(1924).- «Las tendencias nuevas», en *Revista de Tropas Coloniales,* n° 8, Agosto, p. 8.

_____. (1934).- *Cartas,* Madrid, Editorial Castro.

_____.(1979).- *Nuevas ideas,* Barcelona, Producciones editoriales.

GARCÍA, Dolors y NOGUÉ, Joan (1999).- «Colonialismo, imperialismo y exploración en geografía. Nuevas aportaciones críticas sobre orientalismo y postcolonialismo», en Nogué y Villanova (eds).- *España en Marruecos,* Lleida, Milenio, pp. 35-54.

GÓMEZ, Esteban (2005).- *La insurrección de Jaca*, Escego editorial

_____. (2008).- *Semblanza biográfica de Fermín Galán Rodríguez.* *http://www.rolde.org/content/files/magazine_31_07_galan.pdf*

LA PORTE, Pablo (2001).- *La atracción del imán. El desastre de Annual y sus repercusiones en la política europea (1921-1923),* Madrid, Biblioteca Nueva.

LITVAK, Lily (1986).- *El sendero del tigre. Exotismo en la literatura española de finales del siglo XIX, 1880-1913,* Madrid, Taurus.

LÓPEZ BARRANCO, Juan José (2006).- *El Rif en armas. La narrativa española sobre la guerra de Marruecos (1859-2005),* Madrid, Mare Nostrum.

MADARIAGA, María Rosa de (2006).- *En el barranco del lobo,* Madrid, Alianza Editorial.

_____.(2017).- *Historia de Marruecos,* Madrid, Los Libros de la Catarata.

MARTÍN, Miguel (1973).- *El colonialismo español en Marruecos (1860-1956),* París, Ruedo Ibérico.

MARTÍNEZ DE BAÑOS, Fernando (2005).- *Fermín Galán Rodríguez. El capitán que se sublevó en Jaca,* Zaragoza, Ediciones DELSAN.

MORALES LEZCANO, Víctor (1976).- *El colonialismo hispanofrancés en Marruecos (1898-1927),* Madrid, Siglo XXI.

NOGUÉ, Juan José y VILLANOVA, José Luis (ed.) (1999).- *España en Marruecos,* Lleida, Milenio.

OÑA FERNÁNDEZ, Juan José (2008).- *Los años convulsos. El fotógrafo Alfonso y la Sublevación de Jaca (1923-1936),* Huesca, Pirineum Editorial.

PEÑUELAS, Marcelino (1971).- *La obra narrativa de Ramón J. Sender,* Madrid, Gredos.

PÉREZ GALDÓS, Benito (2004).- *Aita Tettauen,* Madrid, Akal.

PRIETO, Indalecio (1990).- *Con el rey o contra el rey. Guerra de Marruecos,* Barcelona, Planeta, 2vv.

RAMIRO DE LA MATA, Javier (2001).- *Orígenes y dinámica del colonialismo español en Marruecos,* Ceuta.

RODRÍGUEZ MEDIANO, Francisco y DE FELIPE, Helena (ed.) (2002).- *El protectorado español en Marruecos,* Madrid, CSIC.

RUIZ ALBÉNIZ, Víctor (1922).- *España en el Rif* (1908-1921), Marruecos

SARTRE, Jean-Paul (1987).- «El colonialismo es un sistema» en *Escritos políticos,* 2, Madrid, Alianza Editorial, pp. 23-37

SENDER, Ramón J. (1992).- *Imán,* Huesca, Instituto de Estudios Altoaragoneses.

_____. (1993).- *Primeros escritos (1916-1924),* Huesca, Instituto de Estudios Altoaragoneses.

_____.(2008).- *Proclamación de la sonrisa. Ensayos,* Huesca, Instituto de Estudios Altoaragoneses.

ULLMAN, Joan Connelly (1972). *La Semana Trágica: estudio sobre las causas socioeconòmicas del anticlericalismo en España,* 1898-1912, Barcelona, Ariel

VICENTE HERNANDO, César de (2013).- «La obra de Fermín Galán: una filosofía de avanzada» en el libro *Una generación perdida. El tiempo de la literatura de avanzada (1925-1935),* Doral, Stockcero, pp. 87-101

_____. (2017).- *Teoría social de la literatura,* Madrid (en prensa)

WOOLMAN, David (1971).- *Abd-el-Krim y la guerra del Rif,* Barcelona, Oikos-tau

La Barbarie Organizada

Novela del Tercio[31]

31 ESTA EDICIÓN: Reproducimos la primera edición de esta novela publicada
    por Editorial Castro en 1931. Hemos modernizado la ortografía y el léxico.
    También se han corregido los laísmos.

Cuartilla autógrafa de Fermín Galán.

Cuartilla autógrafa de Fermín Galán.

Cuartilla autógrafa de Fermín Galán.

Capítulo I

Empieza mi Vida

Una voz íntima me alienta y me excita.

—Haz un último esfuerzo. El hombre que quiere trabajar encuentra trabajo. No te declares derrotado.

Pero las fuerzas me fallan en mi ya larga peregrinación de hambriento. He llamado aquí. Allá, he pedido. En este lado he rogado. En aquel otro me he humillado. No puedo hallar un sitio en donde trabajar y honradamente ganar mi sustento.

Una tarde de otoño gris y helada. El cielo cargado de plomo parece aplastar la vida entera. Fuerza invisible me empuja hacia un banderín de enganche. Es una mansión cuartelera con aspecto de viejo convento emancipado.

Ante un oficial obeso y rasurado doy un nombre: Gustavo Pedrol de Nieva. Me dan una boleta de soldado y dos panes que no rechazo, que necesito para no caerme de hambre. Salgo al exterior con timidez, avergonzado de mí mismo. Una brisa penetrante y viva me da en el rostro serenándome.

¿Qué rumbo lleva mi vida? ¿Se lo trazo yo acaso? ¿No es ella la que sobre mí se impone y me empuja, me empuja? ¡Qué terrible es vivir en la compañía de tantos hombres y solo!... ¡Solo...! ¡Qué grande es la indiferencia de todos para el caído! ¿Indiferencia?... No soy exacto. ¿Hostilidad? Sí. Hostilidad es la expresión.

Hago mi presentación como soldado voluntario en la Plana Mayor de Mando de la Legión[32].

---

32   Inicialmente llamado Tercio de Extranjeros, la Legión Española, a imitación de la Legión Extranjera Francesa, es una fuerza especializada del ejército creada en 1920, compuesta por soldados voluntarios y profesionales, no de reemplazo. Diseñada por José Millán-Astray, la Legión intervino en África y después se usó en la represión de diversos conflictos, como la insurrección armada en Asturias, en octubre de 1934.

* * *

Es anochecido. Llego al amplio campamento de instrucción donde reciben educación militar los legionarios. Las luces parpadean en una gran extensión.

Un cabo me conduce a un pabellón que rebosa hombres por los flancos.

—Levanta un jergón— me dicen.

—Esta es tu cama. Deja tus cosas allí encima. Mira el conjunto humano almacenado...

Y me sigue hablando con palabras suaves, llenas de afecto.

—Estos son tus compañeros. Y yo, para cuanto necesites, puedes venir a mí. Te enseñaré. Te orientaré. Mi cama es la última de esta fila.

Se marcha.

Pongo mi equipo sobre una percha habilitada para este fin. Mientras lo hago, se me acerca un compañero.

—¿Has llegado hoy?—me pregunta sonriente.

Y casi seguido habla.

—Llegas triste... Eso nos pasa a todos. Es la novedad, ¿sabes? El cambio siempre le sorprende a uno. Aquí el trato es afectuoso, aunque existe rigidez. Pero no es una rigidez bruta, sino comprensiva y amable...

Llega otro compañero. Y otro, y otro. Hasta cinco, seis o diez... No lo sé. Me rodean. Me preguntan con cortedad unos. Con desfachatez otros. Contesto a lo que sé y puedo. Me confunden. Concluyo por azorarme y perder mi personalidad. Uno de los presentes inquiere mi nombre. Y como si comprendiera mi situación embarazosa, dirigiéndose a otro, dice:

—Vamos a celebrar la venida de este camarada... Anda, Pedrol, vente con nosotros. Y me saca del grupo cogiéndome del brazo. Yo me dejo arrastrar. Ya fuera del pabellón uno de mis amigos me infunde confianza.

—Te extraña esto; pero, ya verás. Aquí somos buenos camaradas. La unión existe entre nosotros. Pronto te acostumbrarás.

Entramos en una cantina. Varias mujeres están sentadas en las piernas de unos legionarios. Beben y fuman y ríen. Sobre todo ríen, con risa metálica extraña.

—¿Qué te parece? —me dice uno de mis generosos amigos haciendo alusión al cuadro que tenemos ante nuestros ojos.

—Bien —contesto, sin cabal conocimiento.

El otro dice:

—La vida del campamento está en estas cantinas concentrada.

Nos sirven unos vasos de cerveza. Hablamos de algo. De cosas leves. Yo les pregunto cómo se llaman.

—Melchor Brabante —me responde uno—. Soy nacido en Coimbra— agrega.

—¿Portugués?

—Justamente.

—Jaime Torrelles —me contesta el otro.

Brabante es un muchacho fuerte y vigoroso. Velludo como un oso. De rostro franco y rudo. Torrelles es de facciones y modos delicados. Alto, delgado. De rostro serio y enigmáticamente expresivo. Al portugués apenas se le nota el acento natural de su lengua. Torrelles, sin embargo, posee un ligero acento catalán.

—Catalán soy, de Reus —exclama.

—¿Y tú? —me pregunta Brabante.

—Soy castellano —contesto—, nacido en un pueblecito de la Vieja Castilla.

—¡Oh! Muy bien —exclama el portugués—. Portugal, Castilla y Cataluña. Iberia —agrega jovial—. ¡Iberia...!

Frente a nosotros hay sentados tres compañeros. No hablan. Cada uno abstraído mira a un punto imaginario. ¿Qué pensarán?

Dos mesas más allá, otro compañero, solo. Tiene ante sí una copa y media botella de coñac. Con rapidez bebe copa tras copa mientras lee un papel que guarda para volverlo a sacar y leer de nuevo, volviéndolo a guardar y a sacar y a leer una y otra vez. ¡Qué raro!

Al fondo las prostitutas discuten entre sí o con los compañeros que las atienden. De cuando en cuando, en el grupo que forman, suena un grito, una risa procaz, una blasfemia, un suspiro grosero, un juramento, que sobresale por encima del tono de una conversación activa y animada.

Un compañero, con la cabeza blanqueada por los años, entra acercándose casi seguidamente a nosotros. Saluda a mis dos amigos. Y luego, haciendo alusión a mí, dice:

—¿Un nuevo camarada?

Torrelles nos presenta.

—Andrés Bustillo –habla dándome el nombre del recién llegado. Colombiano de nación y un buen amigo nuestro.

Bustillo es hombre ya de edad madura. Su rostro ofrece un gesto invariable. Su boca cortada en una sonrisa, no expresa con claridad si es triste o alegre. Algo encorvado mira al suelo y mueve a cortos intervalos la cabeza de un lado para otro. Un sello de honda preocupación domina a toda su persona.

Salimos fuera. Damos unas vueltas por una ancha avenida. Tocan a lista. Y luego con timidez, haciendo dulzonas sus palabras:

—Bien, hombre, bien –me dice–. Ya te irás iniciando en esta vida que tiene un poco de todo.

Brabante, Torrelles y yo, nos encaminamos a nuestro pabellón. Las cantinas se vacían. Por todas partes los hombres corren camino de sus alojamientos. La corneta los ha expulsado a todos de todas partes.

—Soy uno –me digo–. Uno, uno más.

Rompemos fila. Y me pierdo en la confusión de la colmena lanzada a la dispersión.

Salgo al exterior arrastrado por la masa que me desborda. Ya fuera, solo, sin saber adónde voy, vago por el campamento. Múltiples pensamientos se agolpan en mi mente amontonándose unos sobre otros. Mi cabeza arde. Anda sin orientación. Recorro el recinto a la ventura. Llego a unas rocas que me hacen tropezar. En un extremo de ellas me siento. Miro al cielo plagado de estrellas que tiemblan en la inmensidad del abismo. Miro al mar, a mis pies. Está partido en dos por una faja de plata que la luna le ciñe.

Está quieto. Solo la faja se mueve sobre sí misma como si tratara de hacer plana la superficie de las olas. Contemplo las dos inmensidades. La del cielo y la de las aguas profundas. Y veo la pequeñez de mi ser.

Pero mi alma, desdeñándome a mí mismo, está presente, triturándose dolorosa con sus atribulaciones violentas. ¡Cuánto más felices seríamos si no tuviéramos alma! No sufriríamos, me digo. Divago. No tengo valor para seguir luchando con la vida. ¿Qué debo hacer? ¿Insistir en la pelea...? ¿Siempre se encuentra un pedazo de pan pagado con el sudor de la frente? No; siempre no. Yo no lo he encontrado.

La noche se hace oscura. Me envuelve con su quietud silenciosa. Torno hacia mi pabellón, pero no conozco el camino. En la esquina de una casa veo un legionario en actitud inmóvil. Me aproximo a él. Da un gemido.

—¿Qué hay? –dice con voz gangosa.

Le observo y comprendo que está borracho. Le pregunto qué camino debo seguir. Me acompaña. Entre insultos me lo enseña extendiendo una mano mientras con la otra se apoya en mi brazo para no desplomarse. Le sujeto. Juntos, tropezando aquí y allá llegamos a mi pabellón, que también es el suyo.

Abrimos la puerta. Un sargento nos espera.

—¿De dónde venís? ¿De la cantina? ¿No habéis oído tocar silencio? –grita huraño.

De un fuerte golpe en el pecho me derriba sobre la cama. Me incorporo. Y me golpea de nuevo en la cara. Sus dos manos las siento en mi rostro como dos hierros ardiendo que me quemaran.

No sé qué hacer. Vacilo. Detrás de mí, un legionario viejo habla al sargento.

—Es un muchacho nuevo, que no sabe.

—¿Que no sabe? –dice–. Así aprenderá. ¡Hala! A la cama. ¡Y ya sabes que al toque de silencio debes estar acostado!

Me obliga para que ayude a llevar al borracho a su camastro.

—¡A dormir! –me grita descompuesto, todavía.

Me ahogo. No sé explicar la sensación que siento. Cuando ya

acostado me tapo, subo la manta sobre la cabeza y lloro amarga-
mente. ¡Pobre de mí! ¡Soy una cosa! ¡No soy nadie!

* * *

He estrechado mi amistad con Bustillo. Terminada la jornada
nos reunimos. Y juntos recorremos las afueras del campamento,
buscando en la soledad, tranquilidad a nuestros espíritus.
¡Cuántos coincidimos!

La vida ha traído al colombiano al mismo lugar que a mí, por
camino diferente. Él, antes de ser legionario, no ha pasado
hambre. No ha sufrido los rigores de la hostilidad de los hombres.
Ha llevado una vida relativamente holgada. Sin preocupaciones
materiales. Pero ha logrado poco a poco, en meditaciones sucesivas, abarcar una concepción pesimista y fatal de la vida. He aquí
la causa de su estancia en la Legión.

—Cuando yo establecí mis primeras conclusiones –me explica–, creí que eran falsas. Y me esforcé en destruirlas por medio
de un razonamiento metódico y ordenado. Pero cuanto más me
esforzaba por cambiar el horizonte en que mi espíritu se movía,
más me adentraba en lo que ahora es para mí una verdad inmutable y confortante.

Y continúa:

—Créeme, Gustavo. Puede que el tiempo abra ante tus ojos
otra visión más feliz que la mía. Pero aunque así sea, esa visión
será mentira. Estoy seguro. La única visión verdadera es la de que
no tiene ningún objeto nuestra existencia.

¿Para qué vivimos, di? ¿Qué fin cumplimos en este mundo...?
Llena de angustias y de dolores, la humanidad vive un calvario
trazado sobre una trayectoria milenaria, sin que nada justifique
ese calvario ni la existencia misma. ¿Por qué vivimos? ¿Para qué?
Créeme. Amigo mío, vivir es una cobardía. La vida es un sufrimiento continuo sin finalidad formal alguna.

No sé por qué pienso, escuchándole, que no está en lo firme.
En mi interior siento que sus razonamientos son falsos. Sin em-

bargo, no los refuto. Asiento. Mi estado de ánimo encuentra en sus palabras un consuelo.

Puesto que la vida no tiene ninguna finalidad —me llegó a decir—, es justo preguntarse: ¿Para qué vivimos entonces? ¿Por capricho acaso de un Dios que se complace en martirizarnos? Y siendo esto así, ¿qué valor tiene la vida? Es cierto. Vivir es una cobardía.

E interrogo a Bustillo:

—¿Y cómo si piensas así, continuas viviendo?

—No tengo valor para matarme —me responde fríamente— Muchas veces lo he intentado y no he podido. Me han faltado fuerzas.

* * *

Ambos queremos morir sin que tengamos que hacer por nuestra parte ninguna violencia. Paso mi recuerdo, en estos días que tanto sufro, por los años vividos desde niño y no encuentro en ellos más que aliento para acabar con mi vida miserable. Mis juegos. La muerte de mi padre. Los apuros de mi madre por sacarme adelante. Nuestra miseria concentrada en un modesto hogar de labriegos que fueron acomodados y que perecieron con sus predios[33] en mano de la usura. Una olla al día. Una comida. A veces, pan solo para el día entero. Otros días, ni pan con que engañar el hambre. Así pasaba el tiempo. Mi madre enfermaba. Yo crecía... Muerta mi madre, cerré aquella pequeña casa que tantos dolores guardaba y hui del lugar a tomar parte activa en la lucha horrorosa de los hombres. Era un muchachuelo con más ánimo que fuerza. Con más ilusión que vida. La ciudad me acogió hostil. Mendigué. Un día me recogieron y me llevaron a una casa de caridad o cosa semejante. Me dieron de comer, sitio donde dormir y un plazo para buscar trabajo. Encontré un puesto de recadero en una posada. Luego cambié de casa entrando de botones en un hotel, debido a la mediación de un viejo amigo del posadero. Por mis propios medios traté de instruirme. Aprendí

---

33   Tierras.

bien a escribir. Luego empecé a leer para ir cultivándome. Tales visiones renacen hoy en mi mente con fuerte colorido de fatalismo y de tragedia... Luego, los pasos que di solo.

Cada día era mayor mi afán por saber. Y todas las horas disponibles, las aprovechaba en adquirir conocimientos. ¡Qué envidia me daba ver, de mañana, pasar ante la puerta del hotel a los muchachos de mi edad con sus libros debajo del brazo! ¡Ellos podían consagrarse de lleno al estudio, sonrientes, sin otro quehacer que se lo impidiera! Yo, no.

A los dos años justos en el hotel a que hago referencia, me dieron un puesto de escribiente en la oficina. Me subieron el sueldo y creí haber ascendido a una alta categoría intelectual. Y no fue esto así, pero gané mucho, porque pude dedicar más tiempo a mi instrucción. Nadie me orientaba, nadie encauzaba mi afán en una directriz concreta. Lo que aprendía, era multiforme, descohesionado, sin ningún rumbo verdadero. La asimilación de hoy era confusión mañana, que dejaba en mi ánimo una huella de decepción. Pero no por ello desistía. Seguía leyendo. Seguía estudiando sin descanso.

A los tres años de ser escribiente en el hotel, pasé a ser escribiente de una oficina de empresa con mejor retribución. Meses después me despedían de este sitio por exceso de personal. Traté de recuperar la plaza del hotel perdida. Ya estaba ocupada. Otro hambriento como yo había clavado en ella su garra. Desde entonces, he desempeñado todos los oficios, todos los trabajos. Mi calvario es largo y renuncio a hacer su historia. Pude tener un equilibrio, y hasta lo que se llama suerte, si hubiera sido un poco servil y adulador. Pero no supe adular a nadie. Esta ha sido, sin duda, la causa principalísima de mi desastre. Más no me pesa. Estoy satisfecho de mí mismo. Cuando el hambre me acosó, inhumanamente, me humillé en un esfuerzo instintivo de hombre que se anula. Y entré en la Legión, que me ofreció un punto de refugio, exigiéndome, en cambio, la libertad y la vida. Pero antes de mi alistamiento, mí libertad y mi vida, estaban sacrificadas.

Todo mi pasado, tan breve, tan agitado, desfila ante mis ojos, en estos días en que mi pensamiento, hermanado con la idea de un fin rápido, lucha todavía como buscando una resistencia donde apoyarse, quizás para evitarme tan decisivo paso. Pero la estrechez y el dolor que oprimen a los hombres, forman ante mí una barrera imponente, reduciendo el horizonte de mis pocos años a una cruel y dura decisión. Morir es no sufrir –pienso–. Morir es descansar de una vida huérfana de alegrías, que ninguna bondad contiene y que ninguna piedad nos da.

Cuanto más medito la forma de matarme, más me decido por pegarme un tiro. Solo. En cualquier ocasión. En cualquier momento. Así se lo digo resueltamente a Bustillo. Él trata de convencerme, para que antes dispare sobre él. Pero me niego a ello. Mátate tú a ti mismo, le digo.

* * *

Estoy en una cama.

—Reacciona, reacciona –oigo decir–. Menos mal.

A mi lado reconozco a Torrelles y a Brabante. Mi herida pierde gravedad. En la enfermería del campamento donde estoy, me cuidan bien. Estoy atendido. Todos los días vienen a verme Torrelles, Brabante y Bustillo, que alegan ser mis mejores amigos. Algunos oficiales también vienen. Me preguntan tímidamente por los motivos de mi determinación. Guardo silencio. Ninguno insiste. Mi caso no será el primero, verdaderamente, donde viven como yo tantos desahuciados. El comandante llega. Viene solo. Se sienta en una silla cerca de la cabecera. Me habla paternalmente. Quiere saber las razones que me han impulsado al suicidio.

—Debes comprender –me dice– que por muy grandes que sean tus íntimos motivos, eres muy joven. Con el tiempo, los sinsabores de hoy, se diluyen para dejar paso a nuevas sensaciones de goce y de optimismo. Por muchos que sean tus sufrimientos la nota viril debe imperar siempre. ¡Qué sería si no de los hombres!

Habla de esta manera. Insiste en mi juventud y en que de ella espere. En que después de la triste experiencia vivida, se restablecerá en mis pensamientos el tono propio, alegre y activo de mis años.

—Pero dime —pregúntame amablemente—. ¿Que causa ha sido?

Yo voy a contestar, pero no puedo. Me quedo un momento confuso. Medito no sé en qué. El corazón se me oprime. Los ojos se me bañan en lágrimas.

—Soy un desdichado —digo—. Y siento no haber muerto.

El comandante, prudente, guarda silencio. Después habla.

—Serénate, serénate. Que todavía no estás bien. Y puedes empeorarte.

En pie ya, dispuesto a marcharse, me coge una mano, la pone entre las suyas y arguye:

—¡Pedro! Ya vives. Ya eres otra vez nuestro. Dame tu palabra de honor de que no volverás a intentar jamás lo que ahora has pretendido...

Hago un movimiento afirmativo con los ojos.

—Cuando necesites una ayuda, un consuelo, acude a mí. Como si yo fuera tu mejor amigo.

Y se marcha.

En mi consciencia, surgen pensamientos, ideas, que se oponen, que se enlazan. Mi cuerpo tiembla.

—He de renacer —me digo—. Mi vida no me pertenece. La he vendido para comer. ¡La he vendido! Y debo llorar mi gran desgracia, la gran desgracia de vivir...

Torrelles entra. Me mira.

—¿Qué te pasa? —me dice cariñosamente.

—Nada.

—¡Oh, no, Pedro! —habla sentándose en la silla abandonada por el comandante—. Tú sigues sufriendo. Y esto no puede ser. Es preciso que yo sepa los motivos. Es preciso. Me vas a contar. Sin ocultarme nada. Háblame como si hablaras a un hermano, que es lo que soy y quiero ser para ti.

Sus palabras me conmueven. Nadie me ha hablado nunca de esta manera. Su acento es cálido, sentido. Un hermano mío, si lo tuviera, no hablaría con la emoción que él ha hablado.

—Mi historia –le digo– es la historia de un vulgar desdichado. ¿Qué he de contarte? Nací en la miseria, viví un poco de tiempo con relativa holgura, y caí de nuevo en la miseria. La desesperación es una cosa lógica. Y si a este estado de ánimo unes la convicción de que la vida no merece ser vivida –convicción apoyada en mi triste experiencia–, ello te explicará mi situación. Mi deseo de morir. Y mi honda tristeza de hoy, por no haber acertado a matarme.

—Calla, calla –me interrumpe–. No hables de morir. Has de vivir. Debes vivir.

Hay una pausa entre nosotros. Sin saber por qué nuestros ojos se encuentran dos, tres, cuatro veces. Con rápidas miradas, reveladoras en cada uno de pensamientos que pugnan por salir, quizás no muy divergentes. Pero ni él ni yo hablamos. La pausa se prolonga.

—No creas que aquí todos gozamos y que vivimos la vida alegre y despreocupada que vive la mayoría –dice después de un rato de silencio–. Aquí hay quienes, por razones varias, llegan con sus vidas destrozadas y con la intención de hallar la muerte en un combate.

Sus ojos se clavan en el suelo. Queda inmóvil, quieto.

—Hago mal en preguntarte por tu pasado –prosigue– y tú haces bien en no hacer tu historia para evitar los recuerdos que te dañan. Pero dime, Pedrol; ¿por qué has venido a la Legión? ¿Por qué eres soldado?

—¡Oh! ¿Por qué? –digo–. ¿No es acaso un medio...? ¿Una dirección, al fin, para acabar de una vez...?

—Pero, ¿has venido voluntario...? –habla él, con gesto enérgico y a la vez afectuoso.

—¿Voluntario? –le respondo–. Voluntario he venido; pero forzosamente empujado por los azares de la vida...

—¡Ah!–exclama–. Es lo de todos. Es nuestra paradoja. Voluntarios de una voluntad ajena a la voluntad nuestra...

—¿Luego tú?–insinúo.

—Sí. Yo también soy un desdichado –me dice con sentimiento.

Alentado por la fraternidad en que estamos, trato de estimularle para que continúe hablando. Pero llega Brabante y se interrumpe la conversación.

—¿Qué? ¿Qué tal marchas? —me dice el portugués jovial y simpático.

Cambiamos unas palabras sin importancia. Sobre cosas del exterior. Y Torrelles reanuda el hilo de la charla que antes sosteníamos.

—Mucho hablamos Melchor y yo de lo mal dispuestas que están las cosas humanas —dice—. Y aunque no logramos llegar a un acuerdo en nuestras ideas, tengo la seguridad, querido Pedrol, que si te hubieras franqueado con nosotros y nos hubieras dicho lo que proyectabas, tus inquietudes se hubieran suavizado. Tu resolución se hubiera desvanecido.

Brabante nos mira a ambos. Hace un gesto como si asintiera a lo dicho por Torrelles. Este sigue:

—Bustillo piensa con lógica aparente. Bustillo no tiene razón. Ni tú tampoco.

Voy a hablar, pero Brabante no me deja. Torrelles, continúa:

—Es cierto que la humanidad, apenas se la contempla, ofrece un completo pesimista y fatal. Todo camina y nadie sabe adónde vamos. ¿Pero aun así?... ¿Qué fundamentos tiene nuestra visión de las cosas humanas, para asegurar que vivir es una cobardía? Cobardía es confesarse impotente, aun cuando sea uno aplastado. Cobardía es anularse a sí mismo para entrar en un ambiente morboso que, ahoga lo más preciado del hombre, su libertad. Cobardía es renunciar a la vida por el hecho de verla accidentalmente destrozada. ¡No! Vivir no es una cobardía. La cobardía es matarse para no vivir. ¿Qué fin cumplimos con existir? ¿Para qué vivimos? —decís vosotros, con vuestro pesimismo trágico—. Y yo respondo: la especie vive sin ningún fin. La vida tiene su fin en sí misma. La libertad es el eje de la vida. Cuando no hay libertad... ¿Cuál es la base en que apoyáis vuestros principios, al decir que vivir es la gran desgracia de los hombres?

Al llegar a este punto se detiene, mira a Brabante, me mira a mí luego, baja su mirada al suelo quedando pensativo y como si se contemplara a sí mismo. Y prosigue:

—En esto tenéis razón. Vivir es una gran desgracia.

Se oculta la cara entre las manos. Me quedo confuso, impresionado.

Brabante, como abstraído, abandonado más bien sobre la silla, mira con ojos perdidos a la ventana que hay junto a mi cama. Su labio inferior sale hacia fuera en un gesto que no sé apreciar si es de dolor o de desprecio. Me encuentro en mí mismo no sin cierta alegría al ver que otro como yo y quizás por muy parecidos motivos sufre. No solo somos Bustillo y yo los afectados por un pesimismo doloroso. Otros hay que lo sienten en el fondo de su alma, aunque lo nieguen al hablar, para engañarse quizás a sí mismos. Somos muchos los heridos por la vida. Es posible que esta brava tropa de legionarios sea una tropa desesperada de desahuciados... Es posible.

Torrelles se repone.

—Perdona –dice secamente, dando a su rostro el aspecto habitual.

Nadie habla.

Los tres, a solas con nuestras inquietudes, permanecemos un gran rato callados. Un algo extraño y pesado nos domina. Torrelles vuelve a mirar al suelo en actitud de hombre vencido. Brabante sigue con su gesto, ahora marcadamente despectivo, mirando a través de la ventana.

Yo pienso en ellos en relación conmigo y una honda corriente de afecto nace en mi pecho al identificar mi pesar con el pesar de mis dos amigos. No estoy solo. No estamos solos.

Brabante habla hondamente, como lo hace siempre:

—Basta. No reflexionemos más. Los hombres somos unas bestias. Y la civilización, una mierda. Tú –dice dirigiéndose a Torrelles–, olvídate de tus pensamientos y vive tu nueva vida de soldado. Y tú –dirigiéndose a mí–, cúrate pronto, que yo me cuidaré de que tu pesimismo se aleje de una vez para siempre. En adelante es preciso vivir como lo que somos. Como unas bestias.

Si la muerte nos sorprende, aceptémosla serenos. Que suene una carcajada limpia, en el momento final, como si fuese la muerte misma la que se riera de la bestialidad humana. Ya que nos la imponen, aceptémosla.

Y sus ojos brillan con brillo salvaje.

Bustillo entra en la habitación. Llega tímido. Como siempre. El paso, lento. El rostro, contraído como si sobre él pesara la responsabilidad moral de mi suicidio frustrado.

—¿Cómo sigues?—me pregunta con voz débil.

—Tú, Andrés –le interrumpe Brabante con voz fuerte–. Tú también has de olvidarte de tus preocupaciones. Y debes disponerte a ser un animal, como todos.

—¿Animal? –exclama Bustillo–. ¿Y qué hemos de conseguir con eso? ¿Acaso supone alguna variación? ¿No somos ya por desdicha todos unos animales? Los que no se dan cuenta de que lo son, pueden creer al tratar conscientemente de serlo que cambian las normas de la vida; pero, ¡oh!, inconscientemente, todos los somos. El que se da cuenta de ello y de que de igual modo lo son los demás, ese, como yo, aprecia la vida en su justo valor.

Torrelles interviene:

—Pero es necesario, aun cuando no des a ello valor alguno, que te aprestes a vivir. Espera la muerte en un combate. Sin hacer por tu parte nada por dártela.

—Es igual. ¿Acaso el hombre civilizado no es un bárbaro, más cruel, más hipócrita y más refinado que pueda serlo un bárbaro primitivo?

—Lo que quieras –insiste Brabante–. Pero tú, en lo sucesivo, ¿qué vida vas a hacer?, ¿la del bárbaro franco o la del bárbaro hipócrita?

—¡Ah!, yo no quiero vivir ninguna vida... Yo solo quiero morir–replica convencido.

Torrelles interviene.

—No, si debes vivir. Mientras no llegue tu hora debes vivir y sufrir como viven y sufren otros...

—No soy capaz de hacer nada por mí mismo –responde el colombiano moviendo la cabeza—. Me produce horror pensar que yo mismo he de matarme.

Hace un inciso.

—Admiro el valor de Gustavo, pero, aunque quisiera, no podría imitarle.

Las primeras sombras de la noche caen sobre las paredes invadiendo los rincones. Un murmullo viene del exterior, uniforme, que no tiene sentido, ni dirección, ni fin determinado. El rumor de las olas se une al rumor de los hombres como si unos y otros, cobardemente, protestaran de algo que les oprimiera.

La conversación queda reducida a monosílabos. Las palabras se hurtan quizás por no romper la unidad de lo que cada mente para sí piensa.

Tocan retreta. Mis compañeros se van.

* * *

El horizonte de mi espíritu se ensancha. Una sensación agradable de resignación, a la vez que de intensa rebeldía, me da vida y alma.

—¡Vivir! —me digo—. Sí, quiero vivir. Tengo ansias de vida plena. ¿La conozco acaso?

Me imagino la libertad como el eje de la existencia. Las palabras de Torrelles me alientan. Donde no hay libertad no hay vida —pienso.

He de vivir... Quiero vivir. Tengo consciencia en mí mismo, de mí mismo, por mi libertad. Por mi libertad tengo consciencia de mi vida. Sin libertad la vida no tiene sentido aunque tenga encauzamiento. Renazco al optimismo. Renazco con la identificación de mi ser. He de vivir. Quiero vivir. Mi vida se identifica con la de los que como yo han perdido su libertad. Con la de los que como yo no tienen propiamente vida. El sentido de la vida, preveo que en cualquier momento y ocasión, es siempre un sentido de identidad.

***

Gran sorpresa lleva Bustillo cuando en días sucesivos nota el cambio en mí operado. Por todos los medios trata de retrotraer mi ánimo al pesimismo que ya queda lejano. Es en vano. Soy yo ahora quien con más ahínco que ninguno, ataco la esterilidad de sus ideas. Él se defiende. La opinión de que vivir es una cobardía está en él fuertemente arraigada.

Los tres me piden que explique la intimidad del cambio que paulatinamente experimento. Pero no sé hacerlo. Mis ideas tratan de abrirse paso en la maraña del caos que hasta ahora ha reinado en mi cerebro.

—Solo sé –les digo–, que renazco. Que mi propio ser se renueva en una dirección vital, intensa y vigorosa.

—Vano empeño –sostiene Bustillo–. Te engañas a ti mismo.

—Ya te convencerás de que los hombres somos unas bestias –afirma Brabante.

—Y llegarás a comprender cómo la vida es una integración de sí mismo en un plano de libertad moral –habla Torrelles.

* * *

Me dan de alta. Salgo al exterior. En todo encuentro mayor templanza, menor hostilidad. Algunos me preguntan. Otros me miran curiosos. Me confundo con la masa, me pierdo en el vacío que ella en sí constituye. Y siento, a pesar de todo, en mi interior, que mi pecho se desgarra.

—Vuelvo a vivir –me digo–. Pero sigo siendo, lo que antes. Uno más de este rebaño humano sin libertad y sin vida. Uno cualquiera... ¡Nadie!

Capítulo II

Una fiesta en mi honor

El período de instrucción transcurre con calma. Mucho trabajo. Cansancio. Pero el ejercicio es sano y me estoy fortaleciendo mucho.

Brabante ha incorporado dos nuevos amigos, reclutas como nosotros, a nuestro grupo, con gran satisfacción de todos. Son dos muchachos. Argentino el uno y cubano el otro. Fuerte, recio de voz y violentos ademanes el primero. Bajito y muy simpático el segundo. Pablo Bernal y Luis Pelayo se llaman. El cubanito habla y sonríe a un mismo tiempo, precipitando las palabras y la sonrisa sobre una boca de dientes rotos. El argentino se expresa siempre con una seriedad tristona.

Brabante y los muchachos americanos han organizado una fiesta para celebrar mi «nacimiento». La han organizado sin que Torrelles ni Bustillo ni yo hayamos sabido nada.

Hoy, después de terminados los trabajos del día en la reunión que todas las tardes tenemos, nos lo dice.

Agradezco mucho su idea, pero me niego terminantemente a que se realice. Mi ánimo, aunque bastante levantado, está todavía muy agitado por amargas reflexiones.

Torrelles y Bustillo se adhieren a la bondad de la intención. Pero también se niegan a asistir al acto alegando motivos diferentes. Para Torrelles una fiesta supone, según él, una burla de su situación. Para Bustillo, una ficción innecesaria.

Pero son vanos nuestros esfuerzos. Pablo Bernal nos explica que todo está arreglado y que el desaire sería tal que representaría una ofensa hacia ellos el rehusarlo.

El cubanito dice lo mismo. Brabante no atiende a razones. Llega la hora de la fiesta y a empujones nos lleva al lugar donde la tienen organizada.

Es un prostíbulo.

De un empujón, entran Torrelles y Bustillo. De otro, entramos Bernal y yo. Y tras nosotros, entran el portugués y el cubanito riéndose a carcajadas.

Una mujer gruesa, el ama, sale a recibirnos. Brabante y Bernal cambian unas palabras con ella. Y luego, guiados del cubanito, subimos por unas escaleras sucias y malolientes a un reservado del segundo piso. El ama, de nombre Genoveva, con aire de autoridad insolente, llama a las prostitutas, a gritos, haciendo temblar las paredes.

—Juana, Lola, Paquita, Carmela, Maruchi, Fátima...! ¡Vengan! ¡Aligerad! ¡Daros prisa! ¡Que arriba os esperan!

Su voz es desagradable, irritante.

Las mujeres llegan ante nosotros. Esperan nuestra elección. Todas son jóvenes. Pero todas están envejecidas por la azarosa profesión que eligieron. ¿Eligieron?... Digo mal. Nadie elige libremente vivir en un infierno. Las fuerzas movibles, tiránicas y crueles de la vida, empujarían a unas a prostituirse. Otras, se verían atraídas por el espejismo de un placer aparente. El hambre en todas sería quizás el factor más decisivo que las arrastrara hacia este calvario. Porque es el hambre el eje sobre el cual giran, sin duda, las más grandes tragedias.

Las muchachas empiezan a animar la reunión. Ninguna se acuerda de su presente ni de sus íntimas miserias. Todas bromean, cantan y ríen. Nos sirven una cena. Comemos y bebemos en abundancia. Los cuerpos, predispuestos siempre y ahora más al deseo, se buscan ansiosos de goces interminables. Antes de levantarnos brindamos por nuestra íntima amistad. La madrugada entra. Por parejas nos separamos llevando cada uno al lecho a la compañera de aquella noche.

Bustillo se me acerca y sin que nadie le oiga, me dice:

—Siento asco de mí mismo.

—¿Por qué? –le pregunto.

—¡Oh! Esto que hacemos es dar nuestra conformidad a la vida que hacen estas pobres mujeres. Es asentir a la opresión que las envuelve. Es tomar parte como actores en la farsa odiosa y repugnante de la vida. ¡Oh! Yo huiría de aquí. Me marcharía ahora mismo. Pero, por otra parte, no quiero... Ya ves... Ella está ilusionada con su viejo, como me llama. Y dice que de tantas noches tristes y llorosas, tendrá una alegre y feliz. En parte, no tengo derecho a derrumbar la pequeña y pobre ilusión de una mujer que vive enterrada en vida. Me quedo, sí, pero, ¡oh!, amigo mío, tengo ganas de llorar... ¿Cómo le diría yo a ella que la ilusión pasajera de esta noche es el símil más concreto de lo que son las ilusiones en la vida? ¿Cómo le diría yo que nada somos y que solo la ilusión de que somos algo, da hábito de consciencia a la inconsciencia egoísta y cobarde que nos mueve? Pero se reiría, ¿verdad? Se reiría... Me tomaría por loco. ¿Tú crees que debo decirle algo para que se aperciba? ¿Para que se dé cuenta de cómo emplea y malgasta sus años tras ilusiones tan tibias como pasajeras? ¿Para que se percate de la triste estupidez que significa la vida?

No puedo responderle. La Carmela llega y materialmente le arranca de mi lado.

—¡Ay! ¡Viejo mío! ¡Viejo mío!

Y gime mimosa, abrazada a él, mientras se lo lleva.

La caravana de parejas desaparece. Juanita y yo también nos vamos.

En el trayecto pregunto a mi acompañante:

—¿Gozarás esta noche? ¿Gozas todas las noches?

Y me contesta:

—¿Te crees que porque esté con unos y con otros, por eso he de gozar? Algunas noches. Muy pocas. Las demás, es solo una cosa aparente, la costumbre, el trabajo.

¡La costumbre!... ¡El trabajo...! Me hacen daño estas expresiones.

Juanita, en su vida de libertinaje y de placer aparente, aun teniendo tanta libertad para los moralistas del ambiente, vive oprimida, sin libertad verdadera.

¿Por qué existe la prostituta, si es ley natural que todas las hembras lo sean en la naturaleza por el hecho de cambiar de macho y que ninguna lo sea por el hecho de sacar una utilidad material de su posesor? ¿Es posible que la inteligencia humana haya servido al hombre para establecer sus relaciones sexuales en contra del sentido natural? El alto sabor que se da a la posesión carnal en la vida social, junto a la miseria a la que no se da valor ninguno, produce la prostitución, la mercancía de cuerpos femeninos, que son después arrojados por la misma sociedad que los produce a la esclavitud en que estas miserables viven.

Ya en el lecho, Juanita habla y me dice:

—¿Serás tú, vida mía, ese con quien a todas horas sueño? ¿Uno que viene y me salva?

—¿Te salva?

—¡Sí! Yo aquí no vivo. Muero... ¿Serás tú, di, serás tú?

Estrechamente abrazados, veo nuestras libertades rotas en el huracán de la existencia. Rotas cada una por un lado. La voz de Brabante retumba en la casa sacándome de la abstracción.

—¡Ah, bestia romántica! ¿Qué sería del soldado si no hubiera barraganas? —dice en disputa con Torrelles.

Me levanto seguido de Juanita. Nos asomamos a verle. Completamente desnudos mis dos camaradas, están en el suelo, sentados, en medio del pasillo. Ante ambos hay una botella de coñac y dos copas.

Tornamos al lecho. Y cuando Juanita se acerca a mí a continuar el idilio empezado, la rechazo.

—Déjame dormir —le digo, volviéndome de espaldas.

Con sumisión que me hace daño, ella obedece, separándose prudentemente.

—¿Que no hacen ninguna falta los soldados? —dice en el exterior Brabante—. Para emborracharse..., ¿cómo no van a hacer falta?

Y continúa:

—¡Anda, bebe, bestia!

Tapada la cara entre las manos, Juanita llora. La atraigo hacia mí. La ruego que me perdone.

—Todos sois iguales –suspira–. ¡Qué sola está una siempre!

—¡Qué solos estamos todos!–pienso yo–. Todos nos atraemos y todos nos rechazamos.

Nos reconciliamos por fin.

Brabante y Torrelles siguen discutiendo de cosas cada vez más dispares. Están completamente ebrios. De pronto, suena un ruido de lucha. Me levanto y salgo al pasillo. Al fondo y al pie de una escalera, mis dos compañeros se golpean casi sin fuerzas para sostenerse en pie; pero furiosamente. Caen ambos al suelo y yo los levanto.

* * *

Me acuesto luego. Y sueño que los hombres somos cualquier cosa menos seres dotados de razón.

Capítulo III

Me incorporo al frente

Encajados en las filas, como en un bazar se encajan los muñecos, varios cientos de hombres, sacados del gran almacén donde el azar los volcó como despojos sobrantes del mundo civilizado, esperamos formados a lo largo de la avenida de entrada al campamento, la llegada del tren especial que ha de trasladarnos a un punto de dislocación, camino de las posiciones avanzadas. Vamos a cubrir bajas a diferentes unidades.

Momentos antes de embarcar, el comandante se presenta ante nosotros. Manda firmes. Los muñecos se estiran permaneciendo inmóviles.

El comandante nos arenga:

—¡Ánimo, muchachos! Haced honor a la Legión, madre de los expatriados y Cuerpo heroico! ¡Enalteced a vuestros pueblos y a vuestras regiones...! Vosotros, que os habéis formado bajo esta bandera gloriosa, lleváis en vuestros pechos el espíritu inmortal de nuestra raza. ¡Sed todos héroes! Que no solo os honraréis a vosotros mismos y a vuestros pueblos, sino a la Legión que os alienta y os dirige, en nombre de la civilización. Designios de la Providencia, os envían para que lleváis, con la fuerza de vuestro empuje, la cultura y el progreso a estas tierras incultas, de oscuridad y tiranía.

Algo más exclama. Pero no presto atención a ello. Seguidamente, ordena desfilar para el embarque.

En un vagón, de lisas y no muy limpias tablas, entramos cincuenta, quizás sesenta. Cada uno ocupa en seguida un puesto, hasta agotar la capacidad de los asientos. Otros vagones, ya han sido cargados. Y otros, se van cargando.

La masa dispersa de los que quedan se hace compacta envolviendo al convoy por uno y otro lado.

Los compañeros, con frases de afecto, estrechan las manos de los que partimos.

—¡Buena suerte!—se oye de cerca y a distancia.

El tren bloqueado por aquel enjambre, parece respirar con fuerzas como preparando su evasión. Los que en el tren estamos y la muchedumbre hermana que en tierra queda, somos —según el comandante—, enviados de la civilización por designio de la Providencia. La intervención de la Providencia en la falta de libertad de los hombres, desempeña, pues, un papel importantísimo. Providencia... Civilización... ¡Qué horror!

El tren parte. La masa de legionarios, apretada a sus flancos, se agita vivamente. La voz de Brabante suena, brusca, a mi lado.

—¡ Eh! ¡Haced los honores, muchachos!

En una de las últimas pequeñas colinas próximas a rebasar, están la Genoveva y otras amas de prostíbulo, en unión de todas las pupilas libres en aquel momento.

Lloran y agitan sus pañuelos. La expedición las saluda con una infernal gritería.

—¿Ves cómo lloran?—ruge Brabante a Torrelles—. Tienes que comprenderlo. ¡Qué sería de ellas si no hubiera soldados! ¿A quién querrían? Y nosotros, ¿a quién querríamos? Tal para cual. Debes convencerte. Nos comprendemos.

Veo a Juanita y recuerdo sus lamentaciones:

—A todas horas sueño que viene uno y que me salva. Aquí no vivo. Muero.

Voy a asomarme una vez más a la ventanilla para contemplarla. Pero desisto. ¿Para qué? Nada puedo hacer por ella ni por mí. ¡Todo lo tienen los que nos dirigen tan estudiado!, ¡tan meditado!

El tren activa su marcha dejando atrás nuestro breve pasado.

El ritmo del convoy en movimiento parece repetir con cruel ironía:

«¡La civilización os manda...! ¡Ella os envía!»

Miro fijamente al interior.

Tres alemanes, sentados, con aire taciturno, admiran el paisaje, cambiando de cuando en cuando una frase breve, un húngaro discute con un andaluz de alguna cosa.

Cierto francés, soldado viejo, que había pertenecido muchos años a la Legión francesa, habla con un grupo de compañeros vascos, de sus hazañas en anteriores tiempos. Es hombre ameno y simpático, pero algo extraño. Como muchos otros, viene embargado, sin duda, por algún secreto, sin que pueda romper definitivamente con su pasado. Porque todos se quejan para sí. Y nadie saca al exterior el amargor que les invade con el que gozan, ya sufriendo, o lloran, ya riendo, mientras tejen con mecánica inconsciente su vida cotidiana.

Pelayo habla muy entretenido con dos italianos cuando Bernal y yo nos acercamos al sitio en que está.

Uno de estos italianos se llama Benito Mussolini, nombre supuesto como el de la mayoría de nosotros. El otro es un invertido, atrevido y gracioso, que atiende por Piccolina. Es objeto de burlas constantes por parte de todos.

—¿A qué has venido tú a la Legión? –pregúntale Bernal.

—¿Yo?... Mira este –replica sonriente el invertido mojándose los labios con la punta de la lengua.

—El día que oigas un tiro, vas a correr más que un galgo –dice Pelayo.

—Que una galga, dirás –arguye alguien.

—¿Correr? –dice Piccolina–. Eso, ya lo veremos.

Llega Brabante seguido de Torrelles.

—Oye, Piccolina –dice a este el portugués dándole un pellizco en una nalga. ¿Quién es ahora tu querido?

Mussolini, que suele irritarse con frecuencia ante las burlas que todos hacen de su compatriota, se levanta azorado.

—Déjale en paz, imbécil –grita a Brabante amenazándole con el puño.

El tren se detiene ante una de las pequeñas estaciones de tránsito.

En el andén apenas si hay gente. Solo un vendedor de mariscos y otro de periódicos, corren de extremo a extremo ofreciendo con prisa su mercancía.

Brabante, al ver la actitud amenazadora de Mussolini, se excita y abalanzándose sobre él, envuelve a este entre sus fuertes brazos y lo lanza por la ventanilla, del mismo modo que se lanza un guiñapo. Luego hace la misma operación con Piccolina. El escándalo que los compañeros del vagón arman es enorme. Gritos, silbidos, frases groseras y picantes convergen a granel sobre los dos italianos. Estos, en el suelo, insultan con ira enconada a Brabante, primero; y luego, a todos.

Un sargento llega.

—¿Qué ha pasado? –pregunta a Mussolini.

—Nada –dice este secamente.

Piccolina va a hablar con intento de denunciar el hecho. Pero su compatriota no deja que continúe.

—La delación te la guardas para mejor momento –le dice. Y sin reparar en la presencia del sargento, le da un tremendo puñetazo en la cara que a poco si le hace caer al suelo.

El sargento abofetea a Mussolini. Este permanece impasible. Perfectamente cuadrado. Es un poste recibiendo bofetadas.

En marcha de nuevo el tren, perfora la montaña al entrar en un túnel. Parece buscar un horizonte nuevo. Y el túnel lo vomita arrojándolo a un llano de amplitud inmensa. Por él corre acelerado. Como si huyera de la soledad del paraje desértico.

Recorro el vagón. En un ángulo va un compañero en actitud inmóvil. Haciendo con los dedos bolitas de papel, que tira al suelo.

Monótonamente hace estas bolitas y las arroja, sacando el papel no sé de qué parte. Otro, en otro lado, parece hipnotizado por algún monstruo que le influenciase. Mira al paisaje con ojos salientes, el rostro demudado. Más allá Torrelles, muy quieto, contempla el panorama con indiferencia. Lo veo abstraído, pero sin que los móviles de su abstracción se reflejen en su semblante. Bustillo, frente a él, medita con la vista inclinada al suelo. Los demás... Algunos ya van ebrios. Otros juegan, haciendo del asiento mesa. Y otros discuten o cantan o ríen.

La masa es ajena evidentemente a la trágica comedia que representa. La mayoría ignora que va a enfrentarse con la muerte. Y los que lo saben, parecen no recordarlo. ¿Para qué? Voluntarios son para morir y a eso han venido.

La blanca Tetuán, ciudad de inquietante misterio, con sus torres implorantes y sus harenes tiránicos, emerge de una pendiente como espuma abortada lentamente por los montes.

Un oficial del Estado Mayor nos espera. Se nos dice que tenemos prohibida la entrada en la ciudad. Brabante inquiere la causa y se la va comunicando a todos.

—¿Sabéis por qué? Porque dicen que somos unos bárbaros. ¿Qué os parece?

Comemos rancho al pie de la ciudad. En unos camiones de carga, cerrados, subimos unos doscientos. Nos obligan a apretujarnos como en una banasta se aprietan las sardinas. En marcha.

—Pero oye –grita uno de los que están a mi lado. ¿Adónde vamos? Con estos lienzos echados no podremos ni respirar.

Otro dice:

—¡Han prohibido que los levantemos!

—¿Por qué? –interroga otro.

Nadie contesta. Nadie lo sabe. Los lienzos[34] deben ir echados, sin saber nadie por qué. ¿Preguntar la causa? Es inútil. Será orden importante, quizás transcendental. No la dirán. La disciplina, además, impide estas preguntas.

Los baches del camino, abiertos por recientes temporales, sacuden el cuerpo de los camiones jugando con nosotros en el interior. Ya somos lanzados contra una borda[35]. Ya contra nosotros mismos, a modo de polichinelas[36].

¿Qué otra cosa es este cargamento de hombres uniformados, que un cargamento de polichinelas?

¿Cuál es nuestra personalidad?

—Van ciento noventa y cinco hombres–dijo un oficial a un jefe, momentos antes de partir de Tetuán.

---

34   Tela con la que se cubren algunos camiones.
35   Barandilla.
36   Usado aquí como sinónimo de marioneta.

Ciertamente. Nosotros somos 195 hombres. Nuestra personalidad es 195. Un conjunto de voluntades subordinadas, de libertades vencidas, de individualidades anuladas, sin más representación que la de 195. 195 lo es todo para nosotros. Si en el camino un camarada se muere, se resta uno. Y el total lo comprenderemos: 194, que será nuestra nueva personalidad.

Cuatro horas de marcha. Una parada. Una fuente. Agua.

—Que salgan solo tres, por camión, con las cantimploras de los demás —ordena una voz autoritaria de extremo a extremo del convoy—. ¡Tres! ¡Qué salgan solo tres!

Y tres descienden de cada camión, volviendo con agua fresca para saciar nuestra sed y nuestro cansancio de hombres agotados por el singular esfuerzo de ser transportados de un punto a otro.

Otra vez en marcha. Una hora, otra hora. La misma perspectiva de los lienzos echados. Tras de nosotros otro camión.

El polvo nos cubre. Nuestros rostros se muestran cansados. Seguimos tambaleándonos los unos contra los otros.

Tres horas más de viaje incomprensible y fantástico. Otra parada. Silencio.

—¡Venga! ... ¡Abajo!...–gritan fuera.

Hemos llegado. Poco a poco nos vamos congregando. Formamos. Aquí está la posición de término. Los legionarios del destacamento salen a recibirnos. Delante de ellos está el comandante de la Bandera, rodeado de oficiales. El Jefe de nuestra expedición manda firmes. Y dice luego a su camarada:

—¡Ciento noventa y cinco!

Al pasar frente a nuestros compañeros de la posición, Piccolina causa una explosión de risa.

—Es uno..., ¡uno más! Y nadie debiera reírse —digo para mi interior y como si respondiera a todos—. La Civilización no entiende de cómo es cada cual. Los despojos son tirados al arroyo o recogidos por designio de la Providencia para ser utilizados hasta que no den más de sí. ¿Qué en esos despojos hay un hombre invertido? Es un accidente en el que no puede reparar, ni la Civilización ni la Providencia... Porque al fin es uno..., ¡uno más!

Dentro ya de nuestros alojamientos, contemplo el asentimiento a nuestros destinos que la mayoría de los rostros denota. Con dolor veo que somos carne barata y sin esfuerzo comprada.

Capítulo IV

Vida de campamento

E l campamento parece una amplia corona que adorna una cónica montaña.

El panorama por los cuatro frentes es asaz salvaje y abrupto. Una línea de altos montes constituye los bordes de una enorme cazuela, en cuyo centro se alza la colina de nuestra posición. Por doquier se hallan peñas desnudas, de proporciones grandes, empotradas en el suelo. Barrancos de corrientes secas y de laderas profundas. Montes a granel, de cima chata, espesos, cubiertos de bosque bajo y de enmarañada maleza. Árboles caprichosamente distribuidos en los barrancos, en las pendientes y en las cimas. El medio da la sensación de una identidad plena entre el hombre y la naturaleza. El interior del campamento está lleno de barracones. Las cuadras, bajo una amplia techumbre que parece montada al aire. El polvorín saturado. Depósitos de material de boca[37] y de guerra, sobre tierra o bajo ella. Tiendas-parques[38]. El horno y talleres de reparación. Los aljibes. Las cantinas. Junto al parapeto, los cañones en batería. Las ametralladoras ocupan sus nidos. En otro lado, los morteros.

Rodeando la posición hay una tupida red de alambres de espino con soportes altos y bajos, de hierro enmohecido, que la sostiene.

Un fuerte sol, un cielo azul, una tierra cálida, un ambiente sano y fuerte impregnado de energía. Vida, mucha vida acumulada en límites demasiado estrechos. Me veo encerrado entre estas murallas bajas y sigo pensando que somos como una jauría propiedad de alguien. De la Civilización nuestro amo, que nos

---

37   Provisiones alimenticias.
38   Lugares destinados a guardar víveres, municiones y demás material bélico.

alimenta y mantiene para emplearnos a su gusto en la caza de hombres y de pueblos. Como perros estamos en estas casa-matas que contienen fusiles, ametralladoras, cañones y demás útiles de destrucción. Después de habernos educado convenientemente el instinto, llegado el momento, nos sueltan. Y al igual que lebreles diestros, invadiremos el campo dando aullidos detrás de la presa. En el choque con los otros, alguno caerá herido o muerto. Pero la Civilización lo mirará indiferente. Pronto ordenará la sustitución por otros que sacará de depósitos que tiene perfectamente dispuestos. ¡Hay tantos hombres!

Los poblados se levantan aquí y allá entre los montes. Tendidos sobre las vertientes. Unos quemados. Otros intactos. A retaguardia, la carretera. Una enorme serpiente de tierra que se arrastra por este hermoso y dilatado campo. A derecha e izquierda de ella, casitas oscuras emplazadas en las crestas más salientes y alzándose a modo de escarabajos que contemplaran la serpiente. Son blocaos[39].

* * *

A la puesta del sol casi todas las tardes hay concierto junto a las cantinas. Lo da un cuarteto de bandurrias y guitarras, formado por compañeros nuestros. Casi toda la fuerza libre de servicio se reúne a su lado. Torrelles, Bernal y yo acabamos de llegar.

Brabante, Bustillo y Pelayo, están sentados en una mesa rústica. Tienen unas tazas delante. Bernal les pregunta qué beben.

—Café –dice el cubanito.

Tres o cuatro veces seguidas entra en una de las cantinas con las tazas vacías y sale con ellas llenas.

—¿Y cómo bebéis tanto café? –les pregunto.

—¡Bestia...!–me responde Brabante–¿Te crees que nosotros somos como vosotros? Esto es peleón. ¡Mira...! Y bien negro.

—De la tierra –dice el cubanito.

—¿De qué tierra? –pregunta Torrelles.

—De la de su padre. El muy pillo viene en sobres. Aquí se

---

39   Modelo de pequeña fortificación, usado por los ingleses en su guerra colonial con China. El ejército español lo utilizó en los conflictos bélicos que llevó a cabo en Cuba y Filipinas. Hecho de madera, sacos de arena y alambradas, podían desmontarse y ubicarse fácilmente en otro lugar.

deslía con agua de una cuba, y alcohol, vete a saber de dónde. Y cosa fina... ¡Prueba!

Bustillo ha estrechado su amistad con Brabante y con Pelayo. No quiere decir esto que la amistad de los seis se haya roto. Pero con sencillez formamos dos grupos de tres, estando los de cada grupo más unidos que los dos grupos entre sí. El estrechamiento de la amistad entre Bustillo y Brabante, ha traído, como consecuencia, la inclinación de Bustillo a los gustos y aficiones del portugués, que en ocasiones no tenía más gustos ni aficiones que las del cubanito. Bustillo bebe mucho. Más de un día lo veo borracho, diciendo a cuantos se encuentra que vivir es una cobardía. Empieza a ser objeto de burla general por los ya curtidos en las lides del alcohol. Con la taza de café delante, su gesto es de un hombre momia. Está completamente borracho. Le hacemos varias preguntas y a ninguna responde. Nos mira con sus ojos enrojecidos. Luego mira a cualquier parte. Brabante le anima.

—Vamos, viejo, ¿qué te pasa?

Como sugestionado, el colombiano mira al portugués dispuesto a obedecerle.

—Anda, bebe –le dice Brabante, dándole otra taza–. Bebe y muérete... ¡Porque a eso has venido aquí, animal...!

Bustillo bebe.

Brabante le quita luego la taza de la mano. Él continua impasible.

Próximo a nosotros esta Ibáñez... Un muchacho joven al que muy a menudo suele vérsele llorando separado de todos.

En un descanso, un compañero de los dos que tocan la guitarra traza unas notas aisladas que se pierden en el aire. De una piedra donde está sentado se levanta Petrelli. Este es uno de esos hombres envueltos en un misterio que no se sabe si es cómico o trágico. Nadie sabe de dónde es. Cuando se le pregunta cuál es su nacionalidad, dice que ha nacido en un bosque y que su patria es el mundo. Habla muy poco y con acento afrancesado. Gusta de beber coñac con una insistencia atroz. Pero, cosa rara, su estado es siempre normal. Sus ojos saltones miran con embeleso a todos y a todo. Sus gestos son inexpresivos y en apariencia es el hombre más vulgar que yo he conocido.

Con entusiasmo que le sale del alma se acerca al compañero que ha tocado las finas y breves notas y tartamudeando le dice:

—¡Toca! ¡Toca eso un poco! ¡A ver!

El tocador le obedece diestramente.

—Muchachos, muchachos –grita Petrelli a todos, haciendo que estrechemos el círculo–. Escuchad, escuchad –dice–. Es el adiós a la vida. El adiós a la vida... ¡Esto tiene algo que no sé si vosotros comprenderéis! Pero, sí... ¡es algo grande! ¡Grande y sublime!

Ante la expectación irónica de un auditorio, en su conjunto hondamente escéptico, empieza a cantar en italiano con voz de tenor, bellamente timbrada, el adiós de «Tosca[40]». Nos suspende de admiración a todos.

Le premiamos con una ovación clamorosa.

—Otra vez, otra vez –suena de todas partes–. Pero Petrelli se niega.

—Esto es cosa seria –dice con gravedad que hace reír a unos y ponerse serios a otros–. Si queréis cosa de broma, cantad vosotros... Yo, una vez fui tenor... Pero ya, no soy nadie... Si he cantado ahora, ha sido porque el adiós a la vida hace ya tiempo que lo siento, pero con mi letra, con mis tristezas. ¡Comedias, no! Cantad vosotros... Yo ya dejé de ser tenor...

Y se abre paso por entre el círculo que formamos. Y se marcha perdiéndose por el campamento. Estamos todos mirándole marchar, cuando en una de las cantinas se oye un alboroto espantoso.

—¡Bronca ! ¡Bronca! Esto es bueno –grita Brabante.

Las botellas y los vasos chocan contra las paredes, lanzados con fuerza.

—Un francés y un italiano –dice uno que sale.

Los dos contendientes salen conducidos por otros compañeros al botiquín de la Bandera. Las cabezas las llevan llenas de sangre. En ellos reconozco a Reinold y Mussolini.

Piccolina sale tras ellos dando gritos en contra del francés. Bra-

---

40   Aria del tercer acto de la ópera de Giacomo Puccini *Tosca* titulada «E Lucevan le Stelle» (Y brillaban las estrellas) y más conocida como «Adiós a la vida». El protagonista va a ser «ejecutado» en el frente.

bante le coge por un brazo y le hace sentar por la fuerza sobre la mesa.

—¡Ven aquí, so maricón...! –le dice–. Cuenta, a ver qué ha pasado...

Piccolina va a empezar. Todos le rodean... Cuando está hablando, uno aparece con un cubo de agua y se la echa por la cabeza. La gritería es espantosa.

Escurriendo agua por todas partes, Piccolina huye.

A pocos pasos, Brabante le tira, seguidas, tres tazas de vino en la cabeza. Una de ellas le alcanza en un hombro y Piccolina aprieta a correr como un potro desbocado. Los gritos le acompañan hasta que desaparece.

* * *

Las sesiones de deportes en la plaza de armas del campamento son frecuentes, sobre todo, boxeo. Los negros, generalmente americanos, y los alemanes, tienen la exclusiva en las exhibiciones. La masa anhela la competición entre camaradas de nacionalidades distintas. Pero moralmente apoya a los dos combatientes, ora a uno, ora a otro. Y de no haber un árbitro que en el momento prudencial pusiera fin a los asaltos, la masa continuaría excitando a uno y otro, hasta que ambos se mataran.

El veterano Thurdeim, de mi compañía, jovial y alegre, hace siempre de árbitro. Es un inglés que no es inglés. Se filió como rumano. Inglaterra se opone a que sus despojos sean utilizados en los pueblos que no oprime ella. Un inglés debe morir siempre, por y para Inglaterra. Aunque sea un despojo...

Arrieta, camarada vasco, de complexión extraordinariamente fuerte, es el que más público congrega. Sube al ring. Combate con uno tan fuerte y tan hercúleo como él. Y todos esperan que la lucha sea divertida. Pero Arrieta deja a su contrario sin sentido al primer golpe. Los espectadores, decepcionados, le premian con una gritería horrorosa. Arrieta, indignado, reta a todos los presentes. Sube otro. Empiezan y en el segundo encuentro el nuevo contrincante queda fuera de combate. La gritería se repite en forma más imponente que antes. Vuelve el vasco a retar a todos. Sube un tercero. Y como al primero, al primer golpe lo tumba al suelo. De nuevo la gritería suena, al parecer ya por sistema. Y de nuevo Arrieta reta a todos cada vez más enfurecido.

—¡Yo voy, yo ! ¡Yo voy! –salta gritando Brabante.

Se enfrentan. Se miden. Ninguno de los dos saben boxear, pero los dos son fuertes, macizos y valientes.

Los golpes que ambos se dan son incontables. Ambos sangran por la nariz, boca, ojos y por todas partes. Los puños parecen mazas cuando caen sobre el contrario.

Muchos son los asaltos. La cosa parece no llevar trazas de terminar.

La masa goza lo indecible, viendo destrozarse a los dos hombres. Pero reacciona al fin, y pide que el combate se suspenda.

Un negrito, corneta, con voz todavía infantil, sube al tablado.

—Combate nulo –grita.

Para él es la ovación que Arrieta y Brabante no quieren recoger por su brutalidad puesta bien a prueba.

* * *

Al pie del *ring* Arrieta y Brabante se visten. Arrieta, mientras se pone la camisa, dice a Brabante que está dispuesto a continuar la lucha cuando el portugués quiera... Este no lo deja para otra ocasión. Acepta en el acto... Y sin guantes, se enredan de nuevo a darse puñetazos. Tenemos que entrar más de veinte a separarlos. Cuando están vestidos, Brabante invita a Arrieta a la unión y a la amistad. Invoca argumentos raciales... Arrieta acepta.

Más tarde cogen una borrachera juntos, y tan tremenda, que hay que llevárselos al botiquín de la Bandera para que debidamente les cuiden. Les ve el médico.

—La borrachera de la paz –dicen ambos cuando empiezan a serenarse–. La borrachera de la paz.

Acabamos de comer. Por entre las filas dispersas pasan dos automóviles de lujo. Se paran junto al alojamiento del comandante. Es una expedición científica que acaba de llegar. La forman geólogos, naturalistas, ingenieros. Son señores de ciudad. A todo sonríen. A todo mueven afirmativamente la cabeza. Todo les sorprende gratamente. Para ellos es turismo lo que para nosotros es habitual. Quizás sea esta la causa de que nos llamen la atención sus gesticulaciones superfluas, sus sonrisas, su simpatía no exenta de estupidez...

Por la tarde salen a caballo acompañados de unos oficiales y seguidos de una escolta de caballería indígena venida expresamente para ellos.

Se pierden por retaguardia entre la sumisión y la quietud...

* * *

Salimos para relevar los destacamentos de los blocaos. En mi grupo vamos quince hombres. Entre ellos estamos todos los amigos, como pertenecientes a la misma escuadra. Con nosotros viene de jefe el cabo Trabal, gran compañero, ya viejo en el oficio. El francés Reinold, el veterano Schilt, alemán, amable y cariñoso. El veterano Ruibal, de la Mancha y otros más, de diferentes regiones. Ibáñez también se nos ha incorporado.

Nos vemos enjaulados entre cuatro paredes y un techo... Dentro una cuba grande con agua. Unos sacos de provisiones de repuesto. Cajas de municiones en un testero. Jergones con piojos. Agujeros de ratas. Pulgas en cantidad abrumadora...

A vanguardia hay un poblado incendiado, totalmente destruido. A retaguardia hay dos, reconstruidos, que todavía conservan las huellas de una reciente destrucción. A los flancos, tenemos dos blocaos tan solitarios y aburridos como el nuestro.

Estoy de servicio. Oscurece...

Una mora trata de cruzar la línea de la parte sometida a la insumisa. Le doy el alto. No hace caso. Se obstina en pasar. Trabal hace un disparo al aire. La mora se para. Trabal, Brabante y yo, nos acercamos. El cabo la interroga. Es vieja y por la forma en que se expresa se ve que sufre mucho. Trabal, que medio la entiende, nos explica. –Dice que tiene un hijo allá, que se está muriendo; que lo ha sabido en el zoco hace unos momentos y quiere ir a verlo...

Brabante y yo somos partidarios de dejarla pasar libremente. Trabal no se opone. Y la mora se despide de nosotros besándonos las manos y la ropa. La infeliz se va llorando...

—No sé si habremos hecho bien. ¡Miente tanto esta gente! –dice Trabal.

—Mal no nos puede venir por lo hecho –digo yo.

—Pues claro, hombre, pues claro...–asiente Brabante – ¡Que vea a su hijo! ¿Qué cosa más natural...?

No lejos de nosotros aparece una niña de unos diez años, corriendo tras un cabritillo por el monte.

—¡Calla! ¡Esta es joven!–exclama Brabante con los ojos saltones.

La niña nos ve. Se detiene. Trata de huir temerosa. Trabal le tranquiliza. Le habla. Llegamos hasta ella. Brabante le acaricia en forma que me da miedo. El cabrito pasa la línea hacia el otro lado, perdiéndose en la maleza. La niña se echa a llorar. Su padre le pegará –dice–. Pero en una carrera Brabante captura al cabritillo, volviendo con él entre los brazos. La niña da muestras de contento. Con el animal a la espalda corre veloz, separándose de nosotros. Brabante sigue tras ella con los ojos inyectados. Pero Trabal y yo le detenemos haciéndole regresar con nosotros al blocao.

* * *

—¡Caza, caza! –grita Brabante fuera.

Salimos a ver...

Ruibal y él vienen con una burrilla de talla insignificante, ambos riéndose a carcajadas...

Sin resistencia meten al animal dentro.

—Por turno, ¿eh?... Y sin prisa...–exclama Ruibal.

En el rincón de la menestra[41], oculta a las miradas por una tela de lona, atan a la burra. Primero está con ella Ruibal. Luego Brabante. Luego otros... Todos salen con la cara congestionada y abrochándose. Todos lo toman a broma. Pero todos entran, incluso Trabal. Bustillo, mudamente entra y del mismo modo sale. Torrelles, se resiste; pero Brabante le empuja dentro.

—Habrá que lavarla antes –dice serenamente– ¡Después de tantos...!

Con un plato lleno de agua y un trapo en la mano, entra al rincón de la menestra. Y luego sale de allí abrochándose. El cubanito hace los elogios de la burra y propone que nos quedemos con ella.

Paso yo; no hago más que salir, cuando el dueño del animal, un moro viejo que desde lejos ha visto como Ruibal y Brabante se apoderaron de su asna, se presenta en el blocao reclamando la devolución.

Trabal se la devuelve, excusándose:

—¡Como la encontramos perdida! –dice.

El moro da las gracias y se va tras de su burra, que presenta huellas inequívocas de la misión que acaba de cumplir.

La quietud del blocao es aún mayor que la del campamento. No sabemos qué hacer ni qué decir. Las conversaciones carecen de sentido. La cosa más nimia es motivo de molestia o de discusión que se prolonga de modo interminable.

Esta noche, reunidos todos en corro antes de dormir, hemos hecho lo que rara vez hacemos de modo colectivo. Mirar hacia el pasado. Verdaderamente parece que todos carecemos de pasado. El presente monótono y mecánico nos tiene anulados...

Bernal, sin proponérselo, inicia esta mirada retrospectiva.

Cada vez le noto más inquietud. Cambia de pensamiento a cada momento. No le satisface nada. Lo contrario que a Torrelles, que todo le parece bien, que a todo asiente con una indiferencia que no me agrada por la depresión en que poco a poco le va sumiendo.

El argentino bosteza sobre un jergón.

—¡Si estuviera ahora en Buenos Aires!... ¡Pero, no! Preferiría

---

41   Menestra: ración de legumbres secas que se suministra a la tropa.

estar en Rosario. En Rosario o en Montevideo... ¡O en ningún lado! ¡Qué asco me da estar en los sitios donde ya he vivido!

—¿Conoces Nueva York? –le pregunta uno.

—Sí, pero estuve solo dos días... ¿Ves? Allí me gustaría estar ahora.

—Oye –le dice otro con sorna–. ¿Y Vitigudino? ¿Conoces Vitigudino?... ¿Y Valdeconejos?

—¡No! –responde.

Se abre una pausa.

Seguidamente cada uno nombra una ciudad. El pasado empieza a afluir sobre nuestros ánimos.

—Yo estaba en San Sebastián antes de venir a la Legión –dice uno–. Era...

Se detiene. No dice lo que era. El pasado surge vivo, conteniendo la expresión. Tras nosotros no suele haber ningún pasado agradable. Ninguno fue de felicidad y de esplendor.

Estamos juntos. En silencio. Cada uno parece reconstruir escenas vividas en tiempos no lejanos.

—Yo tenía... –dice otro.

Pero se detiene. No dice lo que tenía. Agacha la cabeza. Medita reconstruyendo lo que no dice. Lo que siente y tiene vida en su interior.

Pasan así varios minutos. Otros tratan de hablar y no siguen.

—¿Y qué? Aquí estamos y nada más –exclama alguien como si se respondiera a sí mismo...

—Aquí estamos, sí –le responden dos, pausando las palabras.

—Pero, ¿para qué estamos? –insinúa otro.

—A ninguno se le ha perdido nada aquí –habla otro.

—¡Psch! Las cosas...–agrega otro.

—Nada cabe hacer...–sostiene otro.

—En fin de cuentas, nadie nos ha traído. Todos hemos venido voluntarios...–resume otro más.

El pasado, sin embargo, está sobre nosotros presionándonos. Pide al presente una explicación que justifique el tránsito operado. Pero ésta explicación no es posible dársela. No se la sabemos dar. Permanecemos un gran rato mudos. A solas cada uno con sus recuerdos, más poderosos que nosotros. Más fuertes que la realidad viva del presente que vivimos.

—Por muy mal que se viviera, no existía el peligro que aquí hay –habla espontáneamente uno.

Su voz es sincera, pero no encuentra respuesta. Los peligros entre nosotros no tienen un valor definido. El escepticismo es profundo. Se mira al peligro con frialdad como si no fuera verdadero peligro o como si este no existiera. Diríase que la muerte es esperada por todos con una resignación maravillosa. Pero no: no es indiferencia, no es resignación. Es inconsciencia, adquirida con el hábito en un ambiente uniforme y único.

—¿Y por qué hemos de venir a combatir con esta gente que nada nos ha hecho? ¿Por qué venimos a sacarlos de quicio si a su modo viven satisfechos y felices? –habla simplemente otro.

Las respuestas son evasivas. Todas ellas, sin embargo, parecen decir: «Lo mandan, habrá motivo». En nosotros no hay ninguna idea, ninguna intuición crítica, ningún juicio, que desentrañe la misión que cumplimos. Nuestro único guía mental es el mando. No concebimos nada, sin uno que ordene. El hecho simple del mando es para nosotros una razón suficiente. A toda orden precede siempre un motivo. No hay mandato alguno sin una razón que lo determine. Así lo creemos firmemente. Aun cuando el mando y la orden nos destrocen. Aun cuando este mando y esta orden no tengan ninguna razón que los fortifique. Estamos aquí porque lo mandan. Es justo pensar que habrá un motivo.

—Cumplamos el tiempo que cada uno tenga que cumplir. Y luego, la suerte dirá adónde vamos...–habla uno.

—Antes te pueden mandar a la fosa...–le responde otro.

—Bueno, así se acaba antes. Cuídate tú de no seguirme.

—No te impone... Ahí nos reuniremos...

Varios ríen.

* * *

Ibáñez es español nacido en Argelia. No tiene padres, ni hermanos, ni nadie de familia... Es solo...

—Aquí he perdido mi nombre y todo cuanto fui...–me dice–. Era necesario.

Somos muy amigos. Me atrae este muchacho que sufre en silencio, que apenas si habla, que de todos huye, siendo como es, tan joven, tan niño. Le hablo. Le estimulo a que vea en mí a un amigo leal y franco. A un hermano con quien puede expansionarse para aliviar sus sinsabores. Me lo agradece mucho. Hablamos muy a menudo en las afueras del blocao. Paseamos o nos sentamos a la sombra de un viejo árbol, de tupida copa, que se yergue en la suave pendiente de retaguardia.

Miro dentro del blocao y no le veo. Salgo fuera. Me lo encuentro entre la maleza tumbado boca abajo. La cabeza, tapada entre los brazos...

—¿Qué haces? –le digo.

Me mira con ojos húmedos.

—Siempre estás lo mismo... ¿Qué te pasa?... Cuéntame. Yo podré ayudarte. Consolarte quizás. Hacerte olvidar...

Su llanto se desborda. ¡Como un niño, como un niño...! Me acerco a él y le acaricio fraternalmente...

—Esto no puede ser. Siempre así. No puede ser, no. Siéntate, anda. Siéntate y habla.

Me obedece, se incorpora y se seca los ojos.

—Es inútil –me dice–. Lo mío... ¡Es inútil!, ¡es inútil!

—Habla. ¿Quién sabe?

Acosado cariñosamente empieza.

—Vas a conocer, Pedrol, lo que nadie conoce. Lo que solo yo y ella conocemos...

Calla, mira a cualquier parte del monte y exclama:

—Ella, murió... ¡Pobre madre!

De nuevo llora como un pequeñuelo. Con llanto agitado, inconsolable.

Se serena luego. Y continúa.

—En una casa de los alrededores de Argel, vivíamos mi

madre y yo. Mi padre murió siendo yo muy chico. Dejó una herencia crecida... A mi casa solía venir con frecuencia un compañero de estudio de mis mismos años. Para mi madre era otro hijo. Con el mismo cariño que a mí lo trataba. Crecíamos. Ya éramos muchachos.

Se detiene. De pronto me dice:

—Perdóname que no siga. ¡Es inútil, créeme, es inútil! Yo agradezco mucho tu sinceridad de hermano... Pero, ¡créeme! es inútil. No hay remedio, ni consuelo, ni forma humana de que mis dolores pasen al olvido. No es posible... ¡No es posible!

No insisto, callo.

Pero en la intimidad en que estamos, es él mismo el que insensiblemente continúa sin que yo le excite.

—Estaban próximas unas fiestas de disfraces. Alberto y yo estábamos entusiasmados con ir a ellas. Le dijimos a mi madre que nos preparara dos trajes...

Hace una pausa. Sus ojos miran hacia dentro como si todo su ser se reconcentrara en la intensidad de las escenas que reconstruye su memoria.

—El primer día de fiesta, terminadas las clases, nos vestimos. Mi madre me dio a mí un pierrot. A Alberto, un dominó. Ambos muy sencillos, bonitos y elegantes.

—He de enterarme yo de lo que hacéis —nos dijo con tono cariñoso.

—¿Nos vas a vigilar? —le dije yo en broma.

—Andad con cuidado —nos repitió con seriedad que su rostro no ocultaba... Seriedad extraña, algo emocionada... Pero hasta más tarde yo no supe siquiera adivinar... Besé a mi madre y me despedí de ella hasta la madrugada...

Ya en la calle, Alberto y yo, para burlar su probable vigilancia, puesto que llegada una cierta hora nos habíamos de separar, decidimos cambiar de trajes. Cosa que hicimos casi en la misma puerta de mi casa. Y que después de hecha nos pareció propia de unos niños de ocho años. Pero hecha estaba.

Teníamos una cita con dos muchachas. Acudimos a ella. Mi

pareja no llegó. Lo sentí. Nos marchamos Alberto, su novia y yo al baile. Ya encontraría muchacha para bailar y para divertirme. La pareja no era un problema.

Hace otra pausa. Sus recuerdos empiezan a agitarse convulsivamente y su rostro lo refleja. Tiene los ojos desorbitados sin mirar a ninguna parte.

—Ya entrada la noche –sigue– Alberto y su novia se marcharon. Yo me quedé en el baile con unas y con otras, pero sin pareja fija. Habíamos bebido bastante y yo estaba mareado. Tenía el antifaz puesto cuando nadie o muy pocos lo tenían y ni siquiera me daba cuenta... Esta fue la causa fatal de todo...

Otra vez calla. Mira al suelo, a sus pies, sin que realmente vea nada más que lo que dentro le conmueve.

—Desde un palco alto, una mujer con antifaz, me llama con la mano. Creo que es a otro. Pero no. Me convenzo de que es a mí. Lleno de ilusión subo saltando los escalones de cuatro en cuatro. Me recibe en el antepalco. Sin hablar. Sin decirme una palabra. Yo entro cohibido, mudo. La obscuridad nos envuelve. Me abrazo a ella. La beso. Le digo algunas palabras. De pronto se resiste a mis deseos que el alcohol excitaba grandemente. Se resiste de modo inaudito. Parece volverse loca. Me huye. Trata de escaparse al exterior. Yo me opongo. Echo el pestillo. Y frente a la puerta, le cierro decididamente el paso. Se oprime con una mano el antifaz y forcejea conmigo por abrir. Por huir desesperadamente. Con resolución la tiro sobre un diván. Ella entonces da voces, grita. Pero yo, ni oía ni veía. No sabía nada de lo que hacía. El alcohol cegaba aún más mi codicia. A la fuerza satisfago mi brutal deseo, y a pesar del esfuerzo sobrehumano que ella realizaba para evitarlo. Luego, le arranco el antifaz con una mano. Y enciendo la luz para verla... Era mi madre... Al contemplarla, la tierra me pareció que se hundía bajo mis pies. Tuve que apoyarme sobre las paredes para no caer. Creí que allí mismo me moría. Ella, ante mí, de rodillas, hablaba. Me pedía perdón. Lloraba. No sé lo que decía. No oía yo nada, ni entendía nada, ni veía nada más que la monstruosidad terrible de haberla poseído que me anonadaba, que me tenía espantado. Abrí la puerta y salí huyendo. Y todavía desde entonces, huyo sin que pueda separarse de mí la realidad horrorosa de aquellos momentos...

Aquella misma noche yo abandonaba mi casa por un lado mientras mi madre lo hacía por otro.

No sé lo que fue de mí en muchas horas. Solo recuerdo que Alberto me recogió de no sé de dónde y me llevó a su casa. Sus padres me atendieron como a un huérfano querido. Al amanecer de esa noche terrible, mi madre fue recogida, muerta, por unos pescadores entre las rocas de un precipicio cercano a la costa. Todos creyeron que mi confusión la originaba el extraño suicidio de mi madre. Nadie sabía la verdad, ni Alberto mismo. Se supuso que fue un acceso de locura. Es igual. No volví a mi casa. Hui de Argel. Todo el lugar que conservaba algún recuerdo de mis años me producía espanto. Me interné en el mundo y desde entonces, sin dirección fija, no hago más que huir, huir de mí mismo como un loco alucinado. Perdí mi nombre. Abandoné mis bienes. ¿Para qué quiero nombre ni para qué quiero bienes? ¿Me es posible vivir de algún modo? Hoy, cuando lloro, no lloro más que la muerte de mi madre. Tuvo horror a descubrirse a su hijo. Y hoy comprendo la locura con que se resistía a que yo la poseyera. Pero todo se lo he perdonado. Soy yo quien a mí mismo no me puedo perdonar. Nadie más que yo la ha matado. ¿Por qué cambiaríamos Alberto y yo los trajes? ¿Por qué estaba yo con antifaz en el baile? ¡Pobre madre! A estas horas vivirías. Estaría yo a tu lado... ¡Me acariciarías quizás...! ¡Cuánto me quería! ¡Cuánto la quería yo a ella! ¡Cuánto la quiero todavía...!

Capítulo V

El Fuego

La presión en el frente cada día es mayor. Las emboscadas a los convoyes, a las aguadas[42], se suceden ocasionándonos bajas con frecuencia.

Realizamos varias pequeñas operaciones en toda la extensión del frente. Nuestra Bandera es traída y llevada, en camiones unas veces, a pie otras, como una mercancía ambulante.

Nos concentran a tropas de diversa índole y nos mueven de noche y de día en todas direcciones.

De madrugada salimos. Caemos sobre los poblados de esta o aquella fracción rebelde. Por la tarde regresamos trayéndonos nuestros heridos y nuestros muertos. Tras de nosotros queda generalmente la destrucción y el incendio. Y algún que otro blocao tapando un boquete o reforzando un punto de la línea en cualquier parte.

No puedo comprender la razón de nuestros actos. Encuentro en ella una contradicción que no sé explicarme. La civilización trata de traer sus progresos a este pueblo atrasado. Y los trae destruyendo, incendiando, haciendo derramar sangre por ambas partes. La acción civilizadora inicial consiste en destruir al pueblo cuyo nivel de vida se trata de elevar; y a la vez, en destrozarnos a nosotros mismos. Pero me explico, sin embargo, perfectamente, la rebeldía, la oposición briosa que la civilización encuentra, para llevar a cabo la monstruosa generosidad de aniquilar al pueblo que trata de civilizar. Desde el baluarte de sus montañas, esta gente brava, en su estado semi-bárbaro, resiste decididamente. Me parece lógico y no puede negársele la justicia que inspira su

---

42   Lugares destinados a acumular agua potable.

rebelión frente a la civilización que de esta forma llama a sus puertas.

Respecto a nosotros, ¿qué pensar del sacrificio constante que realizamos? ¿Cuál es, en definitiva, su objeto? ¿El hecho final de un aplastamiento nos afecta en algo a nosotros?

Algunas fracciones o poblados sueltos se someten. Los más se resisten.

A ellos vamos y los destruimos. La mayoría son cabañas miserables, colgadas de los montes, sin más riquezas que la de la fruta de sus árboles, escasas parcelas laboradas y algunas cabezas de ganado. Pero este poco de riqueza que poseen, parece no tener importancia. Si se declaran rebeldes lo arrasamos.

El procedimiento empleado por la civilización para extenderse sigue siéndome incomprensible.

Varias columnas se mueven en una dirección, en cierto modo convergente, de Occidente a Oriente. Una madrugada salimos en unión de otras tropas reunidas dos días antes. Mehal'la[43] de indígenas irregulares. Tabores[44] de indígena regulares. Banderas de la Legión. Batallones de Cazadores. Artillería, etc. Subimos y bajamos cuestas como en un tobogán interminable. Cruzamos unos poblados recientemente destruidos. Y con el amanecer damos vista a otros que, atemorizados, vienen a hacer acto de sumisión. Se quedan unas tropas para poner aquí y allá unas posiciones de enlace. Continuamos. Nuestra presencia coge a los moros de sorpresa. Las voces de alarma pronto se oyen. Los hombres se llaman los unos a los otros. Uno, de voz potente, parece llamar y excitar a todos a la defensa. Las mujeres gritan con gritos sobrecogidos por el espanto. En unas lomas próximas suenan los primeros disparos. La vanguardia se detiene. La Mehal'la y los Regulares despliegan. Seguidamente la Artillería abre el fuego. La caballería parte, para no sé qué sitio, como en una película animada. En una pendiente nos tumbamos. Junto a ella corre un arroyuelo. Llenamos de agua fresca las cantimploras. A poco si lo agotamos.

El combate se hace vivo. No defiende propiamente nuestro adversario los aduares[45], que ya da por perdidos. Se esfuerza solo en

---

43   Una de las primeras formaciones de un ejército propio del protectorado, compuesto por marroquíes, que intentó el mando militar español.

44   Unidad de soldados marroquíes pertenecientes al ejército español.

45   Poblado de chozas o tiendas de campaña.

contener nuestra entrada en la meseta, para dar tiempo a que las mujeres, los viejos y los niños, juntamente con los ganados y los ajuares, se evacúen.

Recibimos orden de rebasar la línea de resistencia que ellos presentan. Nuestra compañía despliega. Entramos en un aduar. Trabal guía a nuestra escuadra. Tras él seguimos. Dos casas con el modesto ajuar completo. Nadie. Otras casas más allá desde donde nos hacen fuego. Nos desenfilamos. Seguimos una calle. Trabal, Brabante y yo vamos delante. Bustillo nos sigue con el fusil colgado y sonriendo de modo extraño. Luego el resto de la escuadra: Bernal, Torrelles, Pelayo, Ibáñez, Ruibal, Reinold, Schilt..., entrando y saliendo por las casas por donde pasamos. Un niño se ha perdido, sin duda, en la confusión de la huida. Al vernos se queda inmóvil con los ojos desencajados, mudo... De pronto sale gritando; ¡Ay, iemma! ¡Ay, iemma! Llama a su madre. Trabal es partidario de cogerle. Así se salvará del peligro. Yo asiento. Corremos tras el pequeño. Unos disparos inmediatos nos contienen. Trabal cae muerto con la cabeza atravesada. Reinold, con el vientre herido. Nos dirigimos al lugar donde han disparado. Entramos en una casa. Nada. En otra, nada. El pequeño desaparece por entre las casas. Sigo yo buscándole, acompañado de Ibáñez y de Torrelles. Le vemos, al fin, oculto detrás de un horno de pan que se levanta como una espoleta grande y terrosa entre dos edificaciones. Da un grito. Se levanta. Sale huyendo. Ibáñez le alcanza. Unos disparos salen de una casa. Ibáñez y el niño ruedan juntos durante un trecho. Torrelles tira de Ibáñez, yo del muchacho. Nos desenfilamos. Ibáñez está muerto. Tiene dos tiros. El niño está sano. Llora. La escuadra rebasa nuestro lugar batiendo el poblado. Torrelles se lleva a Ibáñez, junto a Trabal y a Reinold, que quedan más a retaguardia. Yo me quedo con el pequeñuelo. Llora y trata de huir, desesperadamente. Le retengo, conservándole cogido entre mis brazos. Lo acaricio. Le hablo en tono cariñoso para calmarlo. No tendrá más de tres años. Es un bibelot[46] con un chalequito verde y una chilabita blanca menuda por la que saca sus brazos diminutos y los agita con los puños cerrados.

---

46   Objeto decorativo pequeño, usado aquí como sinónimo de muñeco.

—¡Ay, iemma! ¡Ay, iemma! –repite sin descanso. Saco de mi bolsa un trozo de pan. Se lo pongo en la mano. Empieza a comérselo. Parece que se serena. Ya no se convulsiona tanto. Él solo se sienta en mi brazo. Me mira muy serio. Le seco las lágrimas. Ya está hecho un hombrecito.

Lo contemplo. Es muy joven para que tengan vigor sus sentimientos. Todavía no es más que un trozo de carne, animada de instintos, sin que ni él mismo lo sepa. Toco con la mano su carita de manzana. Me sonríe. Todavía no nos odia. Nos extraña, e instintivamente nos teme... Pero no nos odia. Su pecho aún no anida pasiones contra nadie. Es un inocente. Solo desea cariño. Está ávido de mimos, de cuidados. Es muy débil su vida para desear otra cosa. Me está mirando como si me conociera de siempre. ¿Qué sabe él de lo que pasa entre los hombres? Pero crecerá y lo irá sabiendo. Aprenderá lo que le enseñen. Y de hombre será como todos. Hijo del medio donde ha crecido y se ha hecho. Será malo. El medio es malo en todas partes. ¡Pobre niño! ¿Por qué no será siempre un muñequito que come pan y sonríe en los brazos de quien le coge? ¡Da pena pensar que ha de ser hombre!

De vanguardia, nos trae Torrelles, en brazos, una mujer vieja, muy vieja, inmovilizada en sus piernas y con el rostro anegado en lágrimas. Está paralítica. La encontraron en las afueras del poblado abandonado en la precipitación de la huida... Llegan unos soldados de la Mehal·la. Se hacen cargo de ella. Les damos al niño y este nos mira sin hablar. Sin hacer un gesto. Cambia de brazos insensiblemente. Está entusiasmado con su pan que le sabe a dulce, acostumbrado al que él come. Lo mordisquea y lo mira sin que vea a nadie. En una camilla ponen a la mujer. Al niño, con ella.

Delante va, en otra camilla, Trabal, nuestro buen camarada. Le precede en otra, Reinold, el francés ameno y simpático. En medio de las dos va otra con Ibáñez, feliz ya en su descanso.

Torrelles y yo seguimos hacia adelante. Tres aviones cruzan. Se adentran. Varias bombas seguidas levantan sólidas columnas negras de humo y de tierra detrás de los aduares. Los fugitivos no pueden ir muy lejos. La resistencia de los habitantes está rota.

Toda la vanguardia se halla dentro de la meseta y se extiende por los poblados.

Las tropas indígenas se entregan al saqueo. Veo a uno de la Mehal'la enrollando alfombras y esteras que forman un bulto de volumen muy superior al de su persona. Con unas cuerdas lo atan a su espalda y se une a nosotros profiriendo insultos a los habitantes saqueados. Otro, Regular este, ha reunido tal cantidad de cosas a la puerta de una casa que, ante ellas, está perplejo sin saber en qué forma llevárselas. Un compañero suyo llega a sacarle del apuro. Se reparten entre ambos el montón de enseres «razziados[47]».

Los productos a obtener en el saqueo son un estimulante para el éxito de toda clase de operaciones. Las tropas indígenas aventajan a todas en estos actos.

Batiendo la meseta se monta una posición que, por las dimensiones que toma, había de ser importante. Fácilmente veo cómo la civilización va dominando el terreno.

Al atardecer emprendemos la retirada. Los últimos que abandonan los aduares prenden fuego a los lechos pardos de las apretadas chozas. Poco después, las llamas lo envuelven todo. Cuando las necesidades de la vida obliguen a los fugitivos a regresar a los aduares hoy conquistados, saqueados y quemados, para tejer de nuevo su vida cotidiana, nadie ni nada impedirá que miren con rencor al amplio campamento que los domina. El antagonismo entre dominadores y dominados existirá siempre. El procedimiento, que pone en contacto a la civilización superior y a la inferior, es un hecho de fuerza que necesariamente hiere los sentimientos naturales comunes a todos los hombres. La libertad puede tener varias interpretaciones. En el fondo, sin embargo, no tiene más que una. Lo que es justo. Lo que es bueno.

Ahora comprendo que los designios de la civilización no son designios generosos. Pienso que desde Egipto a la India, desde Argelia a Siam, desde Tripolitania a Marruecos, la civilización no tiene más que un objetivo. Explotar. La explotación de un pueblo exige como condición previa y precisa, la conquista de su territorio y la dominación de sus hombres. Nosotros conquistamos y

---

47   Destruidos. De «razzia», incursión militar realizada de modo inesperado.

dominamos. Tras nosotros, otros explotarán. Quizás los mismos por cuya sed de riquezas somos nosotros despojos...

El repliegue es perseguido como siempre con toda saña. Las últimas tropas son las que sufren la reacción. Ellos avanzan decididamente. Caen sobre nosotros y nos obligan a separarnos del camino trazado para la retirada. Siempre sucede lo mismo. Ya es sabido el sistema. Nos vemos lanzados fuera de la meseta a una maleza espesa, que nos cubre, impidiéndonos conocer exactamente el sitio donde estamos.

Ellos, por el contrario, baten desesperadamente la maleza cuya maraña nos sujeta. Completamente desorientados nos movemos tratando de buscar una salida. Muy cerca de mí, cae herido un compañero. «Recogedme, recogedme», grita. Su voz vibra con el miedo que todos tenemos a quedar en el campo abandonado. Acudo como puedo. Está herido en una rodilla. Le vendo y le ato por encima mi pañuelo y por debajo el suyo para contener la hemorragia. Me lo cargo a cuestas. Se sujeta a mi cuello. Me asfixia. Se queja de dolor. Con él encima, sigo marchando. Me abro paso por entre las ramas espesas. Estamos ante un muerto de ellos. Tiene la cara ensangrentada. Un compañero me excita a que continue, a que no me detenga. He de pasar por encima del muerto. No tengo más sitio. Hago cuanto puedo por no tocarlo. Pero sin querer le piso. Le piso en un brazo, que hace temblar mi pie y que me hace temblar todo el cuerpo. Mi compañero me excita de nuevo. Sudo, tengo frío.

Schilt llega hasta nosotros.

—Daos prisa, que están aquí. Aquí encima —dice en su castellano trabajoso.

Salimos a una pequeña explanada o cosa que se le parece. Allí están Brabante, Ruibal y Torrelles. El portugués lleva sobre sus hombros a su compañero muerto.

—Vamos aprisa, ¡aprisa!, que están entre nosotros —dice Brabante.

El griterío de los moros se oye, en efecto, estableciendo entre ellos el contacto.

Vamos a continuar, cuando por la derecha aparecen cuatro, encañonándonos. Por ambas partes se dispara a un tiempo. Ruibal y Schilt, caen; Brabante, también. Este echa sangre por un brazo. De ellos, son tres los caídos. El otro, huye. Ruibal tiene el corazón atravesado. Brabante se lo carga sobre un hombro. Sobre el otro echa al otro compañero que ya llevaba. Schilt, el alemán amable y cariñoso, está herido en la cabeza. Su boca hace espumas. No tiene conocimiento. Torrelles se lo carga sobre sí. El mío va encima de mí como un fardo; insensible por el agudo dolor de su rodilla rota. Ahora no se sujeta. Soy yo el que he de sujetarle.

A la puesta del sol entramos en el campamento.

Nos han trasladado de base al centro de las posiciones nuevas.

Brabante ocupa el puesto de Trabal en nuestra escuadra. Su ascenso le regocija. Dice que es más bestia que nosotros y que por eso debe ser el jefe. Para él, las jerarquías se adquieren, según el grado de bestialidad del individuo. A mayor brutalidad mayor graduación. Se compara con un general. Y asegura que el general es mucho más bárbaro que él. Todos los profesionales de la guerra —dice—, son profesionales de la barbarie. Educados en escuela de barbarie por profesores de mentalidad bárbara. Los principios por los que la profesión se rige, son principios bestiales. Y... ¿cómo voy a ser yo más bestia que ellos —sostiene—, si no soy todavía más que un aprendiz de la profesión, sin escuela ni principios? Hay muchos que me ganan en animalidad. Y a todos juntos nos dan ciento y raya los generales. Estos sí —dice saboreando las palabras—, éstos sí que son unos tíos con todas las de la ley.

Decidimos festejar su ascenso con una comilona. Necesidades en la comida no pasamos. La comida es buena. Y esto tendrá su atractivo. Bernal pone inconvenientes. Por su cuenta propone varias formas de celebrar la fiesta. No se las aceptamos por lo raras y extravagantes. Por ejemplo: emborracharnos y darnos luego de puñetazos. Finalmente termina asintiendo al ágape. Cada día sigue más inquieto. A todo pone reparos para después aceptarlo todo. Torrelles sigue el proceso inverso. Su voluntad cada vez es más débil, su depresión más completa.

El cubanito dice que él sabe dónde hay unas gallinas propias para el caso. En un principio creemos que son las del Comandante. Empresa difícil. Su asistente las guarda como oro en paño. Cuando alguna desaparece, el asistente echa la culpa a cualquiera. Pero nadie la hace desaparecer más que él, que en unión de otro amigo se la come. El amigo me aseguró, en un servicio de noche que hicimos juntos, que iba por la quinta. Y tal es el empeño que pone en la vigilancia el asistente, que el comandante duda de todos menos de él.

Pero el cubanito no se refiere a las gallinas del Comandante.

Hay un Teniente de Ingenieros en la radio, el mismo que estaba en nuestra antigua base, que nada hace. O por lo menos de esto tiene fama entre todos. Se trata el hombre espléndidamente. En unas jaulas tiene, no solo gallinas, sino palomas y conejos, para cuyo transporte necesitó tres mulos el día del traslado. Muchos han probado suerte explorando sus terrenos. Y han regresado derrotados por el propio Teniente, que no se separa en todo el día de sus bichos. Por las noches, los mete dentro de la estación. Así, siempre están seguros.

El cubanito dice que tiene un plan que no fallará. Para ponerlo en práctica pide el concurso de uno.

—Tú mismo –y me elige a mí–. Al obscurecer vas a ver al Teniente de Ingenieros. «Mi Teniente, de parte del Comandante, que vaya usted en seguida» –le dices–. El Teniente abandonará con rapidez la butaca donde da guardia permanente a sus animalitos. Su asistente la ocupará en seguida. Pero a poco debe llegar Pelayo para decir al asistente: «Oye, de parte del Teniente, que avises para que llamen urgentemente a Tetuán, que ahora viene». El asistente entrará en la estación. Y con una sencillez maravillosa abriremos el gallinero y nos llevaremos dos gallinas. Al cuello el primer golpe, ¿sabes?

Dicho y hecho. La cosa fue fácil. Y cada uno con una gallina debajo de la guerrera las ocultamos como pudimos y salimos corriendo. Las gallinas llegaron asfixiadas a un nido de ametralladoras donde nos esperan los demás. Arrieta está de servicio en él.

—¡Bravo, bravo! –grita el vasco ante la presa.

¡Hala! Al desplume antes que empiece el tragón de su amo a buscarlas.

Las plumas las echamos en un cubo de refrigeración. En unos minutos acabamos. Con un caldero de lata, Bernal va a buscar lumbre a la ranchería. En la parte exterior del nido, junto al parapeto, montamos la cocina. De cocinero hace Torrelles. Brabante va a buscar vino, seguido como siempre de Bustillo, cada vez más embotado por el alcohol y por su pesimismo negativo.

Empezamos a comer. Lamentamos la ausencia de los que cayeron. Trabal, Ibáñez, Ruibal, Reinold y Schmit, que alguna vez solían asistir con nosotros a estos entretenimientos. Pero el recuerdo pasa rápido. No solemos tener mucho tiempo en la memoria a los caídos. Caen y el olvido pronto se cierne sobre ellos. Nuestra vida es de progresivo embotamiento. Sin sensibilidad que recoja los detalles de la convivencia, ya en la tranquilidad de los campamentos, ya en la agitación de los días de guerra. Una capa de conformidad y asentimiento parece cubrir todo lo que nos rodea.

Las gallinas están verdaderamente sabrosas. Torrelles es un cocinero magnífico.

* * *

Los franceses operan. Nos llevan a formar parte de una columna demostrativa. Estamos en pleno campo. Nos mueven de un punto a otro bajo un sol bastante fuerte por cierto. Pero en realidad nada hacemos que merezca ser anotado.

Lo más saliente en estos días son las deserciones.

Como estamos a dos pasos de la zona francesa, las deserciones aumentan. O si se quiere empiezan. De mi compañía van tres ya. Un alemán y dos hispanos. Los tres veteranos.

La deserción, si es que esa palabra expresa con claridad el concepto, se da de cuando en cuando entre nosotros. El desertor que se captura es duramente castigado. No obstante, se deserta a veces con la seguridad de ser cogido. El impulso de la deserción, sin embargo, no pueden entenderlo los códigos ni los jueces, aun cuando unos y otros los castiguen con la brutalidad propia de la brutalidad profesional.

Más de uno hay, que aparte de la excitación de los peligros del medio, la monotonía cargante de un vivir estrecho, está en la Legión por una necesidad de su temperamento inquieto. Inconscientemente se ven arrastrados hacia donde de antemano saben que no han de lograr ninguna satisfacción, ningún bienestar. La Legión es un lugar más de los cien que llevan recorridos. Pero lo esencial para ellos, no es el lograr un fin corriente y determinado en su vagar incierto. Es el vagar mismo sin fin alguno, de parte a parte, cambiando de vida y de horizonte, en un plano de libertad integral. ¿Cómo pueden ellos, en su libertad anárquica, meditar sobre los peligros del Código? Hijos de la naturaleza en toda amplitud vital, de instinto y sentimientos, tienen por hogar la tierra, por patria el mundo. Así son de modo sencillo e inconsciente. La fuerza dinámica y admirable de estos temperamentos activos, llamados aventureros, es para ellos desconocida.

Más de uno deserta por miedo a caer en los constantes peligros que nos envuelven. Generalmente reclutas fuertemente impresionados en su primera intervención. Pero los más, lo hacen por causas más complejas en las que el miedo tiene una muy escasa representación. El anhelo de libertad, de esa libertad vigorosamente instintiva que es, ora moral, ora inmoral, sin freno y siempre intensa, es el influjo mayor que determina la deserción de hombres traídos y llevados a la deriva por un sin número de causas invisibles y encontradas. Una vida siempre ilimitada en el bien y en el mal, francamente integral en todos sus aspectos, es la divisa de la mayoría de estos desertores. El miedo lo ignoran, mejor dicho, lo desprecian; siendo las características fundamentales en ellos; la energía, la audacia, la intrepidez. Pero se desconocen a sí mismos. De sí no saben más sino que son inquietos y es poco lo que tienen para el nervio e intensidad del carácter que llevan dentro.

La zona francesa, vista desde aquí, verdaderamente representa el centro de los caminos del mundo. No es extraño que haya más de una deserción.

Regresamos a nuestra base.

* * *

Esperamos la llegada de mujeres.

Al atardecer hacen su aparición en un camión, provocando el júbilo consiguiente.

Bernal es el primero de nosotros que se proporciona un vale para una «estada»[48]. Todavía no dan vales para «dormida». Pero el cubanito logra uno conquistándose al ama del burdel. Lo que no consiga él, seguro que no lo consigue nadie.

* * *

Recibimos orden de partir. Hay varias posiciones sitiadas.

Después de fuertes combates en la zona francesa, se habla del paso de crecidos contingentes de jarka[49] de una zona a otra. Aunque así no fuera, las cosechas están recogidas. Han sido buenas y abundantes. La actividad en ellos es evidente.

Hacemos el recorrido por jornadas. Un poco de carretera a través de las montañas abruptas.

La marcha por terreno accidentado y por caminos de cabras que parecen serpentinas tiradas por los montes, es en extremo peligrosa entrado el día. El sol cae a plomo derritiéndonos los sesos. No siempre hay agua que beber ni sombra donde recogerse en los descansos. Frecuentemente charcos estancados de ríos secos son para nosotros fuentes cristalinas donde caemos de bruces para saciar la sed que nos devora. La variedad de temperaturas en un terreno de presiones caprichosas, somete a nuestros cuerpos a reacciones físicas de muy distintos aspectos. No es difícil pasar del frío en exceso al calor asfixiante en un mismo lugar. Al trasponer una línea de montañas se nota de igual modo un cambio brusco. De 600 a 800 metros sobre el nivel del mar, descendemos a seis y

---

48   Permanencia por corto tiempo.
49   Fuerzas bélicas indígenas.

hasta cuatro y viceversa. En dos horas solamente. Las marchas nos ocasionan enfermos de enfermedades que en sí no lo son. Basta un poco de descanso para reponerse. Pero ese malestar general, amorfo, es una enfermedad verdadera. Los aspeados por el mal estado del camino también se prodigan.

* * *

La primera jornada la hacemos hasta un gran campamento situado en un centro de caminos. Otras tropas, venidas de otros puntos, pernoctan para seguir nuestra misma dirección. Otras ya han pasado. Otras están por pasar. A la entrada, acampa mucha artillería de montaña con sus cañones de 7'5 y más allá los pequeños obuses de 10'5. A éstos, sobre todo, les tenemos mucho cariño. Son certeros y nos protegen muy bien en las retiradas. Los otros, por el contrario, suelen a menudo lanzar sus granadas sobre nosotros. No seguramente por culpa de los artilleros. Pero el hecho, sin embargo, nos desconcierta. Frente a la Artillería hay Batallones de Cazadores con sus soldados diminutos de reemplazo forzoso, pálidos, enfermizos, débiles. Comen mucho peor que nosotros y están peor vestidos.

A su lado acampan indígenas regulares con sus pintorescas siluetas de polichinelas de baratillo. Aquí y allá ametralladoras montadas y cubiertas. Caballos, mulos, muchos mulos. Detrás de la Artillería, frente a los Regulares, acampa nuestra Bandera. La guarnición del campamento nos tiene preparado rancho. Comemos. Unos artilleros nos dicen que han abierto trincheras para oponerse al socorro de las posiciones asediadas. Antes de acostarnos damos una vuelta por la posición, que es amplia, hermosa, como un pueblo grandecito.

Hay dos casas con mujeres, que están abarrotadas. En una de ellas se meten Brabante, Pelayo, Arrieta y Bustillo. Torrelles, Bernal y yo, recorremos las cantinas, que son muchas y están bien servidas. En una de ellas hay mujeres para oficiales, ocultas a las miradas de la tropa. Rebosa aquel sitio estrellas hasta el tejado.

A continuación de las cantinas están los cafetines moros atestados de soldados regulares. En uno de ellos entramos. Nos dan un té con hierbabuena, exquisito. Un muchachillo, de unos doce años, lo sirve con traje policromado. Los regulares miran a este pequeño con avidez, de un modo especial. El hecho no me extraña. Ya presencié el caso de un regular sorprendido cuando poseía a un cornetilla, regular también como él, y de su mismo tabor.

Llevados a la presencia del capitán, la escena fue curiosa. El capitán reprendió al hombre por abusar del pequeño. Pero cuando terminó de hablar, el reprendido habló muy humildemente. Y dijo así:

—Esto no estar bien, capitán. Si a él gustar y a mí gustar y los dos querer, ¿a ti qué importar?

El muchachillo del cafetín es el lugar geométrico de todos los deseos eróticos de estos eróticos mahometanos al servicio de los designios de nuestra civilización.

Abandono el cafetín. El campamento es un hervidero. Los furrieles[50] van y vienen suministrando ranchos en frío, pan, cebada, paja... Los hombres gritan, se llaman, discuten, cantan, beben. De pronto suenan unas voces precipitadas, descompuestas. Es una riña entre dos camaradas nuestros. La causa es el vino. Uno ha hundido un pequeño cuchillo de monte, que muchos usamos, en el pecho al otro. Medio muerto llevan al agredido al pequeño hospital de tránsito. El agresor, conducido por el servicio de vigilancia, ingresa en los calabozos de guardia. Más allá estalla otra bronca en los cafetines, de proporciones grandes. Son los regulares. La causa es, el muchachito policromado...

Nos entramos a descansar.

Frente a nuestra tienda se descuartiza una cabra cogida de matute, para meterla en trozos en un saco. En el primer rancho caliente que tomemos no vendrá mal. Antes de acostarnos, Bernal, muy quedamente y como si hablara consigo mismo, nos dice:

—Pasadas estas operaciones me iré. No me hallo aquí... me asfixio...

---

50   Dentro del ejército, las personas encargadas de la administración de una unidad militar.

—Es igual... A cualquier lado que vayas encontrarás lo mismo. La pasión es lo único que vive –le responde Torrelles.

El sueño nos acoge generoso. Estamos rendidos.

* * *

Dos jornadas más, agotadoras, bajo un sol implacable. Llegamos al lugar señalado para la concentración. Un día de descanso forzado. Aún faltan otras tropas por venir. Se nos incorpora una expedición de reclutas venida con anticipación. Ágiles, animosos, todavía matizados del artificio bélico inyectado durante la instrucción, los nuevos camaradas ponen una nota de color en el conjunto serio, cansado, mecánico e indiferente de las unidades de la Bandera... Se los ha hablado de nuestro heroísmo, de nuestro valor, de nuestro sacrificio abnegado, como timbre más vibrante de nuestra gloria. Y nos miran con ojos inquietos de interrogación admirativa. También nosotros miramos así a los veteranos cuando efectuamos nuestra incorporación.

Pronto, sin embargo, nos adaptamos a la mecanización en que ellos se movían, adquiriendo con ellos el sacrificio abnegado, de máquinas embotadas por la disciplina y la obediencia, en lo cual el falso oropel de la profesión basa todos los oropeles más falsos aún de los huecos y sonoros timbres de gloria. Como nosotros, también ellos se adaptarán. Serán héroes y gloriosos para las promociones de despojos que les sigan. Todo es una cuestión de forma conservada en el tiempo a través de una misma mentalidad educativa. A nosotros nos corresponde asimilar la concepción de tantos principios falsos y en último término obedecer y callar.

Decidimos aprovechar el día de descanso. Al lado del amplio vivac[51] donde estamos, corre un ancho y caudaloso río. Nos atrae. Lavaremos la ropa y nos lavaremos nosotros mismos, que buena falta nos hace. Más de un piojo será arrastrado por la corriente camino de lo infinito. ¡Buen viaje!

A relativa distancia de nosotros, al otro lado del río, están las posiciones sitiadas. Son varias. Una principal, dos accesorias y seis blocaos.

---

51   Campamento provisional hecho para pasar una noche.

Un macizo montañoso las contiene como si con ellas se adornara. Un batallón en conjunto las guarnece, con dos baterías. A mediodía, comunican valiéndose del heliógrafo[52], pues los teléfonos están cortados. «Estamos bien, mucho enemigo» –dice la posición principal. No así las otras. «Hoy se nos acaba el agua» –afirma una. «El agua empieza a escasear, mañana no tendremos» –dice otra–. El grito de los blocaos es uno mismo «¡Agua!» La posición principal tiene aljibe, pero tiene cortada las comunicaciones con todas las demás. Todas las aguadas están ocupadas por el adversario. Los que más padecen son los blocaos. Los aviones dejan caer diariamente sacos con barras de hielo que las posiciones en su anchura recogen. Los blocaos son recintos demasiado reducidos para que los aviones acierten.

Con el alba salimos. A poco de remontar las primeras lomas vemos los trazados de las trincheras moras. Son tres hábilmente situadas. Dentro de ellas, cabecitas se mueven de un lado para otro.

Rompe el fuego la Artillería. En el aire aviones de exploración y bombardeo. ¿Cuánto tiempo? No sé. Cuando la vanguardia inicia el avance, es lógico suponer que nadie de allá queda con vida. Tal es la cantidad de metralla lanzada y el volumen de tierra descuartizada y removida. Sin embargo, las cabecitas se siguen moviendo en las trincheras. Las grietas de las piedras y los barrancos vomitan plomo. En su característica habilidad defensiva, tienen ocupado todo aquello que en lo laberíntico del terreno puede ofrecer resistencia. Y aquí están presentes, después de haber sido durante un espacio largo de tiempo todo trillado y desmenuzado por bombas y granadas.

Ocupamos la crestería de una línea de montes. Las bajas empiezan a caer. Los montes baten un barranco. Lo cruzamos, un poco más y llegamos a un blocao. Próximos ya a él los de dentro salen. Uno, dos, tres... Salen tímidamente. Alrededor de la alambrada y no distante diez metros de ella, hay pozos de tirador, hechos de noche por los de enfrente, desde donde baten, no solo

---

52   Aparato de comunicación que emite señales telegráficas mediante un espejo plano en el que se reflejan los rayos solares.

la salida, sino las mismas aspilleras[53]. Son un cabo y doce hombres la guarnición del blocao. Ayudamos a los de dentro a abrir la puerta de la alambrada. Están famélicos, barbudos, no tiene fuerzas, se caen. Mientras abrimos, sale uno de dentro dando voces incoherentes. Con voz pálida y entrecortada, nos dice el más próximo:

—Se ha vuelto loco en estos días.

—Echarnos agua, agua... –grita débilmente uno.

—¡Agua, agua! –repiten a la vez, varios.

Terminamos de abrir. Tenemos orden de no darles más que una pequeñísima cantidad de agua. El médico vendrá en seguida. Se lo decimos. Sonríen. Están destrozados. Beben un poquito cada uno, alguien retiene la cantimplora con todas sus fuerzas, pero está muy débil y se la quitamos. Entramos. El olor es insoportable. Hay cuatro muertos en descomposición.

—¡Por las aspilleras, sí, por las aspilleras! –dicen varios–. ¡Hace diez días...! Después teníamos que vigilar por unos agujeritos pequeños que abrimos en la pared con mucho cuidado... Si los hubieran visto, hubieran metido las balas también por ellos... ¡Estaban aquí, aquí encima...!

Tres se hallan en tierra, casi sin conocimiento. Tratamos de reanimarlos unos, mientras otros sacan al exterior los muertos. El médico llega. E inopinadamente sale corriendo por el monte, dando voces y gritos descompuestos. Se cae. Lo recogen. Se lo llevan entre dos. Va desvanecido... Nos marchamos.

Otras unidades han llegado hasta los blocaos. A media mañana, nuestra Bandera está desplegada frente a una de las trincheras que hemos de asaltar. En el avance, nuestra escuadra ha tenido suerte. Solo dos reclutas han caído. Muerto uno, herido otro. La orden llega. Mi Compañía se prepara para el cuerpo a cuerpo. La artillería de la columna y de las posiciones y la aviación concentran su fuego sobre la primera trinchera. Materialmente vemos saltar la tierra junta con miembros humanos. Es un martilleo espantoso que parece confundir y amasar a los hombres y a la tierra.

Cierro los ojos para no verlo. La muerte está aquí, allá, en el

---

53   En una posición militar, se trata de una abertura larga y estrecha pensada para proteger al tirador.

campo. Todo el campo es suyo. La muerte la tengo dentro de mí. Me sujeta al suelo. Me aprisiona fuertemente como si la tierra y yo fuésemos una misma cosa en la eternidad. Tiemblo. El aire está enrarecido. Su vibración me da con fuerza en la cara y me entra por los oídos y me los agita y me los deja insensibles. No oigo nada. Nada veo ni nada oigo. Pero mi cuerpo tiembla. Tiembla todo él con temblor de miedo que no es miedo. Mi instinto de conservación se agita en dos sentidos: «Huye, sálvate», parece decirme un lado. «Defiéndete», me dice el otro.

¿Qué hago?... Estoy neutralizado. No puedo huir ni defender. Estoy inmóvil, con la garganta oprimida, con el corazón exaltado y temblando. No puedo formarme ninguna idea. No tengo sentimientos. No razono. Soy..., nada. Una nada temblorosa y convulsiva sin más motor que la inercia de mi vida mecánica. Mecánicamente heriré si mecánicamente me impulsan. Mecánicamente huiré si mecánicamente me arrastran.

Mientras la inercia no actúe, aquí estaré una hora, un día, un año... Soy nada, nada, nada.

De pronto el aire cesa en su vibración. Empiezo a oír. Oigo el silencio que se hace. El silencio que adquiere una magnitud que está muy lejos de poseer.

Una voz. Varias voces. La compañía se lanza al asalto. La lanzan. Se lanza ella sola por la cohesión mecánica de sus miembros mecanizados. Teóricamente nadie hay en la trinchera; prácticamente la trinchera está llena. Son unos doscientos metros a pecho descubierto... ¡Adelante! ¡Adelante! ¡Adelante!

La muerte me acompaña. Está enfrente de mí. A mi lado, va conmigo. Corre conmigo. Su aliento se confunde con el mío, y lo siento en el rostro. Parece tocarme, envolverme, danzar a mi alrededor. Soy un juguete de la muerte. La voy mirando, la voy empujando, la voy desplazando conmigo. Pero no puedo separarme de ella. Está dentro de mí. La muerte y yo corremos juntos. Mi respiración se contrae, mi corazón brinca queriendo salir del pecho, mis nervios entran en laxitud morbosa, mis piernas pierden su flexibilidad y rigidez habituales. La inercia me lleva.

La muerte y yo llegamos a la trinchera. No están todos. Unos huyen, otros se quedan. Antes de saltar veo un viejo, que no sé si me implora o me amenaza. Ha tirado su fusil y tiene la gumia[54] en la mano levantada. Pero sonríe. Sonríe implorando. Estoy seguro de que me implora. Llevo el fusil cargado y le estoy apuntando. Me quedo vacilante. Baja la gumía. Me implora, sí, su sonrisa es angustiosa. Otro ha disparado. El viejo cae. Está sólo herido, me mira con una mirada de horror. Su sonrisa de nuevo se dibuja. Sus ojos no se apartan de los míos. Angustiosamente suplican. Los veo llorar. Sigue sonriendo. Llora y sonríe. ¿Qué hago? Otro salta hundiéndole la bayoneta en el pecho. Los huesos crujen, la sangre sale a borbotones. El viejo muere. Caigo junto a él. Cierro sus ojos en silencio. Y huyo. Huyo, de su lado pasando por encima de unos muertos hermanados en el fondo de la zanja.

La lucha cuerpo a cuerpo ha terminado. Pero estamos batidísimos. Los muertos y los heridos caen profusamente. La trinchera es, en pocos momentos, una fosa común teñida de sangre. Las otras dos trincheras nos baten con fuego certero. De flanco una y de frente otra. No nos damos cuenta. Creemos que el cuerpo a cuerpo aún continúa. Los cuchillos se hunden en los cuerpos de los que han quedado entre nosotros. Se hunden entre nosotros mismos. Un recluta clava su puñal una y otra vez en el cuerpo exánime de un compañero. No sabe lo que hace. Ha perdido la noción de todo. El artificio aprendido ha dislocado su juicio. Hiere porque ha de herir. Mata una y otra vez al compañero muerto. Ya varios levantan un través[55], con tierra y piedras, que nos proteja el costado. Por allí la muerte entra con avidez insaciable. Hacia el frente no se puede disparar. El fuego es rasante y los heridos lo son en la cabeza, con heridas mortales. Cuatro o seis, a lo más, quedan en observación. Los demás estamos todos dentro de la trinchera, agachados. Plegados a su fondo mismo para huir del fuego de costado. El través protector va levantándose a fuerza de sangre.

Las bajas se repiten a sí mismas. Un herido lo es otra vez. A un muerto lo matan de nuevo. La muerte sigue encima de mí ex-

---

54   Arma blanca de hoja curva parecida a una daga.
55   Parapeto.

tendiendo su velo por la zanja. Me echan varios sacos. Empiezo a llenar uno de tierra que arranco con las uñas de entre dos muertos. Mi saco nunca se llena. Todos llenan sus sacos. Todos tienen sangre en los dedos. La trinchera destila sangre. Sigo escarbando. Tropiezo con un trozo blando de algo que es terroso y es rojo. Es un pedazo de carne humana. Lo cojo, lo meto en el saco. Una piedra ahora... La echo dentro. El saco ya está lleno. Lo paso. Otros sacos llenos van pasando de uno a otro. El través se levanta. La muerte se va yendo.

Ya podemos sentarnos en la zanja. Parece roja la tierra. Los cuerpos empiezan a incorporarse. Unos lo intentan y no pueden. Otros siguen inmóviles en actitudes descompuestas. Los que se incorporan miran alrededor. No hablan. No nos vemos. Parecemos inconscientes. Pasa una hora, otra. No sé cuántas... El tiempo pierde su dimensión.

Estoy sentado encima de un muerto. Pero no soy yo sólo el que así se encuentra. Todos estamos confundidos con ellos. Y en realidad todos parecemos muertos. Los más miran inmóviles, contemplando no sé el qué en cualquier parte. Nadie tiene conciencia de su estado. Uno dice algo. Otros le miran. Nadie sabe lo que dice, ¿lo sabe él acaso? El tiempo pasa sin que a nosotros mismos nos reconozcamos.

Empezamos a hablar por fin. Las primeras palabras hacen referencia a cosas ajenas al movimiento. La subsconsciencia nos retrotrae a minucias insignificantes del cotidiano vivir en los días iguales. Todos tenemos ante nuestros ojos la realidad de un hecho impresionante. Pero la sensación de este hecho no está aún cristalizada en la potencia de nuestro cerebro. Nuestros órganos sensoriales están congestionados. Las palabras todavía no obedecen a nuestras imágenes. No tenemos imágenes. No tenemos pensamientos. Si contraatacaran, estoy seguro que les responderíamos de un modo instintivo. Sin noción de nuestros actos. Y mataríamos y seríamos muertos en un estado lamentable de locura, que no es locura, que es inconsciencia. De cuando en cuando alguno habla agitadamente, precipitadamente. Calla luego. Nos mira. Se mira a los botones, a las manos. Dice otra palabra suelta. Enmudece más tarde. Continua estático. Alguno se levanta. Encorva su espalda. Mira a algún lado. Se sienta después. Se queda quieto.

Empezamos a ocuparnos de los caídos. A mi lado veo dos muertos: uno, de «ellos»; otro, nuestro. Abrazados en fuerte abrazo los dos. Los cuchillos, hundidos todavía, parece que siguen apretando. Me levanto. Los separo. Los dos son jóvenes. Los dos son fuertes. Los dos, se miran con ojos quietos, amarillos y salientes. Ambos tienen los rostros desencajados. Las bocas abiertas, llenas de sangre. Thurdeim, el inglés alegre y jovial, está en el suelo, encogido, con el cráneo destrozado. Al lado de Brabante están Bustillo y Torrelles indemnes. Un poco más allá, el cubanito yace con el vientre abierto.

La relación en el pequeño mundo de la zanja empieza tímidamente, con frases breves, sonrisas que delatan la alegría de no haber caído. La compañía está deshecha. En el trayecto cayeron muchos. Pero la trinchera está llena. ¿Y Bernal? ¿Qué será de mi amigo? Brabante, desde lejos, parece oír mis pensamientos y me llama.

—¿Me habías dado por fiambre? –dice.

—¿Qué hacías sin saltar cuando más apretaban los cochinos?

Junto a ellos, un cadáver mira al cielo, con un brazo levantado, como si amenazase a alguien.

Acondicionamos a los heridos como se puede, Agrupamos a los muertos.

Bernal está herido en una pierna. «No es nada» –me dice–. Me acerco a Pelayo. Los compañeros le han acomodado para que su cuerpo descanse. Su descanso ya es eterno. Miro en derredor del pequeño grupo que formamos. Cruzamos las miradas. Guardamos silencio. Nos quedamos otra vez mudos, serios.

El cuerpo aún caliente de Pelayo exalta en nosotros el afecto.

* * *

Pernoctamos en la trinchera. Mañana, otras compañías asaltarán las otras dos para romper el asedio.

La noche cae pesadamente sobre todo y sobre todos. El cielo, en parte estrellado, juega con grandes nubes apretándolas y estirándolas. El ambiente es turbio, gris plomo y no sé por qué me parece rojo. Entrada la noche, retiramos las bajas en unión de otros compañeros que llegan de retaguardia. De enfrente disparan de cuando en cuando. Torrelles marcha acompañado de Bernal.

Le abrazamos en silencio.

Nos traen municiones y granadas de mano en cantidad abundante. Torrelles regresa.

Recostado sobre uno de los taludes[56], no sé cuándo, me duermo. Sueño.

Me hallo ante un monstruo de ojos y boca descomunales. Un río enorme de sangre corre a su lado. Repetidamente escupe él a este río. Escupe sangre. Junto a la corriente, unos prados verdes forman una llanura fértil. Poso mis ojos en ellos y los veo de pronto rojos. Es que el río se ha desbordado manchando de sangre la verde y fértil llanura. Miro más allá a unas casas de labor. La sangre también las envuelve pintándolas de rojo. Dos bueyes uncidos se ahogan. Un labriego grita desesperado ante una muerte cercana. El monstruo ríe... Y después, me mira a mí.

—Soy la civilización –me dice–. Ese río de sangre que ves correr a mi lado es el tributo que la naturaleza impone a la vida. Tributo constante. Cuando se conmueven mis cimientos escupo sangre al río y el río se desborda inundándolo todo... Esos prados son los campos... Esas casas, las ciudades... Esos bueyes y ese labriego, símbolos del trabajo organizado... Cuando la inundación viene, todo se tiñe de rojo. Y todo empieza a decaer hasta que al fin se paraliza. Yo muero, las civilizaciones mueren. Vosotros los hombres, lo mismo que las forjan, las matan.

El monstruo calla. Me mira sonriendo con tristeza. Un algo invisible me retiene. Sufro horriblemente. El río de sangre se desborda. Lo lleva todo, lo cubre todo... Yo, al lado del monstruo, hago esfuerzos inauditos para salvarme de la inundación que amenaza. Me agarro fuertemente a él... No se opone.

---

56 Inclinación de un terreno a modo de muro.

—Eres una parte de mí mismo –me dice.

—Huyamos, huyamos... –grito yo.

—No podemos –me responde.

La sangre sube... Ya me llega al pecho. Mis ojos miran el mar pesado y denso que se mueve, que todo lo invade.

Las olas se suceden unas a otras. Mi cuerpo obedece al vaivén de ellas, junto con otros despojos que las corrientes arrastran. Los seres y las cosas, luchan denodadamente contra el mar implacable que empuja y arrastra hacia abismos espantosos. Las casas son de cuajo levantadas y arrolladas por el ímpetu de las olas. Tronos, imágenes, cajas que arrojan plata, pedrería y oro, flotan como juguetes de niños en una tempestad agobiante. Entre tantos restos de cosas que un día fueron, están los hombres entre sí luchando. Ante mis ojos empiezan a pasar soldados, soldados, soldados, muchos soldados, que el mar vacía por una enorme hendidura.

—La hendidura de los tiempos –habla el monstruo.

La sangre sube y ya me llega a la garganta. Mi boca prueba gotas salpicadas que se me quedan dentro. Escupo una y otra vez. Escupo sangre, sangre, mucha sangre... Me ahoga, me siento morir ahogado.

Soy arrastrado. Ya voy con los despojos. Hombres, mujeres, niños. Y soldados; más soldados... ¡Todo muerto! Vamos hacia la grande hendidura de los tiempos... Llegamos a ella. Y allí nos perdemos.

Doy un grito de angustia, que hiere la quietud de la noche.

—¿Qué te pasa, animal? –chilla Brabante–. Anda, levántate y releva a Torrelles.

Entro de centinela. Frente a la noche cerrada y espesa, todavía sigo viendo la deforme masa de seres, arrastrada hacia la hendidura. Todavía me parece contemplar cómo el enorme río de sangre se desborda arrastrando en su trágica corriente ciudades, campos y seres humanos.

Veo un bulto, Disparo. Otro bulto... Otro... Grito. «¡Compañeros!...»

La trinchera está viva y despierta. Una, dos granadas de

mano... Silencio... ¡Pero no era nadie...! Nadie venía a molestarnos. Fue una alucinación. Varios compañeros me increpan. En un extremo otro, grita también: «¡Fuego! ¡Que están aquí...! ¡Que están aquí!»

Y es verdad que disparan en efecto ahora nuestros rivales. Gritan claramente excitándose a la lucha. Llegan a unos metros. La trinchera arroja granadas y plomo. La noche representa para nosotros confusión y desorden... Para ellos, la noche es un elemento. En ella combaten entre sí desde que son niños hasta que son viejos. En ella se desarrolla su máximo de movilidad superior a cuanto se crea... Unos minutos inquietos, confusos... Parece que desisten de su intento. Una compañía de retaguardia llega. Los bultos desaparecen, llevándose sus heridos y sus muertos. Normalidad.

* * *

De madrugada traen ametralladoras y morteros que quedan emplazados en la trinchera para el amanecer. Con ellos llega una compañía que se apretuja con la otra y con nosotros, ambas dispuestas para el asalto.

El día nace lento, anunciado por una brisa viva que produce frío. Los de enfrente le saludan con una descarga sobre nuestra trinchera. El sol sube... Varios aviones cruzan. Pasan por las trincheras de ellos. Bombardean. Dan la sensación que nos bombardean también a nosotros. Nuestra trinchera tiembla. De nuestra trinchera a las de ellos no hay más de trescientos metros. Un avión desciende majestuoso, lento. A escasa altura deja caer todas sus bombas. La tierra parece que se abre. Pero el avión está herido. Su motor no funciona. Quiere elevarse, no puede. Hace un esfuerzo por llegar hasta nosotros. A pocos metros delante de nuestra raya se posa en forzado descenso. Van dos hombres con él. Los vemos perfectamente. Están quitándose los cinturones. Pero los de enfrente los enfilan con sus fuegos. Los dos caen heridos sobre la banda de este lado. Mueven sus brazos, dan voces, hacen gestos de angustia... ¡Viven, viven...!

Una voz potente suena dentro de las trincheras:

—¡Dos voluntarios para morir!

Cerca de mí Bustillo y Torrelles gritan:

—¡Presente!

En otras partes suenan también otros ¡Presente!, tan vigorosos como la voz que los demanda.

Estoy mirando a los aviadores. Y yo también grito: ¡Presente!

Detrás de mí otros dicen igual. Creo que todos hemos gritado espontáneamente. Es un imperativo el que nos mueve a salvar a esos hombres. Todos estamos identificados con ellos de modo irreflexivo. Un dictado profundamente instintivo, nos arrastra a salvarlos, aun cuando en esto encontremos la muerte. Así no lo pensamos, no lo podemos pensar; pero es así.

Torrelles y Bustillo, como los primeros y a la vez como los más próximos al que pidió los voluntarios, son elegidos...

Sin saber por qué, los detengo con el brazo.

—¿Vosotros? –les digo–. ¡No, vosotros no!

Siento deseo de reemplazar a uno. Tiran con rapidez unas cuerdas de gastador. Cojo una para mí. Torrelles me la quita sin pronunciar palabra. Con las cuerdas atadas a los cuerpos, los dos saltan fuera de la trinchera.

Los momentos son intensos. Los aviadores están solo heridos. Todavía pueden salvarse. La artillería vomita rompedoras con furia sobre las trincheras de ellos. Los otros aviones redoblan el bombardeo. Las ametralladoras y los morteros no cesan. La tierra parece que va a estallar de un momento a otro en mil pedazos.

Tapándose en lo posible con el avión llegan mis dos camaradas hasta los aviadores en una carrera emocionante.

Los de allá se aperciben. Pero ya tienen de sobra con atender a cubrirse de los aviones y de la artillería. No obstante, disparan. Los disparos son pocos, pero certeros. Los aviadores quedan inertes. Han sido muertos. Los sacan de sus asientos. Bustillo cae. Está herido. Envuelve a uno de los aviadores con su cuerda. Desde nuestro lado, tiramos de ella con toda la rapidez que nos es posible. Torrelles carga sobre sus hombros al otro y corre hacia nosotros... corre... corre. Cae al borde mismo de nuestra trinchera. Tiran de él. Lo meten dentro. Bustillo y su pareja son tocados varias veces más en su lento camino. Llegan acribillados. Torrelles tiene tres heridas. Una de ellas, grave, en el pecho. Su pareja tiene varias veces atravesado el cuerpo y la cabeza.

Seguidamente las dos compañías se lanzan al asalto...

* * *

Estamos a retaguardia. En el cementerio de la posición de donde la columna partió para romper el asedio. Las fosas abiertas esperan que vayan llegando cadáveres. Van viniendo. Las fosas se llenan. Se cubren. Se pone allí una cruz de madera seca... Un sacerdote, a nuestro lado, dirige estos detalles. Tiene las manos cruzadas hacia adelante y con la boca parece masticar algo o nada.

Llegan los mulos de la ambulancia. Descargan los muertos. El cura entra en funciones. Pero es igual. Fuera de la abstracción, el montón grita: ¡materia, materia, materia!

—¡Pobrecitos! –habla–. ¡Dios habrá de protegerlos!

No comprendo. Tengo deseos de preguntarle por qué no los protegió antes. Por qué no nos protege a todos desterrando la guerra entre los pueblos. No comprendo.

—¡Venga! –dice un cabo–. Trae uno de ésos.

Tiro del brazo de uno de complexión fuerte, pero me detengo. Me parece que sus ojos se han movido. Me quedo atento observándole. El cura y un compañero que le auxilia, se acercan.

—¿Qué pasa? –pregunta.

—Me parece que está vivo.

—¡Agua, agua!–habla débilmente aquel hombre.

—¿Han oído? –digo.

Nos miramos. Nos quedamos fríos.

Con gran cuidado lo sacamos poniéndolo sobre una camilla. Dos compañeros se lo llevan a la tienda-hospital cercana.

Sigue el traslado del muerto. El cura observa a todos con detenimiento.

Brabante, en el fondo de la fosa más grande, echa cal a los que llegan. Pisa por encima de ellos. Con una escoba, que saca y mete en un caldero, riega de esta cal la tenue capa de tierra que los cubre. Los riega también a ellos mismos, según su gusto y capricho.

—Bestias —les dice—. No me lo agradecéis, no. Si habéis muerto, vosotros los habéis querido. ¿Para qué vinisteis aquí, animales?

El cura le reprende, pero el portugués no le hace caso. Mueve la escoba con fuerza y nos salpica a todos. El cura marcha limpiándose la cara. Brabante, blasfema.

Pasan Petrelli, Thurdeim, Mussolini, el húngaro que se incorporó con nosotros, un alemán, otro... Entre ellos mucho hispánico. Más reclutas que veteranos. Siempre sucede lo mismo. El tributo de la inexperiencia. Le llega el turno a Bustillo.

El pobre va deshecho. Por todas partes lleva agujeros. Brabante le reconoce. Se detiene. Lo veo emocionado. Con voz nerviosa habla.

—Pero, so viejo, ¿ya estás aquí? Tardabas un poco... Ven aquí, hombre, ven...

Le da un tirón y lo hace caer al fondo.

—Ya estarás contento. Esto es lo que tú querías.

Le detiene.

—¡Eras un bruto, viejo! ¡Eras un bruto! Pero, ¡anda!, ya vas a descansar.

Le pasa la escoba llena de cal por la cara. Le pinta de blanco todo el cuerpo. Y luego... ¡lo contempla un buen rato con los ojos húmedos!

El cura se acerca. Pregunta. Nadie le hace caso.

Sigue la tarea.

Le toca al Cubanito.

Brabante le coge en sus brazos.

—Pero hombre, ¿dónde vas con la barriga abierta? —le dice.

Habla con los dientes apretados. No sabe qué hacer con Pelayo. Lo mira. Mira luego a la fosa... Así un rato.

Lo pone junto a Bustillo al fin. Lo pinta de blanco. Salta fuera de la fosa y se va. Le acompaño un trecho. Los dos estamos llorando...

Regresamos de nuevo. Bustillo y Pelayo están cubiertos ya de tierra. Ahora no los vemos.

Los compañeros vienen con el muerto que estaba vivo.

—Dicen que ha sido una ilusión... que ya hace muchas horas que está muerto—hablan.

El cura, el otro compañero que le ayuda y yo, nos miramos. No lo creemos. Los tres hemos oído pedir agua. El cura pregunta.

—Lo han reconocido delante de nosotros –le responden los camilleros.

Se acercan varios.

—Yo he oído hablar a este hombre –exclamo.

Me miran todos. Todos contemplan al muerto.

—Tú estás loco –grita uno arrastrándolo por los pies y tirándolo a la fosa.

Trato de oponerme. El cura me contiene.

—No. Está muerto, está muerto –me dice afirmando con la cabeza.

Todavía veo cómo el muerto mueve sus ojos. Todavía me parece oír su voz débil pidiendo agua...

***

Las artolas[57] están cargando heridos. Es una fila interminable de mulos, con sillas y camas de lona que vibran y tiemblan con los bastes. Un avión va y viene llevándose los más graves. Los mulos ponen las orejas tiesas. Miran descender el avión. Lo siguen luego con la mirada al elevarse. Quizás alguno trate de asociar sus percepciones. Si lo lograra, ¿qué imagen construiría?

Esparcidos, a cubierto y al aire libre, en camillas y sobre mantas o sin ellas, en el suelo están los heridos. Son varias tiendas que se levantan sobre una masa densa, caqui, punteada de gasa con tonos rojos en ella y manchas oscuras de sangre en la ropa.

---

57   Asiento de madera para dos personas que se pone en la cabalgadura.

Preguntamos por Bernal, por Torrelles. Bernal está bien. Nos ve a distancia y nos llama. Sonríe tímido.

—Ya sé –nos dice– lo de Bustillo y Torrelles...

Habla quedo, como si todavía estuviese bajo una pesadilla. No nos mira. Sus ojos buscan puntos imaginarios en el espacio, en el vacío.

—Ahora descansarás –le dice Brabante–. Una herida como la tuya siempre es deseable...

—Descansaré después –dice.

Le adivino.

—Después te irás, ¿no es eso? –le digo en voz baja.

—¡Sí! –exclama quedamente mirándonos fijo–. Yo no sé vivir en un mismo ambiente. Me canso en seguida. La aventura me atrae y en seguida me rechaza. El cambio, a mi pesar, es mi única vida.

Viene un sanitario. Nos guía a la tienda donde está Torrelles.

—Está prohibido que se le hable –nos dice–. Miradlo desde aquí, desde fuera.

—¿Pero, cómo está? –le preguntamos.

—Muy mal. Aquí solo están los muy graves.

De lejos le vemos. Está como dormido. A su lado hay uno con la cabeza vendada casi por completo, solo la boca le queda al descubierto. Nos ha oído. Ha conocido nuestra voz. Nos llama.

—¡Brabante, Pedrol! –dice con voz sonora.

Es Arrieta. Vamos a pasar, pero el sanitario no nos deja.

—Este no corre peligro ninguno –nos dice–. Y bajando la voz agrega –Pero quedará ciego... Tiene un tiro que le roza, de parte a parte, las sienes. Se le ha llevado los ojos.

Arrieta nos sigue llamando.

—Se han ido –le dice el sanitario.

Nos vamos. Cruzan las artolas. La primera sección ya está en marcha. Un tono tristón y gris la matiza.

Pasa un mulo, pasa otro, otro. En el último va Piccolina.

—¿Dónde?–pregunta Brabante.

—En cierto sitio –replica sonriendo.

—En el cielo –dice a carcajadas el conductor del mulo.

En la segunda sección embarcan a Bernal. Le acompañamos hasta que parte.

Va ensimismado, meditando.

—Siento separarme de vosotros –habla con voz helada–. Os quiero, pero...

El mulo arranca.

—Que tengáis mucha suerte... mucha suerte...–nos dice reteniendo nuestras manos con emoción.

Un anhelo poderoso de libertad inexpresado, pero claramente manifiesto, le arrastra a su pesar a una vida inquieta y errante. ¡Que tenga mucha suerte también le deseamos...!

Capítulo VI

Invierno hasta ver nieve

El invierno se precipita en las montañas bruscas y salvajes de nuestro sector. Los días son muy diferentes. O hace demasiado sol, o demasiado frío. O cae demasiada agua o graniza o nieva. Todo alternado como si el tiempo hubiera perdido su ritmo. Como si el espacio estuviera loco.

Monotonía, quietud, reposo... Lo más pesado son los convoyes. Por el estado de los caminos. Los mulos caen. El andar es lento y el trayecto interminable. A veces, lloviendo sin descanso y obligados a cubrirnos de la sorpresa que brota, y hiere, en cualquier parte...

Torrelles me escribe. Está en plena convalecencia. Tiene deseos de incorporarse. En cartas anteriores se mostraba muy parco, muy reservado. En una me decía: «No quiero contagiarte la tristeza que tengo». Le excité a que no tuviera reservas conmigo. A esto me contestó: «Cada día me sumo más en mis reflexiones y temo perder el juicio. Pero no creo haber llegado a un grado de saturación escéptica que me neutralice por completo». Le alenté a que se expansionara como un hermano, como lo que somos en nuestro trato íntimo. «Lo haré, sí –me decía–. Ya no soy nadie, no temas que haga una locura. No tengo fuerzas para nada. El hombre es el ser más egoísta de todos los seres y a la vez el más generoso. Es el animal de instintos más fuertes para el bien y para el mal. Pero para mí esto no reza. No soy egoísta, no soy generoso, ni poseo instintos para lo bueno ni para lo malo. Ya he dejado de ser hombre aun cuando hombre sea».

De nuevo le escribí dándole ánimos: «Nadie sabe –le decía–

dónde está nuestro resurgir. Todavía podemos hallar una felicidad».

Hoy me escribe en los siguientes términos:

«Dichoso tú que todavía confías en un resurgir. Yo en nada confío. El pasado pesa sobre mí como losa de plomo. Soy un derrotado en toda la extensión de la palabra, dentro de esta Civilización establecida sobre bases crueles. Felicidad. Tener una ilusión, por pequeña que ésta sea, es siempre un algo que conforta y estimula. La felicidad es una renovación de ilusiones en superación una de otra. Pero su camino es el camino de la libertad. Deseo ser feliz, es decir, deseo de ser libre. Y nadie es feliz porque nadie es libre. Unos a otros nos controlamos de tal modo, que solo son libres aquellos que imponen su libertad. Y esa libertad definida, por naturaleza porque dé bienestar y poder, no da felicidad. La libertad que no necesita defenderse, que es en sus fundamentos generosa, es la única que concede felicidad. Pero al lograr esta libertad, se necesita tener una base previa, por pequeña que sea, de autonomía, de vida propia, de independencia... Nosotros la hemos perdido hace tiempo. Tenemos cerrados los caminos de la libertad desde antes de venir a ésta. Yo al menos ya sé que no podré ser nunca feliz. Tú eres más joven que yo.

Tienes otro espíritu. Te rebelas y reaccionas en ti mismo y esto es siempre un recurso de posibilidades vitales. Yo he llegado ya a una neutralización en mis deseos. Nada quiero. A nada aspiro. No tengo ninguna ilusión. He renunciado a todo. Después de ver mi vida deshecha, si alguna circunstancia me ayudara, tal vez hiciera un esfuerzo. Pero me falta lo esencial. El impulso, el afán, la voluntad de vivir. Para mí no hay reconstrucción de nada posible. ¡Con cuánta amargura lo digo y a la vez con cuánta serenidad y convicción! Por eso deseo cuanto antes poder unirme a vosotros. Si muero en un encuentro de los que tan a menudo hay, entonces, créeme, con la muerte encontraré la felicidad que la vida no ha sabido darme».

Después agrega:

«De Bernal no sé nada. La última vez que vino venía sin muletas, hace ya una semana. Pero no ha vuelto. Arrieta sigue conmigo. Ayer le cambiaron el vendaje. Un vendaje grande y abultado que piadosamente le cambiaron por otro más suave, de menos voluminosidad. Recién puesto se lo quitó delante del médico. Se quedó asustado. ¡No veo nada!, gritó. Como siempre, el médico le dijo que tuviera calma, que recobraría la vista. Todos le decimos lo mismo. Yo me paso muchas horas a su lado y le animo para que confíe en que sus ojos verán pronto. Él se toca una y otra vez y ya se ha dado cuenta de que sus ojos no existen. Que sus párpados están unidos por un cosido de sutura y que están pegados formando una pared lisa en sus cuencas. Ya lo sabe. Nada dice. No se lamenta. No habla. A mí me es muy triste, ver callado, sumiso, en su ceguera deprimente, a este hombre tan fuerte con modos y alma de niño».

Brabante lee la carta.

—Torrelles es un imbécil –chilla–. ¿Cómo va a ser esto la felicidad que dice, si cuanto más bestias somos, somos más venturosos...?

Se detiene. Y prosigue:

–¿Ves? Lo de Arrieta no me gusta. Así porque sí, que se quede uno ciego por culpa de cuatro cochinos que tienen interés en dominar, no está bien. ¡Si siquiera le mataran a uno! Es preferible. Se acaba y a otra cosa.

Me devuelve la carta. Se queda pensativo. Después de un momento añade moviendo la cabeza:

—Los hombres no tienen arreglo. Tienes que convencerte de que son unos burros y de que lo serán siempre.

Y continúa, exaltándose poco a poco:

—En todas las épocas y en todas partes, son elegidos los más zorros para que den leyes. Y se pelean entre sí los hombres por cambiar a los que mandan. Y se matan los muy zoquetes por ellos, para que, después, todo siga lo mismo. Meándose los menos encima de los más. La civilización es aquella en que no hay leyes ni zorros que las dicten. Eso de que la civilización es cada vez más perfecta, no deja de ser una ilusión de gaznápiro[58]. Más perfecta es la sabiduría y sin embargo, ¿para qué nos sirve...? Siempre hay cuatro malas bestias que gobiernan y que disponen las cosas para que los Arrietas se queden ciegos. Y para que los miserables estallemos por éstos u otros andurriales. ¡Que se vayan a la mierda todos y la civilización con ellos! –termina indignado.

Se marcha. Solo, va diciendo:

—¡Son bestias...! Los que mandan porque mandan y los que obedecen porque obedecen. No tienen arreglo. Y si no lo tienen, que se maten y se pudran. También yo estallaré un día y que en buena hora sea.

Desaparece tras de una tienda.

* * *

Llueve de modo torrencial.

Se oyen unos disparos. Seguidamente un fuego muy nutrido. Nos asomamos al parapeto. Atacan a un blocao inmediato a nosotros. Está a unos dos kilómetros. Su servicio de aguada ha sido sorprendido al realizar la descubierta. Salimos dos compañías en su auxilio, a paso ligero. Apenas cruzamos el pequeño collado que nos separa de aquellos camaradas, somos sorprendidos nosotros también por el frente y por el flanco izquierdo. A mi lado está Brabante echando abundante sangre por un codo.

—Me han partido el brazo –exclama.

Trata de seguir hacia adelante. No puede. El dolor le detiene. A pocos pasos de él, recibo un golpe. Como un trallazo enérgico que me derriba. En la caída parece que me desgarro el pecho. Me miro. Tengo sangre en el corazón, en el cuello. Estoy herido. Pero ¿dónde? Voy a desabrocharme la guerrera. Y no puedo. El dolor es horrible. Parece que me han dado un hachazo en el hombro, hundiendo el hacha hasta dentro. La sangre afluye. Me toco, palpo, pero desisto. El menor movimiento me produce un dolor intenso. Me echo, me estoy quieto. Aun así me duele terriblemente. Los huesos deben estar hechos añicos...

---

58   Torpe, tonto.

Brabante me llama.

—¿Dónde, dónde? –me pregunta.

Pero no puedo contestarle. El dolor se agudiza. Es superior a todas mis fuerzas. Me domina, me sumerge en un estado angustioso. La respiración se me corta, la vista se me nubla, la garganta se me cierra. ¡Me ahogo!

Siento pasos. Voces. Alguien. Pero no veo a nadie. Ya no veo, no veo nada. Llega... ¿quién? La muerte. La muerte sin duda que me hace su presa. ¡Aquí está! Sí, es ella. Se aproxima. Me toca. Me coge la garganta. Me aprieta... Sus dedos fríos se clavan en mi alma. Mi corazón se para. ¡Qué angustia! Se va. De nuevo vuelve. Me mira. Está aquí, aquí a mi lado. Clava sus garras en mi hombro deshecho. ¡Ay! No puedo vivir, ¡no puedo! Ya no oigo nada. Sólo tengo consciencia del volumen de mi cuerpo, pesado, inerte, en la insensibilidad en que entra.

* * *

La camilla va colgada de unos soportes dentro del camión sanitario. Se balancea. Pero voy bien. La inyección que me han puesto antes de partir me ha dejado en un estado de somnolencia agradable. No siento el traqueteo de este armatoste rodando por el suelo. No siento dolor.

Pero la acción de la morfina pasa. Mi hombro se estremece con el movimiento. Cada bache, cada desnivel, por pequeño que sea, repercute en mí como un zarpazo violento. Otro compañero va en otra camilla a mi lado. Dos más, abajo. Los de arriba nos quejamos. Los de abajo no se quejan. ¡Qué dolor! ¿Vamos a gritar? –digo a mi compañero–. ¡Gritemos, gritemos! Que pare el camión. Que no ruede más. Que vaya por el aire.

Una parada. El sanitario levanta la cortina de lona.

—¿Qué tal vais? –dice desde fuera.

Sube.

—Ponme morfina –digo–. ¡Morfina! Porque tengo un dolor horrible.

El camarada que está a mi lado también la demanda. Lleva una cadera rota. Nos pone una inyección a cada uno. Descansamos.

—¿Y a los de abajo? —digo.

—Son dos muertos —dice el sanitario.

De nuevo en marcha. De nuevo la acción de la morfina pasa. De nuevo los zarpazos empiezan.

–Esta es la guerra. Un aspecto de la guerra. El verdadero aspecto de la guerra. Porque la guerra es ésta. Su aspecto de matanza. La realidad de la muerte. La verdad de las carnes rotas y abiertas. El honor, el heroísmo y la gloria, juntos con el patriotismo y demás conceptos unilaterales que se nos inculcan, ¿dónde quedan...? Son evidentemente conceptos conservados de la barbarie antigua –modelados en los tiempos medios y modernos–, que significan la mentira, la idealización del crimen, los fantasmas que entronizan la pomposidad hueca de los uniformes y de las paradas. Solo medios para satisfacer la vanidad de muchos necios y facilitar, en su momento, la expansión de los intereses egoístas y bastardos de unos cuantos. Frente a tanta farsa, frente a tanta mentira, está la realidad incontestable de la muerte. De las carnes desgarradas. La guerra es un crimen. Los que la disponen, unos monstruos horribles. Los que la dirigen matones de oficio, vacíos de entendimiento. Los que la hacen, unos desdichados acosados por el rigor de la ley o del hambre. Que ambas cosas parecen existir, complementándose para que con la ignorancia que la miseria lleva consigo y la estupidez de los bajos medios, sea posible el sacrificio inhumano y cruento de los pueblos. El círculo vicioso de la vida se mueve de arriba a abajo. ¿Cuándo se moverá de abajo a arriba, humanamente, vigorosamente, estableciendo un equilibrio universal?

Capítulo VII

Hospital

La mañana es cálida. Por las ventanas, de par en par, entran los aires puros de la sierra. Sus picos como agujas que perforan el cielo, los distingo desde mi cama, recios, altivos, pujantes.

El compañero de la cadera rota está muriéndose en la cama de mi lado. Ya no se queja. De cuando en cuando da un débil gemido. Ya no piensa, ya no habla. Su vida pende solo de un hilito. Ya no se resiste. El hilito está próximo a romperse.

Sor Asunción entra en la sala.

Su cara menuda, paralítica en el tronco, sonríe con sonrisa habitual de una en otra cama. Llega hasta mí. Me dice lo mismo que a los demás.

—Buenos días. ¿Qué tal ha pasado la noche?

Se acerca al compañero, moribundo.

—¿Qué tal? –le dice alargando las palabras.

El compañero la mira. Mueve los ojos. Es posible que no la oiga, que no la vea.

Sor Asunción cruza sus manos y con lentitud se vuelve, siguiendo la fila de camas. Sonríe, pasa, sigue preguntando, sigue sonriendo con la cabeza estática.

El compañero gime, da un respingo en la cama. El hilito que sostenía su vida se ha roto. Mi camarada ha muerto.

Doy una voz, otra más fuerte. La sor viene, mira al compañero. Lo vuelve a mirar.

—Sí –dice–. Avisaré.

Avisa.

Una camilla alta, con ruedas grandes, empujada por un hombre de bata blanca, lo recoge. Y se lo lleva.

—¿Y el del rincón? –pregunta el de la bata blanca a la sor.

—No, aquel todavía no.

¡Todavía! ¡Todavía! Me da frío la expresión. Todo es mecánico en la vida. Todo está sujeto a un hábito. El poder de la educación lo es todo entre los hombres. Una vez establecida una dirección, ella es la verdad. Por ella se camina, aunque sea mentira, aunque sea brutal.

* * *

Brabante ha logrado ocupar el sitio vacante de mi lado. Ha sido un simple cambio de camas que ruedan. Era deseo de ambos estar juntos. Y ya estamos juntos en la sala de los huesos rotos. Él, con un codo destrozado; yo, con una clavícula partida. Pero vamos bien. No tenemos fiebre. Es de esperar que los huesos se vayan uniendo, por decisión propia, ajustados y enlazados como están por la mano carnicera del cirujano. Del otro lado de mi cama hay un compañero aragonés que apenas si habla. Tiene un pie partido dentro de una jaula que eleva la ropa de la cama convirtiéndola en ratonera. Él se desliza por ella sacando fuera solo su cabeza desgreñada. Con los ojos hundidos, agresivos, violentos.

Torrelles se pasa muchas horas con nosotros. Otros camaradas convalecientes también vienen. Arrieta está en Madrid, marchó antes que nosotros llegáramos. Hemos sentido mucho no verle. Bernal nadie sabe dónde para.

Los días en la forzosa quietud que impone el entablillado y el yeso pasan lentos, suaves. Y en cierto modo agradables y confortantes. Descansamos. Estamos descansando. Al amparo de mi carne desgarrada me siento protegido como en mi vida lo he estado. Es preciso que se ocupen de que nuestras carnes sanen, no porque sanen solamente, sino porque todavía pueden dar algún rendimiento. Es como la fractura en un cacharro que se arregla para que continúe sirviendo. Pero los cuidados que nos prestan, las preguntas que nos hacen, lo relacionado con nuestro estado, tiene un tinte de indiferencia que irrita.

Yo quisiera que se cuidaran de mí con sentimiento claro. Que me preguntaran sinceramente. Pero... ¡es lo mismo! El mecanismo hospitalario nos atiende, nos cuida, nos protege. Pedir sensibilidad verdadera a quienes la han perdido, es pedir demasiado.

Las camillas altas entran y salen todas las mañanas trayendo y llevando compañeros a la sala de operaciones. Más de uno vuelve sin un miembro. Los que ya están levantados, convalecientes, los más con patas de palo o con mangas huecas, se asoman y traen con anticipación la noticia.

—¡Dos cojos! ¡Hoy dos!—gritan.

Entran empujándose, dándose manotazos. Haciendo chocar en juego sus patas de palo los faltos de estas extremidades. Algunos caen como muñecos descompuestos. Se levantan, vocean, chillan, corren dando saltos. Las patas de palo parece que se las van a dejar clavadas en el suelo.

A los mancos se les ve animados de otro dinamismo diferente. No corren como los cojos. Juegan como ellos, pero a darse golpes. Diríase que unos y otros van empujados al ejercicio de los miembros que les faltan.

Los que están en cama permanecen casi todo el día callados. Cuando hablan, lo hacen con mimo, débilmente. Hay muchas camas con jaulas en este ambiente de hombres destrozados. Algunos tienen un aparato que sostiene en el aire el pie o la pierna herida. Los sanitarios van y vienen en ajetreo continuo. Sor Asunción y sor Aura, ambas viejas, de igual modo se mueven más de lo que a sus años conviniera. Dos enfermeros atienden a la limpieza de la sala y de las cosas, con parsimonia de viejos en el oficio.

Cuando la hora de la comida llega, los que están levantados se sientan alrededor de una gran mesa que hay en el centro de la sala. La sor de turno, reparte. Algún sanitario o algún enfermero acercan los platos. La jarra del vino es empuñada por la otra sor, que llena los vasos. Siempre queda algo. Los sanitarios se lo llevan. Uno cualquiera esconde la jarra bajo la bata y se pierde. Las botas de vino que varios tienen, circulan por la mesa como jamoncitos flácidos. Durante unos momentos hay silencio.

Pero pronto pasa. En seguida se charla animadamente cuando no discuten a un tiempo, todos, por la más nimia cosa. Más de una vez queda en el aire una blasfemia. La sor, una o ambas, agachan la cabeza, bajan los ojos, murmuran algo. Se marchan.

—Tened cuidado cuando estén las monjas delante –dice alguno.

Le responden con malos modos. Las monjas no tienen simpatías. Ellas y nosotros somos dos sentidos diferentes de la vida. Ellas, calladas, nunca hacen nada de modo directo en los roces que origina el trato. Todo lo hacen a oscuras y solapadamente... Los nuestros todo lo hacen francamente, rudamente, con un fondo sencillo de ingenuidad.

El médico más de una vez interviene por culpa de ellas, sin que se sepa que ellas son la causa. La poca simpatía entre las monjas y nosotros es manifiesta. El mismo médico, en más de una ocasión, no oculta su desgana hacia ellas. Parece que los caracteres educados en el misticismo, adquieren una cualidad histérica de individualismo contraria a la comprensión liberal de todo corazón.

El del rincón ha muerto esta madrugada. Su muerte era esperada. Su naturaleza se ha ido resistiendo. Tenía una herida de la pelvis al ano. Como el compañero que murió a mi lado, fue uno de los heridos el día que caímos Brabante y yo. Al amanecer, una camilla rodada se lo ha llevado... Quedan otros muy graves. De ellos, hay uno que son ya tres los cortes que le dan en un brazo. Finalmente le han amputado por la articulación de arriba. Tiene mucha fiebre. Está agotado. Su estado es desesperado. Verdaderamente, si los Hospitales son el campo de batalla donde, con los miserables que el azar arroja hasta ellos, las eminencias médicas se hacen, los soldados no pueden ser una excepción en los Hospitales Militares. La carne enferma o desgarrada de los que carecen de nombre, es en todas partes un medio gratuito para que la medicina y la cirugía progresen y puedan montar sus clínicas de lujo las eminencias industriales.

* * *

Es domingo.

Sor Ana va invitando a los que están levantados para que vayan a misa. Se acerca a Curiño, un compañero gallego al que le falta una mano. Es de fuerte complexión y simpático. Está hablando con nosotros.

—¿Y usted también, verdad? –le dice. Vaya a ponerse a bien con Dios...

Curiño la mira.

—Si yo estoy a bien con él, hermana –dice–. Es él, el que parece que no está a bien conmigo.

La sor sonríe.

—¡Oh, hermano, no diga usted eso...!

—¿Le parece a usted bonita la vida que me hace llevar? – exclama el gallego.

Pero la sor insiste.

—Si me da usted, jerez y galletas, voy –dice de pronto el manco.

La sor se lo promete.

—Bueno, entonces, mejor coñac –se rectifica el compañero.

—Bien, coñac le daré a usted.

—Luego me engaña –nos dice–. Pero por intentarlo nada pierdo. Ya veremos.

Se va a misa pensando en la copa. Oír mecánicamente una misa es una virtud religiosa...

* * *

Llegan más heridos de diferentes partes. El chorreo no para. Raro es el día que no viene alguno. Los que entran por esta época son todos de agresiones. En nuestra sala hay varios con fracturas de brazos y piernas penosamente operados.

Pasan en las camillas con las caras hundidas por el dolor que producen los huesos rotos. Por la debilidad que el dolor deja.

Los que convalecen los reciben. Los atienden con afectos de camarada. Para todos tienen una frase alentadora, ya compasiva, ya de broma. Si no fuera por la animación de estos inválidos que no cesan de hablar y de moverse, la sala sería un cementerio. La nota de color la ponen en todo momento. Y basta seguirles con la mirada para distraerse en la monotonía que supone el vivir con algún miembro entablillado.

Torrelles inventa unos esputos de sangre por las mañanas para estar con nosotros el mayor tiempo posible. Brabante se pasa dos horas diarias dándole vueltas a un molino de café, muy brillante y muy limpio, para que su codo recobre la flexibilidad y agilidad habituales. Pero quedará algo deformado a pesar de todos los esfuerzos. Mi clavícula está soldada y más fuera que cuando no estaba rota. Ya salimos los tres juntos de paseo. Todas las tardes nos adentramos en Tetuán.

Es algo sugestivo y excitante un jaique[59] fino de mora en movimiento. Por encima de los velos blancos, los ojos negros lucen su color intenso. Ávidos se mueven mirando lo extraño que ha roto la quietud de la ciudad. Lo nuevo que trata de sacarla a otra esfera de vida más amplía, más plena. Los ojos de las moras parecen todos asustados y a la vez todos sonrientes. No asienten a lo que está pasando y asienten a que la vida se remueve.

Una calle desierta en medio del laberinto de calles. Entramos. Un silencio que maravilla. Topamos al fondo con una casa. La calle no tiene salida. Miramos a las celosías que recuerdan las de España. A las ventanas diminutas, como ojos en las paredes. Una mujer nos mira. La sorprendemos. Se retira. Otra, horrible, saca su cabeza más allá, por otro hueco. La miramos, nos mira. Digo buenas tardes, a la costumbre de Castilla. No nos contesta. Salimos a otra calle. Varios hombres y mujeres cruzan de prisa, en silencio; no se conocen. Todos van y vienen como movidos por manos misteriosas. Contemplamos estas calles con sus casas apretadas, formando arcos, puentes. Con sus mezquitas de encajes, con sus puertas ojivales, tímidamente entreabiertas. Con sus ventanas altas, reducidas, entornadas por sus celos.

---

59   Vestido tradicional marroquí de tela larga.

Todo tiene un mate agradable y sorprendente. Todo calla y todo vive. Todo palpita en el seno del silencio con vida intensa y a la vez muda. Salimos del barrio moro. Entramos en el hebreo. Este es un hervidero de chicos por las calles, de mujeres que salen y entran, de hombres que hablan, que discuten, que comentan. Todo sucio. Todo al descubierto. Sin virginidad de ternura y de silencio. Lo abandonamos pronto.

En el barrio europeo, casas altas, de construcción recta, en bloques de piedra y de cemento; sus calles son anchas, activas, despiertas. Por ellas cruzan europeos, hebreos y moros en la promiscuidad de una Babel inconsciente, todavía pequeñita, pero activa y moderna. Los caminos amplios, los edificios de lujo y los grandes almacenes, atestiguan el crecimiento de la urbe nueva, llena hoy de poder y de fuerza. De descaro inaudito frente a la otra ciudad, la blanca, la vieja, llena de pudor y de quietud, de silencio delicado y tierno.

Cruzan hebreas, moras, hispanas, una inglesa, otra alemana... Todas con sus tipos diferentes, con sus ojos de distinto modo en juego. Entre todas algún hebreo, algún moro, algún hispano, algún alemán. Y oficiales, oficiales muchos oficiales. La plaga audaz que todo lo invade. Que todo lo matiza en cualquier momento y ocasión. Los soldados, encerrados en sus cuarteles la mayor parte del día, dan la sensación de que no existen.

Algunos se ven dispersos. En Tetuán los oficiales parecen la masa arrolladora y aplastante del ejército de ocupación.

* * *

Delante de la iglesia de los franciscanos hay mucha gente agolpada. Nos acercamos. Preguntamos.

—Están bautizando a un muchacho moro —nos dice una mujer.

La ceremonia ha concluido. Empiezan a salir los invitados. Sale la madrina con su mantilla española. Rodeándola, salen otras mantillas y varias cabezas calvas de señores importantes.

Sale el neófito. Es joven. Tendrá unos quince años. Un franciscano le acompaña. Todos le felicitan y estrechan la mano.

Cerca de mí un moro viejo observa como nosotros el espectáculo. Mira al converso con ojos agudos.

—¡Harán, harán[60]!—le oigo decir en voz baja, sorda y que nadie percibe.

Unos fotógrafos enfocan a la comitiva. Un retrato. Otro... Demasiado retrato. Diríase que este es el acto más importante de la pequeña fiesta religiosa.

El nuevo cristiano es agasajado por todos y a todos sonríe emocionado.

Le habrán dicho que su ser es un don de la divinidad al que se debe, como si no fuera un producto natural adquirido en la evolución de los siglos, sin ningún origen especial. Que su alma se salvará, como si la salvación tuviera algún sentido en la realidad del Universo. Que el cristianismo es la verdadera religión, como si alguna religión fuera verdadera. Que Jesús se sacrificó porque reinara la igualdad y la justicia entre los hombres, como si la igualdad y la justicia existieran en la vida. Que la Santa Madre Iglesia encarna la bondad y los designios de los cielos, como si no encarnara la barbarie de los tiempos absolutos. Que los sacerdotes son los ministros del Señor, como si hubiera algún Señor que se ocupara de los hombres. ¡Quién sabe la de cosas que le habrán dicho, para que este muchacho se decida a aceptar la gloria a la diestra de Dios Padre! Pero es igual. La fosa se encargará de poner las cosas en su sitio de acuerdo con la realidad de la Naturaleza, burlándose de toda abstracción.

En resumen: un cristiano más y un mahometano menos. Es igual.

* * *

Nos conceden un mes de licencia. Nos preguntan dónde vamos a disfrutarlo. Los tres, de acuerdo, decimos que en Madrid. Nos piden nuestra residencia. Pero no tenemos ninguna. No-

---

60   Haran: insulto.

sotros no tenemos casa, ni familia, ni lugar donde amistosamente nos recojan. Somos tres náufragos en medio de la tempestad que nos arrojó de golpe a la Legión.

—Bien—dice el médico—; entonces continuarán hospitalizados en Carabanchel. Allí les darán pasaportes para incorporarse, ya de alta para el servicio.

Partimos.

Ceuta. Vista otra vez en un estado de ánimo muy diferente a como la vi la vez primera. Ya no me parece residuo conservado de la edad media española entre las olas del mar.

Moros, cristianos y judíos conviven, de hecho, bajo un régimen militar con castillo propio, que es a la vez prisión y fortaleza. Pero los siglos nuevos han penetrado en la ciudad dando al tono medio de su vida medioeval un aliento de renovación –quién sabe si para el bien o para el mal– de espíritu pasivo y escéptico en la religión y activo y creyente en su prosperidad general.

Embalsamos. El mar nos da la sensación de que emprendemos un viaje infinito sin horizontes palpables. Sin realidades vivientes. A poco de navegar, el Peñón aparece con su mole hercúlea y gigantesca, vigilando el tránsito de mar a mar. A mi memoria acude el recuerdo de nuestro buen camarada Thurdeim. Pienso en el pueblo inglés y en el millón de miserables que viven de la caridad oficial, vencidos ellos y vencidos sus hijos, por la falta de trabajo. Por el hambre. Como yo, como nosotros, como la mayoría de la masa. Pienso también en los grandes explotadores de pueblos que rigen su sociedad. Me formo una idea del Imperio inglés y me inquieta la barbarie que encierra el Peñón de Gibraltar.

Algeciras. Una nube de desahuciados nos espera. Un excedente crecido de habitantes sin ocupación que buscan en los equipajes el jornal, un leve motivo para comer.

En el puerto mismo está el tren. Subimos, arranca. En mi asiento voy temblando. Estoy alegre. Pero a la vez, estoy inquieto. La vida civilizada que tan duramente me ha tratado y me trata, está aquí.

Ya estoy en ella.

Capítulo VIII

En Madrid

A nuestra llegada a Carabanchel preguntamos por Arrieta.

—Ahí está —nos dice un compañero.

De lejos le vemos. Está sentado al sol en un sillón de mimbre. Las manos cruzadas. La cabeza inclinada hacia el suelo. Nos causa emoción verle. A su lado está un camarada nuestro. Ambos guardan silencio. Nos acercamos. Casi al lado de él nos detenemos.

—¡Arrieta!—dice con timidez Brabante.

El vasco levanta un poco la cabeza.

—¿Qué? —contesta.

—¿No me conoces?

Se queda indeciso.

—¡Sí, sí...! Habla más —dice, sorprendido por la voz, el ciego.

—Soy Brabante.

Arrieta se levanta. Da dos pasos en una dirección supuesta. Brabante le abraza. Luego Torrelles. Luego yo.

—¡Claro que os conozco! ¡Claro, hombre! —habla—. ¿A qué os creíais que porque estaba ciego ya no conocía a nadie? No, hombre, no. Yo soy persona decente.

Nos alegra verlo animado.

Pero su animación la motiva la sorpresa, la alegría que le produce nuestra llegada. Sobre todo por Brabante, con quien llegó a tener una amistad más estrecha. Pronto entra en su concentración habitual.

Nos hace varias preguntas sobre nosotros y sobre otros compañeros. Después calla. Nosotros procuramos que la conversación no cese. Le hablamos de unos y de otros, de cosas que quizás inventamos. El calla. Escucha. Pero nada dice.

La tela fina de sus párpados cosidos tiembla como si quisiera romperse y dar a luz unos ojos. Pero no hace más que temblar y moverse como si por dentro existiera algo. Me produce angustia verle.

De pronto habla como si nos respondiera al sentimiento con que le miramos.

—Esto ya está hecho así. No tiene remedio. Dobla la cabeza, que parece hundirse en el pecho. La tela fina de sus párpados tiembla, tiembla...

Vamos a separarnos de él, pero una mujer llega. Es una mujer diminuta. De pelo blanco. Una viejecita montañesa. Llega hasta nosotros quedamente. No mira a nadie. Sólo mira a Arrieta con ojos de ternura, hundidos, amoratados por su llanto continuo, que ya no es llanto, que es callado y doloroso sufrimiento.

—¡Hijo mío! –dice.

El vasco mueve la cabeza con un gesto.

—¡Madre!

No hablamos. Todos miramos a esta viejecita de pelo blanco, que dobla su espalda ligeramente bajo el peso de sus años. La contemplamos con amor, con veneración, con respeto.

Al vernos todavía con las maletas, nos pregunta:

—¿Vos? ¿Vienen de allá?

Hay en su voz un timbre sonoro, de triste melodía. Habla lentamente.

—De allá hemos llegado –le decimos.

—¿Para no volver?

—Volveremos dentro de poco.

—¿Y por qué? ¿Para qué vuelven? Nada tienen que hacer allí. Aquello es de otros. ¿Para qué ir a pelear contra ellos? Pueden ustedes caer como mi hijo. Miren.

Su boca arrugada se agita como si sus dientes chocaran. Sus

ojos están inmóviles mirando al hijo que ya no ve, que ya no verá nunca.

—Yo ya soy vieja –dice–. ¡Si pudiera darle mis ojos!

El hijo mueve la cabeza. Habla dirigiéndose a un lugar imaginario, donde él cree que está cada uno.

—¡Paciencia, madre! Ya está hecho, así es.

—¡Si me hubieras hecho caso, hijo mío...!

En un supremo esfuerzo la madre llora, una, dos lágrimas, no más. Sus ojos ya no pueden, ya han llorado demasiado, están exprimidos, secos.

El hijo sacude su cabeza con temblor enérgico.

—No hablemos más de esto, madre. Ya está hecho. Ya no tiene remedio.

La madre le mira. Calla. Estamos ante una realidad consumada.

El ciego de guerra, es una negación de principios, absoluta, enérgica y rotunda. Ante Arrieta no es posible ni siquiera pronunciar la palabra guerra.

Por muy sólidos que fuesen los fundamentos de eso que se llama guerra, todos ellos se desplomarían ante este vasco vigoroso, Lleno de juventud y de fuerza y bueno como un niño, que ha perdido para siempre la vista en ella.

Cuando nos marchamos estamos impresionados. ¡Esa madre! ¡Ese hijo!...

Delante de nosotros va Brabante, con los puños cerrados, diciendo:

—¡Ah! ¡Bestias, bestias!

Torrelles murmura. Yo maldigo.

* * *

Brabante y Torrelles están en mano de una aventura. Son dos muchachas modistas. Morena la una, tipo muy español. Rubia la otra, tipo fino y elegante. Tras la primera va Brabante. Torrelles tras la segunda. Había otra tercera por la que yo me decidí. Pero ha dejado de venir por causas familiares y se lo he agradecido. Me aburría mucho con ella. Una tarde las conocimos. Pronto iniciamos la relación. Ellas, muy agradables, accedieron a tenernos por amigos. Así empezamos. Yo ya he terminado. Ellos no sé cómo acabarán. Pero ya sé que lo pasan bien.

Torrelles dice que consagra el tiempo a despedirse de la vida. Sigue con su depresión. Nuestro contacto, sin embargo, le anima mucho. Y sobre todo Brabante le arrastra a divertirse aunque no quiera.

Ellos se marchan a la cita. Mientras estoy solo, me adentro en el corazón de Madrid viéndolo todo detenidamente. Luego me reúno con mis compañeros en sitio convenido.

* * *

En mi andar por sitios, recorridos despacio, bajo el peso de mis días de agobio, camino guiado por los pensamientos del pasado. Ellos me llevan. Ellos construyen en mi memoria las imágenes que entonces fueron. Me hacen andar por los mismos lugares que entonces andaba. Me hacen sentir las mismas inquietudes que entonces sentía. Muchas veces no soy yo quien está en Madrid, sino el otro, el que queda detrás de mí, vencido, derrotado. Yo ahora no soy más que un alto en mí mismo. Un alto que no tiene inmediato ningún horizonte. Que quién sabe si no tendrá jamás ninguno. Yo no lo veo. No veo más que mi presente aislado, distante del pasado doloroso. Más distante aún del porvenir, incierto, que la suerte me depara. De dónde vengo lo sé. Y lo que soy también. Adónde voy no puedo saberlo ni nadie lo sabe.

Hago una visita que debo. Me lo manda la gratitud.

En un barrio de Madrid antiguo. Frente a una casa de paredes desconchadas y vieja me paro. Esta fue mi casa. Mi última casa. En ella estuve recogido de caridad por unas personas buenas.

Mientras subo la escalera tiemblo. No son más que dos pisos la casa. Dos pisos mal superpuestos. Un cordón brillante y sucio tengo en mi mano. Voy a llamar. Estoy emocionado. Veo ante mí los días que viven en este cordón, en esta puerta amarillenta, de barniz, que se derrumba por el tiempo. Veo ante mí los días amargos. Mis salidas en busca de trabajo. Mis regresos sin hallarlo. Un día y otro día. La casa noble y caritativa de doña Nieves. Su gesto de sentimiento. Sus palabras de calma, de amor y de consuelo.

Tiro del cordón. La campanilla suena haciendo revivir de un golpe en mi cuerpo todo el pasado con su tristeza. Estoy en él, como ayer, como cuando aún vivía de la caridad de esta buena gente.

Doña Nieves abre.

—¡Hijo mío! ¿Tú...? –grita.

Su gesto y sus palabras me conmuevan. Hijo mío, es la expresión más honda, más profunda y más sincera que una mujer puede pronunciar. Hijo mío, es un símbolo de amor, que no tiene parangón posible.

Me abrazo a ella. La beso. Es la primera vez que beso su tez arrufada, enjuta, seca, de madre generosa. ¡La quiero!

Ella llora, yo estoy en apariencia sereno. Pero mi cuerpo vibra de emoción, de sentimiento.

—¿Cómo no has avisado? Joaquín hubiera ido a esperarte.

Habla llorando, riendo. Con voz entrecortada. Con los labios deformados. Con los ojos ávidos, mirándome cariñosos, agitados, sinceros.

Elisa, la pequeña Elisa, me reconoce en el pasillo. Es una niña rubia de pocos años. La levanto. La beso. Ángela sale. Es sobrina de doña Nieves y madre de Elisa. Nuestras manos se unen con afecto.

—¡Cuenta, hijo, cuenta! ¿Cómo te ha ido? ¿Qué has hecho? Recibimos dos cartas tuyas; pero no has vuelto a escribir. ¿Por qué? Yo ya pensaba. ¡No sé, no sé...!

Doña Nieves desea que con una palabra, con un concepto, explique todo lo que he vivido desde que me hice soldado. Empiezo. A las pocas palabras me detengo. Estoy hablando como si hablara conmigo mismo. Empleo razonamientos, aunque sencillos y breves, confusos, complejos para el hábito de ellas. Me miran algo sorprendidas. Ángela se reclina sobre una silla. Doña Nieves guarda su pañuelo. No me expreso bien. No sé, no me entienden. Yo mismo me sorprendo. Me reconcentro un poco. Medito algo. Hablo de otra manera. Ahora sí me entienden. Están las dos con los ojos demasiado abiertos, inquietas. Pero no les digo lo que he vivido. Les cuento únicamente lo circunstancial, lo superfluo. Lo que aviva en ellas el interés y a la vez la curiosidad, junto con el sentimiento. No las cuento lo verdadero. Les extrañaría, les sorprendería. No les entenderían jamás. En mi interior, me decepciono. No puedo verter en estas almas cariñosas lo que la mía siente. Callo. No tengo ánimos para seguir hablando. ¿Para qué? Estoy en contacto con el rumbo cotidiano de la vida, con lo más uniforme, con lo más estático y perenne. Ellas hablan. Me preguntan. Expansionan su curiosidad por conocer lo que les llama la atención, lo que más les incita. Pero todo es objetivo, simple, cuando no necio. Yo a todo les contesto. Y a todo sonrío.

La campanilla suena. Ángeles abre. Joaquín llega. Me ve, me abraza. Nos abrazamos como dos hermanos. Con el mismo afecto.

Se une a las mujeres en las preguntas. Siente lo mismo. Piensa lo mismo. Habla lo mismo que ellas. Con la misma objetividad simple. Con la misma necedad a veces.

Resbalo sobre la conversación que ellos siguen, que ellos cambian, que ellos dirigen y llevan. Estoy aquí con ellos, pero estoy solo. Estoy engañándome a mí mismo, engañándoles a ellos.

Es la hora de comer. Me obligan a quedarme. Me quedo. Ya no preguntan. Ya no hablan más que de cosas nimias, sencillas, relacionadas con su ambiente. Los afectos hacia mí se redoblan en la mesa. Entramos en la intimidad familiar ajena a todo otro pensamiento. Descanso. Me siento satisfecho ahora entre las miradas, las frases y las atenciones de la vida de familia. Pero estoy solo, sigo estando solo en mi interior incierto.

Terminamos de comer. Joaquín y yo nos vamos. Me despido hasta otro día. Ya volveré, ya volveré. Dejo a Joaquín en la oficina donde trabaja.

Y me pierdo por las calles como si buscara la integridad de mi ser.

* * *

En una plaza pequeña me detengo. La gente va y viene como movida por un vértigo.

—¿Dónde irán todos tan deprisa? —me pregunto.

Me empujan, tropiezan, me pisan. Me miran o no me miran. Y siguen. Todos siguen impelidos por una fuerza y un afán extraños. Como siguen y siguen las hormigas en un hormiguero inteligente. La corriente no para, no cesa. De cuando en cuando, un pequeño remolino. Pero en seguida pasa, se disuelve. La corriente sigue interminable. Continúa violenta. ¿Qué clase de pensamiento es el de estos seres?

A mi lado hay una iglesia. De vez en vez, la corriente de la calle es interrumpida por gente que entra o sale. A veces, la corriente arrolla a los que salen o detiene en el arroyo a los que entran. Me aproximo. En la puerta, dentro y fuera, hay varios desdichados pidiendo. Los cuento. Cinco. Dos hombres y tres mujeres. Los cinco son casi viejos. Dos deformados. Tres esqueléticos. Miro al fondo. La puerta interior de la iglesia se abre, escapándose de su hueco ese aire cálido condensado en el templo con peste de cera y con perfume de incienso. Paso dentro. Los cinco desdichados tienden sus manos proclamando la inutilidad del cristianismo en sus formas seculares.

El altar mayor está iluminado; un sacerdote, con una túnica dorada, lee en un libro grueso. Se vuelve, dice unas palabras en latín. Como si el latín sirviera ya para algo. Luego se arrodilla frente al altar. Un niño, con traje rojo y blusa de encajes, le levanta la túnica cada vez que se arrodilla. Hombres y mujeres, de pie o prosternados. Algunos mueven los labios. Otros miran al techo. Los menos, leen en libritos pequeños. El ambiente es de reconcentrado silencio. Las bocinas de los autos y el rumor de las gentes de la calle, llegan hasta el interior, acercándose o alejándose, según se abre o se cierra la puerta.

A mi izquierda hay una escultura de colores vivos. Una mujer en éxtasis frente al cielo. A sus pies, unas velas. Un hombre viejo, con sayas negras y blusa blanca, las está apagando con una caña y un embudito en su extremo. Apaga una, otra. La última queda muy alta. No se apaga al primer intento. El viejo repite. La vela sigue con su luz que parece que tiembla de miedo. El viejo tiene prisa. Da otro golpe, pero no acierta. Otro con más fuerza, y la vela se parte; pero sigue encendida. Levanta la caña y asesta un nuevo golpe, este tan violento, que derriba la vela y el candelero.

Ambas cosas caen arrastrando tras sí otros candelabros. Por fin, se apaga la vela. Y el viejo tira la caña en un rincón y se marcha gruñendo.

En otros altares, otras esculturas son objeto de veneración por parte de gente que humildemente se arrodilla. ¿Qué podrán concederles esas imágenes mudas sin más alma que la del barro o madera que las modela?

El hombre se olvidó de su origen a medida que las percepciones asociadas conformaban la potencia de su cerebro.

En su lucha milenaria por identificar la realidad cósmica a que su inteligencia nace, su capacidad de abstracción, reconstruye constantemente el medio cósmico por medio de generaciones que abarcan lo que la razón va descubriendo. Al fin, el hombre se supone obra de un creador que solo él en su capacidad de abstracción crea.

Más tarde, la ciencia, con la observación analítica y la acumulación de la experiencia, desentraña la realidad del Universo durante tantos milenios idealmente perseguidos. Y descubre el verdadero origen de la Humanidad en la transformación general de las especies. El hombre no cree lo que le dice la ciencia.

Aquí están negando la Ley de la Causalidad y aceptando la Ley de un Creador, fantásticamente brutal y despótico, que es imposible concebir, por el cual dicen que el Universo se rige. Sin causa primera ni última. Infinito en el espacio. Eterno en el tiempo. Ilimitado en sus formas. De causas arbitrarias y caprichosas. Aquí están negando asimismo el origen animal de la especie. Y la causalidad de la racionalidad, que la evolución vital elabora del mismo modo que pudo haberla elaborado en los asnos, por ejemplo, si el proceso evolutivo de la constitución íntima del cerebro –del alma– en vez de ser favorable al hombre hubiera sido favorable al burro.

Aquí están estos hombres y estas mujeres creyendo abstractamente en un poder invisible y sobrenatural que lo creó todo. A ellos, muy especialmente; y en la acción divina de estas imágenes de madera y de barro, como hijas escogidas de ese Gran Poder que todo lo puede. Pero que no puede suprimir ni las miserias ni las guerras... Esta es toda la identificación y reconstrucción de la realidad que las mentes de estos humildes creyentes han podido elaborarse. ¿Cómo contradecirles si su fe es tan sincera, tan profunda?

¿Cómo decirles que el alma radica en los órganos cerebrales y que, muerto el cuerpo, todo entra en descomposición para dar vida a nuevas formas de creación, y el alma muere sin que pueda alejarse del cuerpo para ir a ninguna parte? ¿Cómo asegurarles que todo en el Universo es mortal por la Ley vital de evolución, revolución y creación? ¿Qué todo nace, vive y muere para renovarse, los soles y los astros, la materia y los seres? ¿Qué todo, en fin, se transforma eternamente como una masa formidable en constante destrucción y creación dentro de sí misma? ¿Cómo afirmarles que lo único inmutable es la existencia misma del Universo absurdamente admirable?

Ante mí veo condensadas, en un todo unificado de superstición, las leyendas, los mitos y las religiones de nuestro pasado bárbaro, triunfante en nuestros días.

* * *

El rey visita el hospital.

Estamos cada uno al pie de su cama esperando el paso del rey. Se encuentra en otra sala de convalecientes. Ya ha visitado todas las demás. Creo que nuestra sala es la última que recorre.

El rey entra acompañado de un séquito numeroso. Se detiene para hablar con uno. Pregunta algo.

Luego conversa con Brabante, que está a mi lado. Lo estoy

viendo de cerca. Entre él y yo no hay más que dos pasos. Es un hombre como yo, igual que yo, igual que todos nosotros. Sus gestos, sus ademanes, su voz, son idénticos a los de todos los hombres. La cuna donde ha nacido es lo que únicamente le eleva sobre los demás. Si hubiera nacido donde yo, muy bien podría haber sido igual que yo, un despojo sin nombre, ni libertad, ni vida propia. La calidad de la cuna lo es todo entre los hombres.

Saca la pitillera. Da un cigarrillo a Brabante mientras habla con él. Me alarga otro a mí amablemente. Nos sonríe. Pasa.

El séquito es una mancha grande caqui y negra. Demasiados uniformes y demasiadas levitas. Demasiada gente agrupada alrededor de aquel hombre, como si ellas fueran las que sostuvieran la Monarquía.

Altos dignatarios del Estado, del Ejército y de la Iglesia, forman el cortejo. Van pasando. Es el séquito milenario que acompaña en el tiempo al milenario monarquismo, todavía estamos en este dilatado período bárbaro. Aún no hemos salido de él. No es propiamente el Gobierno de uno, la Monarquía moderna. Es el gobierno de varios, bajo el reinado de uno, llámese rey o presidente. En esencia, lo que siempre ha sido. El pueblo no se gobierna por sí mismo. Lo gobiernan. Así, lo más grandes desafueros en el interior y los más grandes crímenes en el exterior. Los hombres se mueren cristianamente de hambre por la calle, como perros, o van a la guerra a matarse, como bestias, muy cristianamente también.

A los que hacen las leyes tienen sin cuidado la vida de los seres. No miran ante sus ojos más realidad que la de su dominio, que la de su poder, que la de su expansión. En último término el Estado, su Estado, es el que decide sobre la suerte del ejército que con esmero organiza y educa y paga, cada vez más numeroso, más terriblemente organizado. Más inhumanamente científico. Él es el que ejecuta. Y las Iglesias bendicen los actos del Estado y del Ejército en el enlace tradicional en que se hallan, los poderes divinos con los humanos y con la fuerza, como medio de orden. De un orden arbitrario y criminalmente establecido.

El monarquismo existe.

Los pueblos viven subyugados. Subyugados a la clase rica, a la clase militar y a la clase eclesiástica. Lo mismo o peor que muchas civilizaciones de la prehistoria.

El pasado está siempre cada vez más definido. Cada vez más delimitado en sus poderes tiránicos. Cada vez más perfecto en su constitución interna. Cada vez más formidable.

El monarquismo existe. Existe el gobierno de una clase dominante que tiene a su servicio una clase militar, retribuida como jamás clase alguna dominadora la tuvo en los siglos.

Y una clase sacerdotal, que en su interminable decadencia histórica, vive adaptada a los órganos del poder constituido, al cual apoya, mientras va viviendo.

El monarquismo existe. La clase dominante dispone de los destinos de los pueblos según su interés y sus necesidades le dictan. Dispone legalmente de ellos forjándose una legalidad autocrática que los pueblos mismos le otorgan.

El monarquismo existe. Con el consentimiento de los pueblos hasta en las naciones más cultas y adelantadas.

* * *

Un escaparate me atrae. Una joyería. Me sorprende ver joyas de precio exorbitante. Un automóvil en la puerta se detiene. Dentro de él va una señora con abrigo de pieles. Y a su lado un perro sentado que enfila sus orejas mirando por una ventanilla. Un desdichado, con los zapatos abiertos, los codos rotos y el traje deshilachado, sale de cualquier parte y abre la portezuela. La señora baja. Ni le mira. El perro se queda entre los cojines.

La veo por los cristales. Está comprando unos pendientes. Los tiene en la mano. Los mira. Se los pone. Se contempla frente a un espejo.

Sigo andando. Miro a todas las mujeres. Todas, en efecto, llevan pendientes, pulsera, collares, sortijas.

Es el atavismo de la barbarie. El atavismo conservado. Las

mujeres salvajes de las civilizaciones derrumbadas y de las razas llamadas a desaparecer se adornan lo mismo.

Me fijo con más detenimiento. Todas van pintadas. Con mascarillas que las desfiguran. Las que van solas, andan y miran a los hombres con deseos manifestados, con deseos provocativos. Al igual que los salvajes del centro de África usan sus tatuajes pintorescos, y andan, y miran, excitando los deseos de los hombres de la tribu. Con la misma personalidad van acompañadas las que son sin duda prisioneras de los hombres que las llevan. Cosas que los hombres poseen sin más personalidad que la de su sexo pasivo. Sin otra actividad inteligente que la fantasía imaginativa, ligada al sexo, lo mismo que las mujeres de los pueblos semi-bárbaros en su dependencia del hombre que las compra y con la misma mentalidad pobremente idealista de ellas en relación constante con el sexo.

* * *

Una sirena estalla en los aires como un grito de protesta. Seguidamente veo salir por ancha puerta hombres y más hombres vestidos de azul. Es una fábrica que da fin al trabajo. Una fábrica donde muchos hombres trabajan... Luego suena otra sirena. Y después, otra. La avenida se inunda de trajes azules matizados de carbón o de hierro. En pocos momentos la masa desaparece.

Continúo. Tropiezo con un matrimonio que come sobre un banco. El con blusa blanca. Ella con traje modesto. Cerca de ellos, uno, dos, seis limpiabotas ofreciéndose a los transeúntes. Un puesto callejero de lotería. En él, una mujer demacrada que da de mamar a un niño. Más allá, unos poceros sucios, con sus botas altas llenas de lodo, que comen también, tranquilamente, sentados entre sus instrumentos de trabajo en el arroyo.

Entro por un conjunto de calles empinadas y torcidas. Casas miserables de vecinos hacinados y hambrientos. Al sol, mujeres, viejos. Ante ellos, niños famélicos, descalzos y sucios, que juegan para entretener el hambre. El ambiente es miseria, ignorancia, tristeza, muerte.

Subo una avenida. Empiezo a ver casas silenciosas de altivos señoríos.

Palacios, palacios, palacios.

Atravieso una calle importante. Entro en otra más importante todavía. Casinos, Empresas, Bancos, Hoteles. Esta debe ser una de las vías sacras de la Civilización, una de las arterias vitales que la sostienen y la alimentan. Mi vista se nubla ante la potencialidad que en todo vive. La rapidez vertiginosa, la mecanización ideal de los hombres y de las cosas, está lograda. Los automóviles de lujo pasan y pasan en cantidad abrumadora. Otros, ahí están parados en espera de sus dueños los rectores de esta o de aquella casa influyente en la villa.

El ambiente es de riqueza, alegría, vida, derroche.

Por todos los sitios que recorro, noto matizados los contrastes vivientes en seres que son por naturaleza iguales. Los trajes, en ellos y en ellas, las ocupaciones, los rostros, las miradas y hasta el mismo andar, me parecen diferentes. Desenvoltura y resolución en unos. Achicamiento y timidez en otros.

Hombres de uniformes, que vigilan las calles, acuden a cualquier remolino de la acera y hacen circular ordenadamente a los demás hombres.

Vendedores ambulantes, con una mísera mercancía, gritan y vocean atrayendo al transeúnte. Ninguno se detiene. Todos miran y pasan. Esto me recuerda los modestos cantineros de África, que con un burrillo cargado de licores y agua, recorren kilómetros y kilómetros, a veces sin protección ninguna, para llegar a tales o cuales tropas concentradas y venderles su pobre mercancía.

Difícilmente puede calificarse el sentido que la vida tiene para estos hombres que apenas ganan para su sustento. Los más tendrán familia, hijos. Desigualdad en sus trajes, en el color de sus rostros, en la limpieza. Ello en sí es el origen del horizonte en que han de moverse. Nacen iguales en cunas desiguales. En hogares desigualmente atendidos. En familias desigualmente alimentadas. En ambientes diferentes con influencias, gustos, deseos y educación dolorosamente desiguales.

Ellos, que nada saben, que son bebés inocentes llenos de ingenuidad, de candor y de alegría.

Ellos, que han de recorrer de diferente modo la escalera de la vida, según la posición de sus hogares; ellos, que ya se miran con gestos expresivos, que delatan la diferencia de los planos donde viven, están clasificados desde que nacen en triunfantes y derrotados. Para unos, la pendiente a subir no existe o es demasiado fácil. Para otros, la pendiente es empinada, empinada, tan empinada, que raramente puede ser vencida. Para unos, existe un privilegio patente. Para otros, un martirio desde que ven la luz hasta que mueren. Entretanto el hábito los acostumbra. La desigualdad que hiere sus cerebros infantiles, es desde hombres, un Estado de derecho. Así es, porque así existe, porque así está dispuesto. Así fue siempre. Así debe ser. Así será. De niños, ya parece que los de hogares lujosos han de mandar sobre los que modestamente viven o sobre los que viven de cualquier modo. En unos y otros se graban fuertemente las diferencias de vida que separan a sus casas, a sus hogares, a sus padres. Asimilan las primeras lecciones que versan sobre esto: orgullo de un lado, resignación y humildad de otro. En la breve cima de la pubertad ya están diferenciados entre sí, ya están clasificados entre ellos mentalmente, ya parece que a sí mismos, se clasifican para siempre.

La civilización tiene muchos polos. Todos, sin embargo, convergen en los centrales. En dependencias duramente rígidas uno de otro. El uno, tiene el poder, las influencias, hace que las leyes garanticen su libertad. El otro, prácticamente se somete, obedece, asiente sin más libertad de vida que la que el anterior le deja. Potencialmente, riqueza, saber, alegría, vida, derroche y lujo, y miseria, ignorancia, tristeza, muerte, hambre y dolor, están frente a frente. En franca dominación la riqueza sobre la miseria. El derroche sobre el hambre. El lujo sobre el dolor. La vida sobre la muerte.

Suavizando el rigor de los extremos podría existir una libertad media que evitase tanta injusticia, tanta desigualdad, tanto desafuero.

Todo, en fin, es idéntico a como entre sí viven los hombres de las civilizaciones más inferiores. Con la misma soberbia, egoísmo y autoridad más o menos despótica, de una parte. Con el mismo asentimiento, resignación y servilismo más o menos imponentes, de otras. Con la misma desigualdad agresiva e irritante, en fin.

* * *

Una magnífica instalación de libros. Los escaparates ofrecen a la vista libros de todas clases. Por dentro el edificio es una biblioteca monumental donde el saber se concentra en todos sus órdenes. Aquí está el cerebro de la civilización. Todas las invenciones, todas las experiencias, todas las investigaciones, todo el conocimiento alcanzado durante una vida milenaria. Ello forma el pensamiento civilizado; pero ante tanta sabiduría almacenada, que admiro con hondo respeto, surge una duda en mi ánimo.

El pensamiento civilizado —me pregunto—, ¿es el mismo que sostiene los templos con sus imágenes santas de madera y de barro? ¿El mismo que alienta una clase dominante a la estrangulación legal de los pueblos? ¿El mismo que asiente a que el Ejército ejecute los crímenes que le manda el Estado dentro y fuera de las naciones? ¿El mismo que rige la convivencia con sus terribles e injustas desigualdades? ¿El mismo que obliga a los niños a una vida desequilibrada, a una alegría diferente? ¿El mismo que hace de la mujer una cosa impersonal con inteligencia de sexo...?

No sé qué responderme. Vacilo. Pero sí. El pensamiento civilizado, es el mismo. Es increíble. Nadie lo diría. Pero es cierto. Se derrumba aquello en mi idea estrepitosamente. La civilización me parece diminuta. Se me empequeñecen los sabios.

Y hasta parece que me desplomo por una inmensidad sin fondo.

Junto al escaparate me apoyo. Todo da vueltas en mi imaginación confusamente, desquiciadamente. El bullicio de la calle ni lo siento ni lo veo. Es infinitamente mayor que el bullicio de la calle la agitación de mi cerebro.

La ciencia pierde en la potencialidad su valor.

Ya no tiene tanta solidez la experiencia. Los grandes valores pierden su magnitud. Los grandes afanes se agrandan como temibles ambiciones. Los grandes hombres bajan, muy mesurados en grandeza. Todo se tambalea. Todo se cae precipitadamente. Sabios, estadistas y generales, pasan ante mis ojos como un cortejo de fatuidades. No veo más que ingenuos, farsantes y tiranos. La mentira, la falsedad, se elevan victoriosas por todas partes. Miles y miles de generaciones en cientos de civilizaciones. El pensamiento civilizado es una condensación de pensamientos bárbaros que no llegan a pensamiento de civilización. La civilización no es tal. Todavía, no es civilización. La vida toma de pronto en mi un sentido de valoración, más grande que cuando estalla en ella a la deriva. Estamos con la barbarie. En ella vivimos y no lo sabemos, no queremos saberlo. Todo ha cambiado en mí. Resignación. Nada queda dentro de mí como era antes.

* * *

Estoy ante el hotel donde fui niño, muchacho y hombre. Siento una sensación de agrado y de escalofrío. Llego hasta la puerta. Damián, el camarero, me reconoce. Me abraza cariñoso.

—Ya me han dicho que estabas allá, pero no me lo creía.

¿Quién iba a suponer que tú eras belicoso? —dice atropelladamente.

Conozco a casi todos los empleados. Casi todos estaban cuando yo estaba. Don Pascual, el gerente, sale. Me ve. También me abraza. Entran todos conmigo en el salón de la oficina.

Me rodean, me acosan a preguntas. Poco a poco se van. Los quehaceres obligan. Me quedo con don Pascual, con la mecanógrafa, con los escribientes.

—Cuenta, a ver, cuenta. Tendrás mucho que contar— dice don Pascual con afecto. Porque vosotros los legionarios, según dicen, sois una gente terrible por aquellas tierras.

Los escribientes callan y me observan. La mecanógrafa no sé ni qué mira, ni qué observa.

Empiezo a hablar. Pero las preguntas, los comentarios que mis palabras provocan, distan mucho de mis pensamientos, de lo que yo hablo, de lo que yo siento. Me llevan a una conversación donde la verdad fatalmente desaparece. Donde no hay más verdad de la que ellos tienen forjada. Donde mi verdad pierde su carácter verdadero. Hago un esfuerzo en mí mismo para poner de acuerdo lo que ellos dicen con lo que yo digo, pero no es posible. Mi yo, se desdobla. Sonrío a cuantas preguntas me hacen. Pero ya no soy yo. Ya es otro el que habla. Que no es el que fue. Que no es el que soy. Un yo que no lo seré en mi vida. Es un yo apropiado para este caso. Pero no. Es el yo que empleo, a mi pesar, en todos los casos, desde que llegué de allá, con todos los que me preguntan, con todos los que hablo. Es un yo adaptado al yo de ellos, al pensamiento de ellos, a la vida del ambiente, que no es el mío, que no es mi yo verdadero. Me siento descentrado. La vida me contiene. Pero mi sentido no es el de ella. La identidad no la encuentro en nadie. Ni en los que guardan vivo mi recuerdo, que se estiman, y que me tienen afecto natural y sincero. Mi soledad se agranda. Sigo hablando, sigo contándoles cosas, sigo sonriendo.

Pero sufro mucho. Mis sentimientos cambian, se encuentran, chocan. Estoy en confusión. Tengo deseos de irme. De encontrarme de acuerdo conmigo mismo, sin contradicción de imágenes ni de sentidos. Entre ellos y yo existe un abismo que ellos no notan, que no saben, que no pueden conocer.

Un señor entra. Un huésped que se despide. Don Pascual le atiende. Un escribiente me dice algo relacionado con el recién llegado. Algo de admiración a su posición, a su relieve social, a su dinero. El señor paga. Mira a los que allí estamos. Se fija en mí. Sonríe con simpatía.

—¡Hombre! Usted es legionario...

Cambiamos unas palabras.

—¿Y qué? ¿Matáis muchos moros?

No sé cómo responderle. Sin que lo pueda evitar, no le contesto. Me quedo mirándole, callado, serio. Creo que estoy enfermo. Siento congestión, sofoco de su mirada interrogante. No puedo darle la contestación que espera.

Se va.

Don Pascual me sigue hablando. Y los escribientes. Y la mecanógrafa. Digo cualquier cosa y me despido de ellos.

Ya en la calle me asusta la descentración en que me encuentro. Mi realidad es diferente a la realidad del medio. Cada día veo a las dos más opuestas, más irreducibles y antagónicas. No sé. Es una pena que no rija mi cabeza.

* * *

El permiso ha terminado.

—No sé qué daría por quedarme –dice Torrelles–. En este mes he renacido. Julita me ha hecho renacer. La vida no está solo en nosotros mismos, sino en lo que de nosotros mismos hay en los demás.

Brabante le responde:

—No varías. Eres tan animal como siempre. ¿Te crees acaso que podrás disfrutar un mes más con Julita, como el que has disfrutado ahora?

Sigues con ella, y dentro de tres meses, a lo sumo, ya no puedes aguantarla. Con las mujeres no se puede estar más que un poco de tiempo. Un mes, está bien. Algunas, ni un mes. Otras, ni tres días. Y otras, ni una hora.

Luego agrega:

—Yo siento irme, porque, la verdad, estamos aquí mucho mejor que allá. Aquí somos unos turistas y allá unos perros. Pero en el fondo me alegro. Porque si estamos más tiempo aquí empezaremos a ver más clara la monstruosidad cochina de los hombres. Allí somos más francos. En este aspecto estamos mejor. Un mes aquí, bueno está. Pero más, no. Amelia ya procurará buscar a otro. Esto me tiene sin cuidado. Ya me estaba cansando.

Como si hablara consigo mismo, Torrelles dice:

—Todavía pudiera quizás hacer un esfuerzo y rehacerme... Las circunstancias no son siempre, en todo, contrarias. Normalmente aprietan, sí; pero no ahogan. Nuestra situación de ahora es un agobio que posiblemente no volverá a repetirse. Y teniendo ánimos...

Brabante y yo le miramos. Por millones se cuentan los desahuciados que en la civilización quieren rehacerse y no tienen forma humana de conseguirlo. Han de vivir de la caridad oficial. O de la privada, engañando la debilidad de sus organismos. Pero nada le decimos. Ambos nos alegramos de su optimismo. ¡Que no le abandone...!

Nos despedimos de Arrieta, de su madre, de los compañeros conocidos.

—¡Suerte! –nos dice el vasco–.¡Y... cuidado, cuidado con los ojos!

Le abrazamos.

Habiéndolo visto como le hemos visto todos los días, ya nos parece más pequeña su tragedia.

La madre nos da consejos. Nos acompaña.

—¡Que lo pasen bien! ¡Pobres hijos! ¡Pobres! ¡Pobres!

En la estación están Amelia y Julita.

—Me escribirás, ¿verdad? –dice Amelia mientras Brabante la besa.

El portugués se ríe.

—Sí, mujer. ¡No faltaría más...!

Julita y Torrelles están estrechamente unidos. Él, serio y mirándola. Ella, llorando.

—¿Vendrás pronto? –dice ella.

—No sé. No podré tal vez...

—Pero, ¿me escribirás?

—Sí, eso sí.

Partimos.

* * *

La Bandera[61] está muy cambiada. Hay oficiales nuevos. Legionarios nuevos.

Los rumores de próximas operaciones que corrían por Ceuta,

---

61   Unidad militar de la Legión.

se confirman. Dentro de unos pocos días avanzaremos. Ya están reuniendo en nuestra base mucho material de boca y guerra.

Capítulo IX

Prisionero

Es de noche.

Las columnas están en marcha. En una de ellas mi compañía flanquea. Nuestra escuadra, con Brabante como jefe, va en cola. El día se abre. El combate empieza.

La mañana transcurre sin que intervengamos. Estamos en un barranco echados sobre tierra. Sin hacer nada vemos perfectamente cómo las tropas van y vienen de un lado para otro. Cómo se envuelve un poblado. Cómo se le prende fuego. Cómo las llamas destruyen. La retirada va a iniciarse. Mi compañía parte a reforzar la brecha donde ha habido muchas bajas. Otra compañía deshecha se retira. Ocupamos su puesto.

—Cuidado, al pasar aquella acequia –nos avisan–, que está muy batida.

* * *

Una sección la bordea. Nos separamos algo de nuestra línea de retirada. Las bajas empiezan. Ellos se acercan. Como siempre, están encima.

—Dispersarse, dispersarse –dicen.

En la dispersión, Brabante, Torrelles, dos reclutas y yo, formamos un grupito extremo en la izquierda. Vamos rodeando la acequia. Pero nos ven. Disparan sobre nosotros muy cerca. Un recluta cae. Está herido. Lo recoge Brabante. A los dos pasos caen los dos juntos, al suelo, desordenadamente. Me acerco rápido.

—¡Brabante!– llamo.

No responde. No se mueve. Le veo un hilito de sangre en la frente. Le pongo la mano en el pecho, en la cara. Le agito. No me lo creo. ¡No quiero creerlo...!

—¡Brabante, Brabante!– sigo llamándole con gritos descompuestos.

Torrelles, a mi lado, dice:

—¡Ha muerto!

No puedo separarme de él. En mi confusión pienso: ¿Qué haría para devolverle la vida? ¡Le vuelvo a llamar! ¡Y es verdad...! ¡Está muerto..., muerto!

Voy a cargármelo. Torrelles está tan confuso como yo, tan agitado, tan impresionado.

—¡Qué están ahí!–dice el recluta herido con cara de espanto–. ¡Están ahí! ¡Miradlos, miradlos...!

A pocos pasos suena una voz.

—¡Alto!

¡Son ellos!

Están ante nosotros, rodeándonos, sonrientes. Son diez, quince. No sé cuántos. El otro recluta dispara. Seguidamente cae muerto. Se lanzan sobre nosotros y nos desarman. Forcejeamos. Nada cabe hacer. Estamos en sus manos prisioneros.

Nos atan las manos por la espalda, a Torrelles, al recluta herido, que apenas puede mantenerse de pie, y a mí. En tierra están Brabante y el otro recluta. Uno de ellos se acerca al portugués y lo mira, lo vuelve a mirar. Antes de separarse dispara a boca jarro sobre su cabeza. Luego hace lo mismo con el recluta.

A los tres nos enseñan una vereda.

—¡Sidu[62]!–dice uno haciéndonos marchar.

Con nosotros vienen seis. Los demás continúan persiguiendo a la columna que se retira, después de haber dejado varias posiciones no distantes de nosotros, ni dos kilómetros. Varias granadas de artillería hacen explosión sobre el grupo que formamos.

Una cae a percusión sobre la acequia. Los cascos saltan con agua, y piedras.

---

62   Sidu: tratamiento de respeto, señor.

Uno de los de ellos cae con el pecho abierto. Dos lo cogen. Detrás de nosotros lo llevan.

Nos adentramos en el monte, fuera ya del campo de la acción. El recluta no puede caminar. Se queja. Pero le empujan, obligándole a seguir. No puede hacerlo. Cae, al fin, al suelo. Nos paramos. Hablan entre ellos. Uno dispara sobre su pecho dejándole muerto. Allí queda. Seguimos.

Pasamos por un poblado que la aviación acaba de bombardear. Todavía están sus habitantes en las cuevas abiertas debajo de los árboles frondosos. Nos ven llegar. Sacan los cuerpos. Hablan. Los que nos llevan les contestan. Salen. Son viejos. Los demás hombres estarán en el combate.

Detrás de los viejos salen algunas mujeres y niños pequeños. Todos miran todavía a los aires con ojos inquietos.

Nos acercamos. Nos rodean. Cambian unas palabras con los que nos acompañan. Se ríen.

Uno, con el puño cerrado, nos dice algo con gesto amenazador. No le entendemos.

Cruzamos el poblado. Allí se queda el muerto de ellos. Entramos de nuevo en el monte.

La tarde declina y apenas si queda sol en el horizonte.

Torrelles y yo caminamos mirando al suelo.

Todos vamos en silencio. Bajando y subiendo las cuestas de un terreno intrincado. De cuando en cuando, entre ellos, una palabra suelta.

Una fuente. Una parada. Voy muerto de sed, pero nada pido. Torrelles y yo cruzamos una mirada. Mutuamente parece que hemos querido animarnos.

Uno se acerca a nosotros con una cáscara de calabaza llena de agua.

—¿Bebes?— dice risueño.

—Yo sí, yo quiero! Pero...

Hago un gesto tímido, afirmativo. Se ríe el moro. Tira el agua al suelo. Y se marcha.

Pasa una hora de camino, otra, otra. La noche nos cubre. Las distancias entre nosotros se estrechan. Poblados aquí y allí con luces dispersas que parpadean. Todas las rodeamos. Parece que ellas mismas nos huyen.

Entramos en un monte espeso, irritante, negro. Vamos viéndolo. En un recodo, un poblado. Entramos en él. Nos hacen parar frente a una casa grande en la que hay varios hombres en la puerta. Hablan. Vienen hacia nosotros. Nos miran de cerca, nos hablan, nos gritan. No les entendemos.

Nos llevan luego a una choza. Entramos. Es solo un cuarto reducido. Para entrar por la puerta hay que doblar el cuerpo entero. Fuera, alumbran con el farol, Nos empujan, tropezamos, cierran. La oscuridad es completa. Las manos atadas a la espalda nos dificulta los movimientos. Trato de ponerme sentado. Llamo en voz baja a Torrelles. No me contesta. Me arrastro por el suelo hasta encontrarlo. Le toco.

—¡Torrelles, Torrelles!

Está encogido y caído de costado.

Vuelvo a llamarle y parece que reacciona.

—¿Qué te pasa? –le pregunto.

Trata de incorporarse. Le ayudo.

—¡La sed! ¡Me mata la sed...! –dice–, pero..., ¡esto no es nada! Ya pasará.

Empezamos a hablar. Nos preguntamos:

—¿Adónde nos llevarán? ¿Nos dejarán aquí? ¿Qué harán con nosotros?

Sigue la sed secándonos la garganta, asfixiándonos.

—Voy a llamar. No puedo más.

Arrastrándome llego hasta la puerta. Doy un golpe con el pie. Fuera suena enseguida una voz. Hago uso de las tres o cuatros palabras de árabe que todos sabemos.

—¡El maá[63]!–digo–. ¡El maá!

—¡No!–dice fuera la voz en un castellano rotundo.

No insisto. ¿Para qué?

De nuevo regreso a rastras al lado de Torrelles.

Pero pasado un momento, la puerta se abre. Un farol alumbra,

63　　Maa: agua.

uno entra con una vasija de agua. Nos desata las manos. Deja la vasija junto a la puerta. Se va. Cierra.

Nuestros cuerpos, ya animados, parecen reaccionar. Todavía no nos damos cuenta de nuestra situación. Nos miramos sin vernos en la oscuridad completa que nos envuelve, sin sentido de la realidad. El porvenir incierto que se nos abre no tiene una exacta apreciación. Solo existe el temor, la inquietud, el miedo en estado instintivo de potencia.

Los cuerpos caen solos en busca de descanso. Le dedicamos unas palabras a Brabante, el querido camarada que yace en la noche oscura frente a la nada eterna.

* * *

Los primeros rayos de la aurora penetran por las rendijas de la puerta. Me dan en los ojos. Me despiertan. Lo hago sobresaltado. ¡No sueño, no! ¡Es esta la realidad que vivo! El cuarto se ilumina. Son cuatro paredes terrosas y un techo en ángulo, de barro y paja, al que se llega con las manos. El suelo es tierra. La tierra allanada de un trozo de monte cualquiera.

Miro a Torrelles. Duerme. Me dan deseos de despertarle. Pero le dejo. Me levanto. Me aproximo a la puerta. Miro por una rendija. Frente a nuestra prisión hay un vigilante sentado con el fusil entre las piernas. Mira a un lado, a otro.

Luego observa la puerta.

Lejos suena una voz. El vigilante contesta. La voz se aproxima. Un hombre llega. Le veo. Habla con el guardián. Es negro. De una de sus orejas prende un aro ancho grueso. Se va.

Torrelles se despierta. Su despertar es vivo, azaroso. Renace a la realidad.

—¿Qué hay? ¿Qué pasa?—exclama agitado al verme.

—Nada, no pasa nada—le digo en voz baja.

Viene a la puerta. Miramos los dos. El vigilante se ha levantado. Pasea. Se acerca a mirar por las rendijas. Querrá saber lo que hacemos dentro. Nos recogemos. Su ojo nos busca ávido por la oscuridad interna. La pupila brilla lanzando destellos. Se posa en Torrelles, luego en mí. Nos contempla. Permanecemos quietos. El ojo se retira. Vuelve a asomarse, a brillar. Se separa. Los pasos se alejan.

—¿Qué harán de nosotros?—habla Torrelles.

Los dos pensamos lo mismo.

El día avanza. Frente a la puerta hay varios que discuten, que parecen reñir.

La puerta se abre. Entran dos con fusiles.

Nos dicen algo que no entendemos. Con un gesto nos mandan salir. En el exterior varios nos rodean. Nos hablan. Nos gritan. Nos hacen andar unos pasos. Estamos frente a una casa blanca de mampostería que parece una joya entre estas chozas. Pasamos a ella. Cruzamos un zaguán. El negro de antes se nos une. Unas escaleras. Al final de ellas un salón con zócalo de tela, divanes y alfombras. Un hombre está sentado a la usanza del país. Al vernos se incorpora. Es de edad indefinida. Su barba, sin embargo, está poblada de canas. Su mirada es penetrante. Su gesto altivo. Habla unas palabras con los que nos traen. Se retiran éstos. Quedamos en la habitación, él, nosotros y el negro, que se sienta en el escalón de la puerta. Debe ser un esclavo, seguramente, por su actitud familiar y servil al mismo tiempo. El dueño de la casa nos hace sentar. Llega un muchacho joven. Saluda al Señor, inclinándose profundamente, mientras le besa la ropa. Nos mira. Hablan entre ellos. El recién llegado habla nuestro idioma con bastante claridad.

—Yo he estado mucho tiempo en Regulares— nos dice.

Da alegría oírle hablar. Torrelles y yo nos mirarnos. Parece que nos alienta. Sin embargo...

—Estáis en casa de Sidi Ali—nos dice—. Este es el jefe de la cabila[64] que ya pisan vuestras tropas. Yo soy soldado suyo. Me llama porque os quiere preguntar.

Hablan entre ellos. El muchacho se sienta.

Luego dice:

—Sidi Ali os pregunta, que si los vuestros van a avanzar más o no.

---

64   Es el nombre que se da al territorio y a las diversas tribus árabes y bereberes del norte de África.

—No lo sabemos –digo yo–. Nosotros no somos más que unos soldados.

Sidi Ali nos mira con mirada aguda. Habla. El muchacho, que se llama Hamido, interpreta.

—Que digáis la verdad, pues si no mandará que os den mil palos hasta que la digáis.

—Nada sabemos –hablamos a un tiempo Torrelles y yo–; con nosotros nadie cuenta.

—Tú lo sabes –insisto yo, dirigiéndome a Hamido–. Tú has sido soldado y sabes que los soldados nunca saben nada de lo que piensan los jefes. Nos mandan. Obedecemos. Y nada más.

Sidi Ali no nos cree. Insiste en que digamos la verdad. Sus ojos nos miden de arriba a abajo, negros, profundos, intensos. Le miro, pero retiro mi mirada de la suya. Miro al suelo. Nuestra situación es de una inferioridad manifiesta.

Sidi Ali, sonríe. Y murmura alguna cosa, al parecer con ira.

—¿Qué dice? –pregunto con timidez a Hamido.

—Que los cristianos sois unos perros.

Nos manda retirar. Hamido y el negro nos acompañan.

Entramos en la casa que nos sirve de prisión, que está a dos pasos de la de Sidi Ali. En la puerta nos da Hamido un pan de cebada a cada uno.

La puerta se cierra. Devoramos el pan en silencio.

* * *

A media noche nos despiertan. La puerta se abre y entra Hamido con un farol.

—Ahora –nos dice– van a traer a otros dos presos.

—¿De los nuestros? –pregunto.

—No –responde–, son dos ladrones de la cabila, que los castiga Sidi Ali.

—¿Y van a estar con nosotros? –pregunta Torrelles.

—Sí. Esta es la cárcel.

Seguidamente entran los nuevos presos. Nuestra presencia les espanta. Hamido les habla.

—¿Qué dicen?—pregunto.

—Nada, nada.

Se van todos. La oscuridad es casi absoluta. Dentro estamos los cuatro. Ellos en un lado. Nosotros a otro. Nos colocamos separados, como si nos huyéramos los unos a los otros...

Ellos hablan. En voz baja, pero aguadamente, con fogosidad. Se mueven, se juntan más, se estrechan. Se separan. Están sentados mirándonos con ojos que relampaguean en el fondo negro de la habitación. No paran de hablar ni de moverse. Están nerviosos, febriles. Debe excitarles nuestra presencia. Torrelles y yo, estamos inmóviles, acechando los movimientos de ellos. En la inquietud en que estamos, el tiempo parece que no pasa, que no corre. Horas enteras son un solo momento.

Ellos se agitan más, vuelven a moverse, a juntarse, a separarse. Hablan precipitadamente, con frases que se cortan, nerviosamente. Sus ojos están fijos en nosotros. Son ojos que taladran sin piedad la noche. Parece que ya se aproximan, que sus cuerpos rastrean. Los ojos aumentan en la intensidad feroz que les anima. Cada vez sentimos que están más cerca, más cerca. Nos aprestamos a la defensa. Nos levantamos. Saltamos los unos sobre los otros. Ninguno tiene armas. Los brazos y los puños son los que juegan, empieza una lucha, callada, terrible, salvaje. Nos cogemos. Nos golpeamos. Los cuerpos caen. Tengo atenazado a uno por el cuello. Yo, encima. Y le aprieto..., le aprieto. Torrelles y el otro ruedan como un bloque sobre nosotros. El mío me aprisiona ahora, me golpea. Me abrazo a él para detener su violencia. Nuestras caras se juntan. Nos mordemos. Tengo una oreja desgarrada. Él, no sé. Mi boca está llena de sangre. Mis dientes vuelven a clavarse de nuevo. Esta vez en el cuello. Hago presa. Tiro. Desgarro la piel. Él da un gemido. Le tengo cogido en un abrazo cerrado. Mi boca sigue mordiendo. Pero se me acaban las energías. Aunque aprieto, mis dientes ya no tienen fuerzas. Se me escapa de las manos. Se pone de pie. Yo también. Otra vez nos acometemos. Chocamos. Nos cogemos. Nos golpeamos. Torrelles y el otro se confunden con nosotros. Y los cuatro rodamos ahora juntos por el suelo. Los cuatro a brazo partido. Las fuerzas se nos agotan. Pero continuamos peleando no sé cuánto tiempo. Logro separarme y retener a uno. Le doy golpes y más golpes sobre la cara, sobre el pedio. Me abraza. Sus dientes se clavan en mi boca. Me ha cogido un labio. Grito.

La puerta se abre en este momento. Un farol alumbra. Es Torrelles quien me muerde. Los otros dos están, uno encima estrangulando al otro, que ya apenas si se mueve.

El farol nos da en el rostro, pero no vemos a nadie. Nos separamos. Nos apalean violentamente. Luego, nos echan a cada uno a un rincón. Quedamos como idiotizados.

Lentamente, el día viene. Abren la puerta. Nos echan un pan. Se llevan a los presos moros. Y nos sacan, por fin, de aquel lugar de espanto.

* * *

Hemos arreglado unos cajones de Sidi Ali y hemos construido una especie de cuarto de baño. Ahora, trabajamos en un huerto. Dos vigilantes nos acompañan. Trabajamos durante todo el día. El huerto es grande. A mediodía nos dan arroz cocido y un pan. Por la tarde lo mismo. O en vez de arroz, unas sopas de harina de maíz o de mijo. Hemos adelgazado mucho. Nuestra barba ha crecido. Nuestros trajes están deshilachados, rotos. Nos han dado unas chilabas viejas para que nos tapemos. En estas montañas el invierno es muy crudo. Ha nevado varios días seguidos. La prisión, sin embargo, es muy abrigada. Deseamos más estar en ella que no fuera.

El huerto que arreglamos está bajo cercado. A continuación de la casa de Sidi Ali. En el fondo hay una puerta que nos atrae. Detrás del huerto el campo desciende suave hasta un río que desde aquí vemos ancho.

Al llegar al campo los vigilantes ocupan las salidas por fuera y por dentro. Trabajamos solos. Acompañados otros días de Hamido y de Sidi Ali. Dos mujeres negras, esclavas ambas, ya viejas, hablan a veces con nosotros por señas sin que Sidi Ali se aperciba. Antes nos miraban con mucha hostilidad. Ahora, Aixa, sobre todo, nos sonríe. Rahma es más arisca. Todavía, al vernos, gruñe y murmura. Luego, se le pasa.

Mujeres blancas, las hay en la casa, naturalmente. Pero no hemos visto a ninguna. Los hijos pequeños de Sidi Ali, de unos seis años el uno, Mohtar, y de unos cinco el otro, Hassan, también están muchos ratos con nosotros. Les hemos hecho un carrito en el que cabe uno. El otro hermano, Abdal-lah, el esclavo, los pasea por el huerto. A todas horas juegan. Siempre que nos ven vienen corriendo y se abrazan a nuestras piernas.

En su inocencia nos tratan como si fuéramos de la casa, como si siempre hubiéramos estado en ella. Nosotros les acariciamos cuando el padre no lo ve.

* * *

Un avión pasa. Estamos en el huerto trabajando. Se oyen las voces de alarma del poblado. Todos corren a las cuevas abiertas, bajo los árboles, a ocultarse. El avión va relativamente bajo y va cargado de bombas. Desde el poblado le disparan. Nuestros guardianes gastan uno, dos, tres cargadores. El avión evoluciona. Su panza brilla con los rayos del sol. Da una vuelta, otra. Se eleva. Pasa. Vuelve. En el interior de la casa se oyen gritos de mujer. De pronto por la puerta que va al huerto aparecen varias mujeres envueltas en sus jaiques blancos, alocadas, desorientadas. Sidi Ali las guía. Cruzan por el huerto. Detrás de este hay una amplia cueva adonde van a refugiarse. Vuelve a pasar el aparato por encima de nosotros. A nuestro lado Hamido dispara una y otra vez su fusil. Y se retira, por fin, el avión sin bombardear.

Hamido exclama:

—Siempre es bueno tener algún cristiano. Antes de estar vosotros aquí tiraban muchas bombas. Ahora, ninguna.

—No sabrán–digo yo–que estamos aquí.

—¿Que no? Por los confidentes la policía se entera.

—Entonces quizás nos rescaten–digo.

Hamido sonríe con acritud.

Torrelles y yo nos mirarnos. En nuestros ojos brilla una leve esperanza.

* * *

Hace tiempo que no se celebran zocos de día. La aviación los disuelve. El zoco se celebra de noche y de tarde en tarde en las proximidades de un poblado cercano. Nos quitan las chilabas, nos atan las manos y nos llevan.

Con nuestros trajes deshechos, rotos, abiertos, nos introducen en una pequeña tienda. Un farol nos alumbra. El objeto no es más que el de exhibirnos. Un alarde de poder de Sidi Ali. Una satisfacción al espíritu de rebeldía latente en todos.

La gente pasa ante nosotros. Hombres, mujeres, niños. Nos miran, unos feroces, otros riéndose, otros, muy pocos, reflexivos, serios. Los más nos hablan, se burlan. Los menos callan, observan.

Ya nada nos sorprende. Nos parece que éstas ha sido siempre nuestras vidas. Que así fue ayer, que así es hoy, que así será mañana, que así será siempre. Que ésta es la única dirección que constantemente hemos vivido.

Al lado de nuestra tienda están otras donde se compran y venden mujeres blancas y negras. Al pasar las vemos. Están al descubierto, ataviadas de modo llamativo, voluptuoso. La luz opaca del farol que las alumbra aumenta el interés.

Ya avanzada la noche, regresamos a la prisión en medio de la escolta de que se hace rodear Sidi Ali.

Nos acostamos tranquilos, sin hablar. Dormimos hasta el amanecer, que nos sacan al trabajo. Ya nos parece natural esta forma de vivir.

Entre golpe y golpe de azada, hablamos algo. Palabras leves, frases aisladas es nuestra conversación cuando algo hablamos.

Damos fin al trabajo del día. Los guardianes nos llevan a la casa que nos sirve de prisión. Nos traen una cazuela con sopa espesa de maíz que nos parece un manjar exquisito y substancioso. Nos encierran. Y comemos de la cazuela. Echamos en ella pedazos de pan de cebada. Los sacamos con los dedos. Terminamos. Bebemos agua. Nos echamos sobre la manta.

Torrelles, de pronto, habla.

—¡Es raro! Pasamos horas enteras sin decirnos nada...

—¿Para qué? ¿Qué hemos de decirnos?—le contesto yo.

—¡Volveremos, sí! ¡Volveremos!—dice—. Nuestra situación cambiará. Regresaremos a España. Y buscaré a Julita. Todavía lograremos vivir con cierta holgura. ¡Quién sabe si con felicidad...!

Le escucho, pero nada digo. Él mismo no tiene fe ninguna en lo que dice. El hábito nos ha sumergido en una vida que tiene mucho de inconsciente. Hablamos sin que tengamos sentido exacto de lo que decimos. Vivimos. Para nosotros la vida no tiene horizontes. Ni buenos, ni malos horizontes. No es un camino. No tiene jalones. Es una meta oscura, sencillamente, quieta, hundida. En ella nos movemos como en un punto de llegada. Punto final de una carrera que la misma llegada olvida. Somos insensibles a muchas de las cosas que nos rodean. Resignados ante otras. Tímidos ante todas. Siempre con la espalda vencida. Siempre con la mirada en el suelo, que solo se levanta para presentir un peligro que no llega, una amenaza que no se consuma, un grito que solo es grito. Vivimos, nada más vivimos. Con vida limitada, con vida mísera y cohibida, bajo el despotismo que nos oprime.

El tiempo pasa. Pasan los días. Todos son iguales. De sol a sol trabajando. Un inciso para comer en el huerto. De nuevo la tarea bajo la vigilancia ruda y exigente. Antes del anochecer nos recogemos. Hasta el día siguiente. Que se repite como el de ayer, como el de hoy, como el de siempre. Ya no sabemos el tiempo que ha pasado desde que fuimos sorprendidos junto al cuerpo de Brabante. Ya no nos acordamos de aquella fecha. Ni de Brabante tampoco. Aquello pasó.

La inacción brutal nos va embotando progresivamente. Nuestra depresión es ya una anulación casi completa. Somos una nada sistemática, cada vez más perfecta, más definida, cada vez más nada.

* * *

Nuevo avión rasga los aires. Como siempre la gente corre a replegarse en las cuevas.

Pasan ante nosotros las mujeres de la casa a través del huerto.

Van empujándose como locas. Es mucho el horror que causa a todos el bombardeo. El silencio se hace. La vida toda, está escondida bajo la tierra. Algún disparo. El avión va a cierta altura.

Vemos las bombas suspendidas en el espacio en mortífero descenso. En la casa grita el esclavo, que en la confusión le han dejado encerrado. Quiere saltar por una ventana que está muy alta. No se decide. Una bomba cae fuera del poblado. Otra casi al lado de la anterior. El negro salta de la ventana al suelo. Salta precipitadamente al oír las explosiones. Se estrella contra la tierra dura. Sangra por todas partes. Vamos a recogerle. Pero se levanta. Sale corriendo. Equivoca el camino en su locura y se interna en el poblado. El avión da vueltas en un círculo pequeño encima de nosotros. Una bomba viene derecha sobre el huerto. Nuestros guardianes la ven y salen huyendo. Nos quedamos solos. La bomba está encima. Nos tiramos a tierra junto a la breve pared del cercado. Estalla. La explosión nos saca de nuestros refugios tirándonos por el aire. Todo es tierra. Todo es humo. La nube nos envuelve. Nos ciega. Se oye otra explosión y luego otra. Ambas sobre el poblado. La nube pasa. Torrelles y yo estamos unos metros separados.

—Nada—dice casi sin mirarme.

—Nada—le respondo yo mirando a no sé dónde.

El avión está ya de regreso. La gente va saliendo poco a poco de las cuevas. Las mujeres cruzan y Sidi Ali con ellas. Al pasar junto a nosotros se irrita. Su puño se levanta. Su rostro se contrae. De un golpe derriba a Torrelles. Uno de los guardianes levanta su fusil sobre mi cabeza. El pequeño Hassan viene corriendo y llorando a nuestro lado. Aixa, en un extremo, nos mira mientras llora.

Por el otro lado entran a Abdal-lah, el esclavo, muerto por uno de los cascos de una bomba.

* * *

Nuestra situación se empeora. Las sopas de maíz ya no acompañan al pan moreno y de cebada. El pan es nuestro único alimento. Y el agua, que también el agua alimenta.

Ya hemos tapado el hoyo enorme que abrió la bomba. El huerto está otra vez llano. Los surcos de nuevo se igualan paralelos, como antes, como si nada hubiera pasado.

* * *

Los días pasan. Nuestra debilidad no puede con tantas horas de trabajo. Aixa ha intentado dos veces traernos alimento, pero no ha podido. La vigilancia es estrecha. Bajo un árbol medio seco que se yergue en un costado, encuentro un plato lleno de residuos de comida puesto allí para los animales. Las gallinas picotean. A mi llegada, huyen. Cojo el plato y me lo llevo adonde está Torrelles cavando, un guardián me ve y me lo quita con dureza. Pasa un rato. El guardián se va fuera. El otro está también en el exterior. Aprovecho el momento. Cojo de nuevo el plato. Viene a mi Torrelles, que como yo está pendiente de él. A puñados nos comemos los residuos. Dejo el plato en su sitio. Nos sentimos confortados.

* * *

Los niños corren por entre nosotros llevándose el uno al otro en el carrito... Aixa limpia unas bandejas en el agua clara de una fuente... Sidi Ali y Hamido están sentados allá sobre una alfombra... Hablan... Aixa prepara los adminículos de té...

Hamido se acerca.

—Trabajáis poco —nos dice—; hoy no habéis hecho nada...

Le miramos casi sin levantar los cuerpos. Seguimos nuestra tarea. Llega Sidi Ah. Habla. Hamido interpreta.

—Dice que en esta semana tiene que estar todo terminado; si no...

La amenaza está siempre en el aire.

Se van.

* * *

El té está preparado. Los niños acuden a la bandeja. El padre les da una varita a cada uno.

Hassan viene hasta nosotros con el vaso en la mano; nos lo ofrece... Aparentamos no hacerle caso. Seguimos inclinados sobre la tierra abriendo surcos con la azada... El padre lo ve... Le grita con energía... El niño, temeroso, se separa de nuestro lado... Así es como aprenderá a odiarnos... Mohtar, el otro hermano, ya empieza a reaccionar en contra nuestra... Así es como el instinto social de los niños pierde su fuerza... Así es como se desarrolla desde los primeros años la animalidad que todos llevamos dentro... Así son posibles los odios enconados y las guerras. Verdaderamente, a ningún niño se le educa para la sociabilidad activa, para la humanidad sincera...

Por la puerta del huerto que da al campo, entran varios conduciendo a uno que trae las manos atadas... Es viejo. Su barba es blanca... Los recién llegados hablan con Sidi Ali a voces fuertes... Algunas palabras ya las vamos entendiendo... Parece que es un confidente sorprendido camino de nuestras líneas. Los que le acompañan se van... El confidente queda en un rincón, solitario y mudo. Hamido sale... Vuelve al punto con otros. Desatan al confidente, lo desnudan. Lo suspenden en el aire entre cuatro. Uno por cada brazo y pierna. Hamido y otros se sitúan en los costados con largas cuerdas que mojan en unos cubos de agua. Sobre la espalda al descubierto del viejo, y sobre sus riñones, descargan sucesivamente uno y otro golpes con las cuerdas gruesas, mojadas, que dejan su señal blanca para ser luego morada y estallar en sangre... La operación dura mucho rato. El viejo gime angustiosamente. Pide perdón... Asegura que hablará... Dirá lo que ha hecho para que le dejen... ¡que le dejen! Sidi Ali le insulta, sentado, desde la alfombra... A su capricho manda que cesen... Dejan al viejo en el suelo. Está agotado, muerto. No puede ni moverse... Su espalda es un manchón negro, con grietas de sangre. Le echan vinagre por encima... Se lo llevan al rincón. Allí lo tiran de cualquier modo... El viejo gime, gime boca abajo, oculta la cabeza entre sus brazos...

* * *

Rahma grita fuera del huerto, adonde salió hace poco con los niños... Sus gritos son de horror, de angustia, de espanto... El guardián la pregunta igualmente a gritos... Hamido sale de la casa. Hablan todos... Todos gritan...

—Los niños, que se ahogan —dice Hamido—. Se han caído al río...

—Vamos a salvarlos —decimos a un tiempo Torrelles y yo.

Están confusos. Se mueven de un lado para otro. Consternados. Les arrastramos hacia el río...

—¡Vamos, vamos...!—les decimos.

En una carrera estamos allá. Es ancho el cauce y algo escarpado por esta parte. Con un escalón de unos dos metros. La corriente es activa. Desemboca en declive. Los niños son arrastrados cuando llegamos... Todos tardan en tirarse al agua. Tienen al río un cierto temor supersticioso, por sus leyendas trágicas... Torrelles y yo saltamos... Corremos tras los muchachos... Los sacamos. Torrelles a uno, yo al otro... Sidi Ali llega cuando nosotros salimos... Con los brazos en alto y los ojos dilatados, llora como un viejo impotente... Llama a los pequeños. Les coge en sus brazos. Les mece. Los niños están sin sentido...

En el suelo les hacemos respirar artificialmente. Vuelven en sí... Lloran... Los volvemos de un lado a otro... Arrojan un poco de agua... Por su pie andan. Regresamos al huerto...

* * *

Nuestra situación se dulcifica. Ya comemos de nuevo sopas de arroz por la mañana y de maíz o mijo por la noche...

Hassan nos regala vasos de té durante el trabajo. Los trae del interior de la casa. Aixa, desde la puerta, lo sigue con la mirada y sonríe. Mohtar, en cambio, no nos puede ver...

Rahma, lo mismo. Sidi Ali ha cedido algo en acritud con nosotros. Hamido viene a que le curemos un grano que le ha salido en el cuello. Con él vienen algunos enfermos del poblado autorizados por Sidi Ali para que nosotros les curemos... Nada sabemos de estas cosas, pero les atendemos lo mejor posible. Los guardianes hablan de cuando en cuando por señas y palabras mixtas amistosamente con nosotros. Pienso que los niños son un motivo importante en la humanización de los hombres...

Sidi Ali nos llama.

Su actitud ya no es tan brusca ni tan agresiva como antes... Su llamada, sin embargo, nos sorprende; pues nunca habla con nosotros como no sea para amonestarnos. Para amenazarnos... No sé por qué me imagino la llegada de algún correo con gestiones... En la mirada de Torrelles veo la misma interrogación. ¡Quién sabe!

Hamido nos dice que nos sentemos fuera de la alfombra. Que Sidi Ali quiere hablarnos... Nos sentamos...

Pero de pronto, Sidi Ali tuerce su gesto. Nos mira de arriba a abajo midiéndonos con la mirada. Dice algo... Nosotros retiramos la vista... Ya estamos acostumbrados a que nos traten como a cosa de su pertenencia... La conversación nunca existe. Solo la palabra bruta, grosera y ruda, a la que no podemos contestar en nuestra estrecha y delicada situación... Miramos al suelo...

Sidi Ali habla. Hamido interpreta.

—¿Para qué venís los cristianos a esta tierra?

Torrelles y yo cambiamos una mirada.

—¿Para qué?—murmuro.

No sabemos responder. Durante unos momentos guardamos silencio. Se nos exige repentinamente un renacer a la mentalidad, a la vida, para lo que no estamos preparados... Hemos perdido el hábito, en la obligada sumisión de seres inferiores en que estamos... La mente ha perdido agilidad al perder la vida su sentido... Veo a Torrelles, como yo, haciendo un esfuerzo por despertar al cerebro... Los dos estamos concentrados. Como si llamáramos al pasado en nuestra pobre memoria, vencida por el embotamiento. Las palabras tratan de salir, como los pensamientos, sin orden ni concierto. Ordeno el pensar en lo que puedo. Y voy a expresarme, pero me contengo. ¿Cómo decir lo que es la civilización? ¿Cómo demostrar lo que es el progreso?

—Nosotros no sabemos–digo–. Nos mandan.

Sidi Ali se ríe. Su mirada es despectiva. En nuestro interior nos rehacemos.

Torrelles explica algo, para delimitar el matiz religioso del simplemente civilizador. Sidi Ali escucha complaciente las explicaciones del intérprete. Uno y otro cambian palabras. Luego nos miran. Hamido habla.

Pero vemos que el concepto de civilización no es por ellos abarcado. Para ellos, la riqueza material, el dinero, es la única diferenciación.

* * *

Hacemos un esfuerzo para fijar bien la idea global de hombres y cosas en una nación civilizada. Sidi Ali habla:

—Y bien. ¿Qué es lo que vuestra civilización nos trae?

—De todo cuanto hay en ella...–dice Torrelles–. En la zona sometida se puede ir viendo.

Sidi Ali grita:

—Pasáis por las cabilas y todo lo destruís. No queréis más que sumisión. ¿Para qué? ¿Por qué no traéis esas cosas sin guerra? Si son buenas todos las queremos.

Sidi Ali vuelve a hablar.

—Si venís con guerra, es que no venís a traer nada bueno. Y para eso, cada uno debe venir con lo que tienen en su país y dejar a los otros que vivan como quieran.

Nosotros callamos. Él solo habla. Hamido traduce.

—Ahora y siempre trabajaré para echaros de esta tierra. Esta cabila la disputaremos palmo a palmo.

Los dos nos miran con ira. Sidi Ali clava sus ojos en los nuestros con profundo rencor.

—¡Guerra, sí! ¡Guerra!

Se abre una pausa.

—¿Y por qué no trabajamos, vosotros aquí y nosotros allí para que termine la guerra?—dice Torrelles suavemente, de modo que me parece aturdido y extraño—. La guerra es un mal para nosotros y para vosotros. La guerra es siempre un mal para todos.

—Si se van los vuestros, la guerra acabará al momento.

—Pero continuará entre vosotros...—digo yo.

—Entre nosotros hay mucho ladrón y gente mala. Pero es entre nosotros. Y a nadie más que a nosotros le interesa.

—¿Y por qué han de vivir así los hombres?—sigue hablando Torrelles de modo que me parece atrevido—. ¿Por qué hemos de vivir odiándonos? ¿Por qué no nos hermanamos los de todos los pueblos y razas?

Sidi Ali se indigna.

—¿Estás loco, perro? ¿Cómo vamos a ser lo mismo los musulmanes y los cristianos?

—Dios es el mismo para todos los hombres —digo yo—. ¿Cómo se explica que siendo uno sólo, tenga premios y castigos diferentes para unos y para otros?

Sidi Ali duda. Me mira un poco perplejo. Me animo hablando.

—Eso prueba— continúo—, que Dios no se ocupa de los hombres, que Dios no es nada...

Sidi Ali se exalta. Su brazo se levanta sobre mí amenazador.

—¿Nada? ¿Nada?

—La religión verdadera es la de la Humanidad. La de vivir por y para los hombres sin divinidades que tanto se contradicen —dice Torrelles muy dulcemente—. La misión humana, el que todos seamos hermanos, ¿no es de por sí un ideal eterno de salvación...? ¿Para qué sirven las religiones sino para separar a los hombres? ¿Para qué sirven las fronteras sino para separar a los mismos de una misma religión? Mientras las religiones y las fronteras no se derrumben; mientras, como hoy, continúen siendo murallas que dividen y subdividen, la paz en la humanidad será una mera ilusión. La fraternidad humana perseguida por todos los apóstoles, por todos los fundadores de religiones, no tendrá nunca sentido. Interpretémoslas de modo natural y sigamos la dirección que nos marca la fraternidad universal. Sin dogmas ni fronteras, sin ninguna división.

Ahora Sidi Ali se ríe.

—¿Y, cómo, si hablas así, has venido a pelear contra nosotros?

—Nosotros no hemos venido por nuestro gusto –responde Torrelles.

Nos mira con ojos extrañados.

—¿Entonces, por qué habéis venido?

Ya estamos rehechos y hablamos con aliento, como si en nuestras palabras encontráramos una liberación.

—En nuestra civilización, con ser tan rica –le digo–, y ser tan poderosa, no todos los hombres tienen para comer. No todos disfrutan del progreso alcanzado. En nuestra civilización, hay mucha riqueza. Pero también hay mucha miseria. Todavía no se ha logrado un equilibrio entre los que tienen y los que no tienen. Los que no tienen, son muchos más que los que tienen. Y éstos viven bien, con lujo. Mientras que los otros, viven mal, con escasez, con hambre. Aquellos dirigen, ordenan. Los otros obedecen. El que como nosotros se cae de hambre por la calle, antes de morir en una esquina, prefiere venir aquí a que le maten. Mientras tanto, nos dan de comer, nos visten, nos atienden y nos cuidan para que seamos útiles en el combate. El hambre nos hace soldados. Luego, aquí, ya encauzados, hacemos la guerra como muñecos. Si nos matan lo agradecemos. No tenemos ningún interés en seguir viviendo una vida miserable, aun cuando regresemos a nuestro país y logremos hallar trabajo. La vida civilizada para nosotros no tiene ningún atractivo, ningún encanto. Porque esa vida es para los que tienen, para los que mandan.

Sidi Ah se pone serio.

—¿Y entonces las cosas que vuestra civilización trae, quién las trae, y cómo las trae? –pregunta.

—Hay cosas –dice Torrelles–, que las trae nuestro país con el dinero de todos para beneficio del país vuestro. Carreteras, teléfonos... Y otras cosas que ofrecen los que las tienen, para venderlas entre vosotros o para trabajar con vosotros la riqueza de esta tierra.

—¿A quitarnos nuestras tierras de valor?

—No. A trabajarlas de acuerdo con vosotros.

—¿De acuerdo con quiénes?

—Con los que tenéis–digo yo–, que sois los que mandáis. En todas partes mandan los que tienen. Si aquí en esta cabila hay minas, por ejemplo, los que vengan de los nuestros se pondrán de acuerdo contigo para organizar el trabajo y para repartir las ganancias. Una parte para ti y otra para ellos.

Los ojos de Sidi Ali brillan repentinamente. Se iluminan.

—¿Conmigo sólo?

—Contigo. Los que no tienen nada aquí, serán los que no ganarán más que el jornal que puestos de acuerdo tú y los que vengan, le deis... Una poca cosa. Hombres para trabajar siempre hay y mujeres y niños. Entre nosotros son muchos los que no encuentran sitio y se mueren de hambre en cualquier parte. Pero esto es lo de menos en las naciones civilizadas.

Sus ojos nos miran sin vernos. Diríase que miran a algo que en su interior se agita. Se muerde con cierto nerviosismo sus labios, el bigote. Su mano juega con la barba.

Con un gesto despótico nos echa.

Seguimos abriendo surcos con la azada. Los niños juegan con su carrito. Al acercarnos a ellos se retiran al lado de su padre.

* * *

Torrelles está enfermo. No trabaja, ni come, ni se mueve. Sólo pide agua. Bebe mucha agua a todas horas.

Tiene fiebre y habla de modo incoherente. El nombre de Julita suena de cuando en cuando con claridad.

Me acuerdo de ella, de su despedida, de su llanto, de sus labios temblorosos, de su último beso que nunca era el último.

Veo a Torrelles abrazándola, estrechándola como cosa suya. Como cosa poseída, a la que se ama y no se ama; pero que se tiene, que se defiende, que se quiere de un modo arbitrario y con intensidad. Su mirada envolviéndola, poseyéndola de nuevo, con ternura y con emoción.

Aquello fue. Nada de lo que fue vuelve a ser. Y menos aún en el amor, tan momentáneo, tan circunstancial, tan absurdo en su manifestación. Aquello fue una realidad. La realidad, cambió. Todo cambia en la realidad del Universo. La vitalidad de todo, es en el tiempo, una vitalidad caprichosa, pasajera, fugaz... Todo cambia y todo se condensa. La realidad de ayer forma parte de la realidad de hoy como ambas se estrechan en la realidad del futuro. Julita es una sombra de la realidad que fue, que ya no es, que ya no será.

Torrelles la nombra. La sombra, vive en él con vida incierta de cosa que se fue.

La veo. Aquí está entre él y yo, en la penumbra de nuestra choza. Nos mira. No nos reconoce. Sus ojos no lloran. Sus labios no tiemblan. Su cabeza no se eleva mimosa para besar. ¡Aquí está! Sonríe... Juega sus labios con juego atractivo estudiado. Mira con sus ojos lo que no sé, lo que solo guía los reflejos confusos de su instinto de hembra.

Mira aquí y allá. Mira y sonríe. Su cuerpo se deja caer sobre sí mismo como hecho para la pasividad en una activa posesión.

Torrelles la llama y no responde. Y está aquí, entre él y yo... Sonríe... Mira sin mirar a nada. Mira como si se contemplara a sí misma. No nos ve. No está en la realidad nuestra. Es una sombra de la realidad que fue..., que ya no es, que ya no será.

***

Salgo al trabajo. La luz del día es clara. El tiempo primaveral. El sol acaricia las casas pardas del poblado, el verde fuerte de los montes, la vida en su dilatada inmensidad.

Paso la mañana laborando. El huerto está ya arreglado. Solo faltan algunos retoques. Nadie conocería el antiguo erial que era antes. Ahora arreglo un cobertizo para que sirva de asilo a Sidi Ali durante los calores del verano. Hamido me ayuda a separar los maderos, a ajustarlos.

Por la tarde no trabajo. Como en la prisión. Me quedo al lado de Torrelles.

No sé qué puede tener. Me pide agua. Se la doy. Me mira. Parece que no piensa en nada, que no siente nada. Le contemplo en silencio, despierta mi sensibilidad ante el peligro que le amenaza. Esta verde, esquelético. Entre mantas. Con la barba espesa. Con el pelo crecido, en demasía. Sus ojos, hundidos. Los labios, blancuzcos. La nariz, saliente por entre una herradura morada.

Le hablo, le digo algo. Ni él ni yo sabemos lo que tiene. Fiebre, mucha fiebre. Pero nada más. Toma una poca de leche que Hamido trae. Y agua, excesiva cantidad de agua.

Se mueve. Habla algo. Su voz suena débil, apagada, como si dentro la muerte le retuviera.

—¿Qué quieres, Jaime? Estoy aquí, sí.

—Nadie somos—me dice–. A nadie tenemos. Nadie nos espera. Nadie llora por nosotros. Podemos morir. A nadie causamos mal. Nadie lo siente.

Habla pausadamente como si contara sus últimas palabras. Se detiene. Me mira con sus ojos amarillos, macilentos. Va a continuar, pero ya no puede. El nombre de Julita es lo único que suena.

Me vuelve a mirar con sus ojos de vidrio.

—Te curarás—le digo–. La fiebre pasará. Y volveremos. Serás feliz con Julita. Iremos los dos a buscarla. Y la encontraremos. Ella te quiere.

Sus ojos por momentos se hunden. Sus pómulos crecen. Sus labios se pintan de cera.

La tarde cae precipitando la oscuridad de la casa. La noche se hace. Nos envuelve. Julita es lo único que vibra en su vida. En esta sombra de vida que ya se confunde con la muerte.

* * *

Aixa me espera al pie del cobertizo. Me habla bajo, mientras limpia unas fuentes. No la entiendo con exactitud. Sin embargo, llego a comprender que un correo ha ido y ha venido. ¿Por nosotros?–digo.

Sigue hablando, me explica, pero no la comprendo bien. Se acerca Hamido. Empezamos la tarea.

Mientras clavo las maderas quiero pensar en lo que Aixa me ha dicho. Reconstruyo las frases. Repito las palabras. Pero la noticia no me impresiona. La acojo indiferente. No la siento. Cambiar de vida, ¿para qué? No cabe en mi mente la posibilidad de un cambio. Mi cabeza está seca. Las ideas presiden, pero sin afán, sin acción, sin sentido.

Ante mis ojos tengo la imagen del correo que ha ido, que ha venido, que ha vuelto. La encuentro en las herramientas, en la madera, en los clavos, en cuantas cosas veo, toco o cojo.

Aquí está la vida resbalando sobre mí sin que en mí entre. Quiero asimilarla, me esfuerzo por aprehenderla sin que logre revivirla en mi vacío. ¿Volver? ¿Para qué? ¿Y Torrelles? ¿También ha de volver? La idea de un cambio se retira de mi lado como aventada[65] por el aire. Es la muerte la que la aventa... Pasa...

Sigo aquí ajustando maderas, clavando sin más ideas que las puramente asociativas y mecánicas de lo que hago. Mi vida no tiene dirección. Lo físico es lo que impera, lo pobremente físico, lo orgánicamente constituido, sin ninguna complejidad de función. Mi mente ya está atrofiada, ya no es sensible a la impresión.

Regreso a la choza. Me aproximo a Torrelles. Le miro. Le digo algo. Sus ojos ya están velados por un brillo demasiado denso. Se hunden, se hunden sobre sus cuencas profundas. Sus pómulos salen más. Sus labios ya son blancos matizados de azul. Le llamo. No tiene conocimiento. Sus ojos me miran, pero no me ven,

—Jaime! Jaime...!

Alza la cabeza con la lentitud de la muerte. Aún vive.

Sentado a su lado paso un rato, una hora, no sé. El día se va lentó. La noche llega con su intensidad triste, eterna. Estoy sólo pendiente de su voz que ya no suena, de su respiración que ya se apaga. Le toco la frente. La fiebre le abrasa. Y luego, su cuerpo, ya es nieve. Nieve fría que expulsa hacia fuera los últimos restos de calor. Que expulsa hacia fuera el calor de su sangre.

Su vida se acaba lenta, suave, insensiblemente.

---

65   Echar de un sitio, desplazar.

Da un gemido sencillo, breve. Voy a tocarle, pero me detengo. Escucho atento si su respiración continúa. Pero nada oigo en el silencio inquietante que me envuelve. No me atrevo a tocarle. Siento frío. El frío de la muerte, que está en él. Me retiro de su lado. Me recojo en un rincón. Escucho. Pero su cuerpo me atrae, me llama. Me abrazo a él. Y pegada mi cara a la suya, lloro mi soledad, la soledad en que me deja mi camarada querido, mi hermano muerto, ya feliz.

***

Amanece.

Me tiran un pan desde la puerta. Aviso. Me sacan.

Jumo al río trabajo abriendo la fosa de Torrelles. Allano su fondo hasta que queda liso para que su cuerpo descanse mejor. Vuelvo a la prisión. Él me espera. A nadie más que a mí, espera su cuerpo frío. Me lo cargo encima. Lo traigo. Lo acomodo. Le echo poco a poco tierra. Poco a poco. No puedo. Me faltan las fuerzas. Le quito la tierra que le he echado. Le limpio el rostro. Le incorporo. Le llamo. Su cabeza se dobla. Lo dejo. Vuelvo a echar tierra. Un poco más. Otro. Ya no queda nada. Ya no lo veo. Ya no lo veré más. El corazón se me rompe mientras allano el suelo. Ya está todo. Aquí una piedra. Una señal. Es lo mismo. La tierra y él, pronto se confundirán.

Me llevan a la prisión. Se cierra la puerta. Mi soledad se agiganta. Yo también quisiera morir como él.

Atacan el poblado.

Desde el interior de la casa oigo gritos y excitaciones para la lucha. Los disparos suenan de todas partes. Una bala atraviesa mi techo haciendo caer tierra al suelo. La noche es oscura, cerrada. El combate pesado, lento.

Junto a la puerta oigo unas voces de hombres agitados, que se afanan en algo. De pronto el techo de mi prisión comienza a arder. Le han prendido fuego. El humo dentro se condensa. Varios disparos atraviesan la puerta. Me asfixio. Doy una patada en la puerta.

La puerta se resiste. El humo me ahoga. Desesperadamente pateo una y otra vez la puerta hasta que la hago saltar hecha añicos. Salgo al exterior. Las casas vecinas están ardiendo. Estoy en un volcán de plomo, humo y fuego. No sé qué hacer. ¿Adónde ir? Corro. No sé más camino que el del huerto. A él voy. Pero desde el cercado disparan sobre mí. Huyo, hacia el río. ¿Qué hago? ¿Qué hago? Estoy solo. La noche en su cerrazón no me permite orientarme. El río es una dirección hacia la montaña abrupta y alta que le da su agua torrentosa. No vacilo. Una vereda. Ando deprisa. La distancia hacia las posiciones será seguramente más larga que la que queda de la noche. Además, no sé el camino. Puedo pasar por algún poblado. Decido internarme en el corazón de la montaña. Allí me orientaré con el día. Voy animado de una fuerza poderosa, extraña. Es mi instinto quien me guía a la libertad. Me parece un sueño. Vuelvo la cabeza hacia la ruta recorrida. Me paro. Silencio. Nada. Allá queda ardiendo el poblado punteándose alrededor con los fogonazos de los disparos. Ya estoy lejos de él. Ya estoy en plena montaña. Subo por un camino de cabras que más bien parece de reptiles. El frío de la noche refresca mi sangre dándole nuevas ansias, nueva fuerza, nueva vida. Estoy libre. Libre en medio de una naturaleza plena. Oigo unos ruidos. Me paro. Escucho. Suenan voces. Es un pequeño poblado. Me salgo del camino. Me interno en la espesura. Me agacho. Escucho. Derivo hacia un lado. Rodeo deprisa. Lo rebaso. Suena un disparo hacia el sitio donde primeramente me detuviera. Estos montañeses, sugestionados con el ataque a aquel poblado que desde aquí se divisa como cosa de juego, han salido a guardar sus rebaños, la pequeña riqueza de sus ajuares, el todo de sus cabañas que presienten amenazadas.

La noche se me hace clara al llegar a un collado. Miro por todas partes y no veo ninguna luz, ni nada oigo que sea digno de rehuirlo. Me adentro aún más hacia las cumbres. El alba nace cuando corono el pico más elevado de la montaña. Me siento. No estoy cansado. Seguiría andando insensible al rigor de los caminos. Insensible al calor y al hambre. Tengo sed de caminar, sed de libertad. Pero espero a que el día salga.

Siento frío. La noche descorre su velo dejando caer gotas de agua, de rocío. Las estrellas huyen de la claridad del día internándose en el cielo. El sol asoma su lomo por Oriente. Se eleva venciendo a las sombras. Los barrancos pierden el tinte oscuro que los difuminaba. Los montes presentan sus crestas. Los poblados a sus pies renacen aquí y allá con manchas pardas en la verdura intensa. Las piedras brotan de la tierra. Los árboles se yerguen. Los pájaros pían agitándose. El cielo es azul pincelado de oro.

Recorro el sitio en que estoy de la montaña. Subo a su parte más elevada. Miro hacia una vertiente, hacia otra. El poblado más cercano dista de mí algunos kilómetros. Estoy libre.

Estoy libre y estoy solo. En la misma cumbre encuentro unas rocas que se abren. De ellas hago mi casa. Aquí me instalo. Es buen punto de refugio y aún mejor de observación. Pero es preciso que esta misma noche me ponga en marcha. Allá están las posiciones escalonándose por los montes. Allá está el aduar quemado como un brasero en la hoyada[66]. Humo tenue en las posiciones. Humo denso en el poblado que me tuvo prisionero. Todo vive a mis pies desde este balcón formidable. Todo lo domino desde estos riscos salvajes que horadan el cielo.

Pero, tengo sed, tengo hambre. Veo unos arbolitos pequeños con puntitos rojos. ¿Qué serán? Me acerco al arbolito más próximo. Son madroños. Pruebo uno. Sabe bueno. Ya tengo alimento.

Estudio los caminos. Por acá va uno. Por allá otro. Este es mejor, más seguro. Solo tiene un poblado que puedo bordear por aquel barranco. He de aprendérmelo bien. De aquí a la posición más cercana tengo de sobra con la noche.

Oigo voces. Ruidos cercanos. ¿Quién será? Miro asustado. Me asomo con precaución. Son mujeres. Leñadoras. Llegan ahora. Se paran. Están casi en el último escalón de la montaña.

Empiezan a cortar arbolitos secos. Pero es un peligro. Me acuerdo de Julita, de Torrelles, de Amelia, de Brabante. ¡Pobres compañeros! Mi recuerdo para ellos. Pero ellas, ellas. Ellas son como éstas que veo, lo mismo. Mujeres. Con la misma contextura

---

66   Zona de terreno bajo, apenas perceptible desde lejos.

de sus miembros. Con la misma impermeabilidad mental y la misma o parecida mentalidad de sexo.

El deseo estalla en mí con caracteres que pueden ser funestos. Me domina, me arrastra, me impulsa hacia las leñadoras dispersas, ocupada cada una en hacer su haz. Me contengo. Trato de ocupar mi imaginación con otras cosas, con mi misma situación de hombre que se juega a cara cruz la vida. Pero no puedo. Me siento impregnado de una savia vital despertada al contacto con la libertad y con la energía de la naturaleza, de que estas cimas están saturadas. Energías arrolladoras que me vencen, que me mandan.

Las veo. Andan de un lado para otro. Se agachan. Amontonan leña. Los haces ya están hechos. Una ya se va. Se va otra, y otra.

Salgo de mi cueva, cuento las que quedan. Son dos. Dos están sentadas junto a sus haces listos. Las otras, ya bajan la montaña. Ya van lejos. Estas no se mueven, están quietas.

Mis ojos vigilan a aquellas, a las que se alejan cada vez más. Estas están solas, cada vez más solas. ¡Son mías! Corro sobre las dos. Llego en una carrera de macho frenético. Me ven. Se levantan. Pero no se asustan. Doy la impresión con mi barba y la chilaba vieja de uno de los del país. De uno cualquiera desconocido para ellas. Una ya es de edad, la otra joven. Muy joven y bella. Cojo a las dos por los brazos y las arrastro a mi cueva. Van a gritar. Les digo que callen. Les amenazo. Me siguen luego temerosas, calladas, prisioneras.

Las hago entrar en el fondo de las piedras. Me olvido de todo.

Ante mí, solo veo a la mujer joven que me ciega. La arrollo impetuosamente. La vieja chilla. Pero le hago callar de un golpe rudo en la cabeza. Teme. Se sienta encogiéndose en un rincón. Y calla mientras yo venzo a la joven y la poseo brutalmente con fiebre delirante.

Retengo a las dos a mi lado durante todo el día. Salgo a los árboles cercanos y les traigo madroños. Ellas los comen conmigo en silencio. La joven, sentada en mi regazo, sin más poder ni más voluntad que la mía. No protesta, no habla. La vieja no dice nada tampoco. Beso a mi pareja. La quito los madroños de la boca. Me llevo sus labios en los míos. Estrujo sus senos, duros y tersos. La aprieto contra mí en abrazo fuerte. Su cuerpo todo tiembla ante la brutalidad de mis caricias.

Cae la tarde, la vieja habla. Quiere irse. Las retengo todavía. Saldrán de aquí momentos antes de que yo salga.

Pero la noche llega y obligo a dormir a la vieja en el rincón donde se sienta. No quiere. Bruscamente la derribo en tierra. Se queda en el suelo inmóvil, como muerta. La joven está en mis brazos como un juguete, como una cosa dominada, poseída, que ignora cuanto le rodea.

Paso la noche en un delirio de goce y de deseo. Cuando el día llega, la vieja está sentada en su rincón mirando cómo la joven duerme sobre mi brazo con sus ropas destrozadas y los senos al descubierto.

Nos asomamos fuera de la cueva. El silencio es absoluto. La joven me dice con palabras que solo a medias entiendo que vendrán los leñadores, que las buscaran los hombres. Me habla jugando sus bellos labios desgarrados por mis dientes brutales, cuando a lo lejos diviso, a los pies de la atalaya gigantesca, las columnas nuestras en movimiento. Mi vida da un vuelco dentro de mí mismo. Vuelvo a la realidad, a la terrible realidad que llevo dentro. Me separo de la mujer con la que tanto he gozado. Veo cómo la vieja se marcha, llevándose por un brazo a su compañera. Ya no veo cómo las dos huyen, temiéndome y tomándome quizás por un loco o por un animal de estas agrestes cresterías. Ya no veo nada. No veo más que a los hombres en lucha. Los poblados ardiendo. La destrucción. La guerra. La civilización.

Las columnas se mueven como hormigueros paralelos. Las vanguardias están en fuego. Las nuevas posiciones se levantan aquí y allá estableciendo la nueva línea.

Al próximo avance, mañana quizá, ocuparán el poblado, mi poblado, cuyos rescoldos aún humean. La casa blanca de Sidi Ali la diviso clara. En ella estará Aixa compungida por los destrozos pasados. El pequeño Hassan estará jugando con su carrito, indiferente todavía a las miserias humanas. ¡Torrelles! Ahí estará en paz y tranquilo. Satisfecho de no vivir más la época de esplendor y de miseria que le deparó el azar.

Sidi Ali saldrá a recibir a los cristianos iluminando su ser por la ambición oculta de poseer su parte en las riquezas a explotar.

Los cristianos le nombrarán jefe de la masa fanática que arrasó su poblado al saber que un correo había venido y había vuelto. Se vengará de ella. Reconstruirá su hacienda sobre bases nuevas. Reconstituirá su poderío. La civilización es generosa y es buena para los que poseen algo en cualquier parte de la tierra.

La nueva línea de posiciones acortará algo mi camino. Pero, oigo voces, ruidos. Miro. Son hombres. Uno viene delante con el fusil preparado. Me escondo. Me ha visto. Viene directo hacia mi cueva como loco, como un macho en celo herido, al que le quitaran la compañera. Ya llega. Es joven. Está a pocos pasos de mí. Pero está solo. Los otros quedan aún lejanos.

Salgo rápido sobre él. Me apunta confuso, precipitado. Dispara. La bala pasa alta. Se desconcierta. Caigo de un salto sobre su cuello. Lo derribo. En la caída lo desarmo. Miro el fusil. Tiene cartuchos. Huyo, huyo hacia las columnas de avance. Hacia las nuevas posiciones aún no levantadas. Él queda allí gritando, llamando a los otros.

Un disparo, otro. Las balas caen a mi alrededor. Me persiguen muy de cerca. Corro, cuanto puedo por el monte. Gano distancia. Un poblado. Lo rodeo. Los perros ladran. Unos hombres miran la guerra que a sus pies se hace... No reparan en mí. Me separo aún más. No paro, sigo, sigo.

Un bosque. En el centro una mezquita. A su lado un cementerio. Lo atravieso. Es preciso. Unos niños juegan en un arroyuelo. Unas mujeres lavan. Un viejo de barba blanca y de chilaba hasta los pies me llama. Y me manda parar autoritario. Le apunto con el fusil. Se esconde huido tras de unos árboles.

Paso el bosque. Salgo al río. Subo a unas colinas altas. Veo cercanas las guardias de observación que tienen los aduares de este macizo montañoso. Me oculto en una maleza espesa en espera de la noche. La distancia de aquí a los campamentos es ya breve.

Pasan las horas. Observo la ruta que más me conviene.

La noche llega. Cruzo las guardias. Al ruido que hago entre la maleza disparan. No les contesto. La noche me protege.

Estoy cerca de la posición más avanzada.

—¡Centinela, centinela! –llamo.

El centinela dispara. Me oculto tras de una piedra. Vuelvo a llamar.

—¡Centinela, que soy un legionario!

Me vuelven a contestar con fuego. Esta vez son varios los disparos. Espero. De nuevo hablo.

—Que soy un legionario. ¡Un legionario!

Una voz suena, pero no la entiendo. Me aproximo.

—No tiréis, que soy un legionario. ¡No tiréis!–sigo gritando.

Una patrulla sale. Me reconoce. Entramos. Es un destacamento pequeño de cazadores. No conozco a nadie. El oficial me lleva a su tienda. Con él está el sargento y algunos soldados. Los más, quedan en la puerta. Pero todos callan, todos escuchan.

El teniente me da una copa de coñac. En pocas palabras explico. Me preguntan mucho. Contesto poco. Me preparan cosa caliente de comida. Como con apetito. Tengo sueño, mucho sueño. En una cama que me hacen, de casi un metro de paja, bien acondicionada, me acuesto.

El sueño viene cargado de imágenes. El pasado, el presente y el porvenir, forman una mezcla confusa e hiriente en medio de la cueva donde todavía creo hallarme. A mi lado, dormida, sobre mi brazo, está la joven bella con sus ropas destrozadas y los senos mordidos, sangrantes, al descubierto.

* * *

Estoy en el hospital ya repuesto.

El otoño me trae la licencia definitiva de soldado después de cumplidos mis tres años de compromiso.

Me despido de los camaradas. Parto.

Paso por Ceuta. Cruzo el Estrecho. Piso España. Ya estoy otra vez solo. Completamente solo en medio de una civilización exuberante, en la que nada tengo. Ni pan siquiera para sustentarme a mi llegada. En la que nada no soy más que un despojo que se reincorpora a los despojos. Con dolor y espanto voy penetrando en ella.

Los ojos de mi experiencia me muestran las manifestaciones brutales de la civilización en su vida interna y externa. Y temo a medida que el tren avanza.

Temo llegar a los centros de la vida civilizada. Temo que el tren se detenga. Temo el momento de apearme. El momento de hallarme solo en esta espléndida barbarie organizada.

Fin de la novela

Prisión de San Francisco. Madrid, 1926.

www.ingramcontent.com/pod-product-compliance
Lightning Source LLC
Chambersburg PA
CBHW030308060726
47498CB00002BB/544